GEORGE ORWELL

A FAZENDA DOS ANIMAIS

GEORGE ORWELL
A FAZENDA DOS ANIMAIS
UM CONTO DE FADAS

EDIÇÃO ESPECIAL

TRADUÇÃO
Paulo Henriques Britto

ORGANIZAÇÃO E POSFÁCIO
Marcelo Pen

ENSAIO VISUAL
Vânia Mignone

FORTUNA CRÍTICA
Edmund Wilson
Northrop Frye
Raymond Williams
Daphne Patai
Harold Bloom
Morris Dickstein
Alex Woloch

Copyright © by Espólio de Sonia Brownell Orwell
Copyrights da fortuna crítica: Edmund Wilson © 2020 by Espólio de Edmund Wilson |
Northrop Frye © by Victoria University (Toronto) | Raymond Williams © by Espólio
de Raymond Williams | Daphne Patai © 2020 by Daphne Patai | Morris Dickstein ©
2007 by Cambridge University Press | Harold Bloom © 2009 by Espólio de Harold
Bloom c/o Writers' Representatives LLC, Nova York, NY | Alex Woloch © 2016 by the
President and Fellows of Harvard College

*Grafia atualizada segundo o Acordo Ortográfico da Língua Portuguesa
de 1990, que entrou em vigor no Brasil em 2009.*

TÍTULO ORIGINAL
Animal Farm: A Fairy Story

TRADUÇÃO DO MATERIAL DE APOIO
Denise Bottmann (Fortuna crítica)
Sergio Flaksman ("Prefácio do autor à edição ucraniana")

ENSAIO VISUAL
Vânia Mignone

CAPA E PROJETO GRÁFICO
Kiko Farkas e Felipe Sabatini /
Máquina Estúdio

CAPA DA P. 161
Cortesia de Arquivo Destino,
© Editorial Planeta S.A.

CAPA DA P. 165
Design de Shepard Fairey,
© Penguin Books

FOTO DO AUTOR
Orwell Archive, UCL,
Library Services,
Special Collections

PREPARAÇÃO
Cristina Yamazaki

REVISÃO
Renata Lopes Del Nero
Clara Diament

2ª reimpressão

[2021]
Todos os direitos desta
edição reservados à
EDITORA SCHWARCZ S.A.
Rua Bandeira Paulista, 702, cj. 32
04532-002 – São Paulo – SP
Telefone: (11) 3707-3500
www.companhiadasletras.com.br
www.blogdacompanhia.com.br
facebook.com/companhiadasletras
instagram.com/companhiadasletras
twitter.com/cialetras

Dados Internacionais de
Catalogação na Publicação (CIP)
(Câmara Brasileira do Livro, SP, Brasil)

Orwell, George

  A Fazenda dos Animais :
Um conto de fadas /
George Orwell ; tradução Paulo
Henriques Britto ;
organização e posfácio
Marcelo Pen. — 1ª ed. —
São Paulo : Companhia das
Letras, 2020.

  Título original: Animal Farm :
A Fairy Story
  ISBN 978-85-359-3388-8

  1. Ficção inglesa I. Pen,
Marcelo. II. Título.

20-42907	CDD – 823

Índice para catálogo sistemático:
1. Ficção : Literatura inglesa 823

Cibele Maria Dias – Bibliotecária –
CRB-8/9427

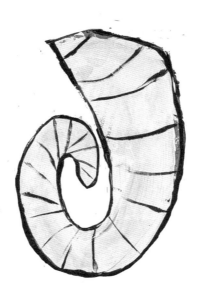

ENSAIO VISUAL
VÂNIA MIGNONE

24

PREFÁCIO DO AUTOR À EDIÇÃO UCRANIANA

33

A FAZENDA DOS ANIMAIS

POSFÁCIO A ESTA EDIÇÃO
128
O animal se torna humano
e o humano, animal
(um esclarecimento)
MARCELO PEN

153

A FAZENDA DOS ANIMAIS, 75 ANOS EM CAPAS

FORTUNA CRÍTICA

170   Uma fábula satírica animal
EDMUND WILSON

174   Revolução em retrocesso
NORTHROP FRYE

180   Projeções
RAYMOND WILLIAMS

188   Literatura política e fantasia patriarcal
DAPHNE PATAI

218   Todos os animais são sagrados,
mas alguns são mais sagrados que os outros
HAROLD BLOOM

222   *A Fazenda dos Animais*:
A história como fábula
MORRIS DICKSTEIN

242   "Posição política"
ALEX WOLOCH

269   **SOBRE O AUTOR E OS COLABORADORES**

PREFÁCIO DO AUTOR À EDIÇÃO UCRANIANA

Publicado originalmente em 1947, numa edição feita para ucranianos alojados nos campos de refugiados da Alemanha sob a administração britânica e americana depois da Segunda Guerra Mundial.

Pediram-me para escrever um prefácio à tradução ucraniana de *A Fazenda dos Animais*. Sei que estou escrevendo para leitores sobre os quais não sei nada, mas também que eles nunca tiveram a menor oportunidade de saber nada a meu respeito.

Neste prefácio, o mais provável é que esperem que eu conte alguma coisa sobre a origem de *A Fazenda dos Animais*, mas primeiro queria falar um pouco sobre mim e sobre as experiências através das quais cheguei à minha posição política.

Nasci na Índia em 1903. Meu pai trabalhava na administração colonial inglesa, e minha família era uma dessas famílias comuns de classe média de soldados, religiosos, funcionários públicos, professores, advogados, médicos etc. Estudei em Eton, a mais cara e esnobe das Public Schools da Inglaterra.* Mas só fui aceito lá graças a uma bolsa de estudos; de outro

---

* Que não são "escolas públicas do governo", mas de certo modo exatamente o contrário: internatos de ensino secundário muito seletivos e caros, e muito afastados uns dos outros... (cont. na próxima página)

26 — PREFÁCIO

modo, meu pai não teria meios de me mandar para uma escola desse tipo.

Pouco depois de me formar (ainda não completara vinte anos) fui para a Birmânia e me alistei na Polícia Imperial da Índia. Era uma força policial armada, uma espécie de *gendarmerie* muito semelhante à Guardia Civil da Espanha ou à Garde Mobile francesa. Lá servi cinco anos. Não gostei daquilo, que me fez detestar o imperialismo, embora naquela época não houvesse sentimentos nacionalistas muito pronunciados na Birmânia, e as relações entre britânicos e birmaneses não fossem especialmente inamistosas. De folga na Inglaterra, em 1927, deixei o serviço e resolvi me tornar escritor: num primeiro momento sem muito sucesso. Entre 1928 e 1929, vivi em Paris, escrevendo contos e romances que ninguém publicaria (destruí todos de lá para cá). Nos anos seguintes, vivi praticamente da mão para a boca, e passei fome em várias ocasiões. Foi só a partir de 1934 que consegui começar a viver do que ganho com meus escritos. Entrementes, cheguei a passar meses a fio em meio aos elementos pobres e semicriminosos que vivem nas piores partes dos bairros mais pobres, ou moram nas ruas, mendigando e roubando. Naquela época me associei a eles devido à falta de dinheiro; mais tarde, porém, seu modo de vida me interessou muito pelo que representava. Passei muitos meses (mais sistematicamente, dessa vez) estudando as condições de vida dos mineiros do norte da Inglaterra. Até 1930 eu não me considerava totalmente socialista. Na verdade, nunca

---

Até pouco tempo atrás, praticamente só admitiam os filhos das famílias ricas da aristocracia. Era o sonho de banqueiros *nouveaux riches* do século XIX conseguir matricular seus filhos em alguma das Public Schools inglesas. Nessas escolas, a maior ênfase é dada aos esportes, que formam, por assim dizer, uma visão da vida senhorial, rude e cavalheiresca. Entre essas escolas, Eton é especialmente famosa. Segundo contam, Wellington teria dito que a vitória de Waterloo foi decidida nos campos esportivos de Eton. Não faz muito tempo, a esmagadora maioria das pessoas que de um modo ou de outro controlam a Inglaterra vinha das Public Schools. [Nota de Orwell.]

tive opiniões políticas claramente definidas. Tornei-me pró-socialista mais por desgosto com a maneira como os setores mais pobres dos trabalhadores industriais eram oprimidos e negligenciados do que devido a qualquer admiração teórica por uma sociedade planificada.

Casei-me em 1936. Praticamente na mesma semana irrompeu a Guerra Civil Espanhola. Tanto minha mulher como eu quisemos ir para a Espanha e lutar pelo governo espanhol. E ficamos prontos em seis meses, o tempo que levei para acabar o livro que estava escrevendo. Na Espanha, passei quase seis meses na frente de Aragão até que, em Huesca, o disparo de um franco-atirador fascista atravessou minha garganta.

Nos primeiros estágios da guerra, os estrangeiros viviam praticamente desinformados das lutas internas entre os vários partidos políticos que apoiavam o governo. Devido a uma série de acidentes, entrei não para as Brigadas Internacionais, como a maioria dos estrangeiros, mas para a milícia do POUM — os trotskistas espanhóis.

Assim, em meados de 1937, quando os comunistas obtiveram o controle (ou o controle parcial) do governo espanhol e começaram a perseguir os trotskistas, eu e minha mulher nos vimos em meio às vítimas. Tivemos muita sorte de conseguir deixar a Espanha com vida, e de não termos sido presos uma vez sequer. Muitos dos nossos amigos foram fuzilados, outros passaram longo tempo na cadeia ou simplesmente desapareceram.

Essas caçadas humanas ocorriam na Espanha ao mesmo tempo que os grandes expurgos na URSS, e eram uma espécie de complemento a eles. Tanto na Espanha como na Rússia, a natureza das acusações (a saber, conspiração com os fascistas) era a mesma, e no que diz respeito à Espanha, tenho todos os motivos para julgar que fossem falsas. Vivenciar tudo isso foi uma lição valiosa: ensinou-me como é fácil para a propaganda totalitária controlar a opinião de pessoas educadas em países democráticos.

Tanto minha mulher como eu vimos gente inocente ser atirada na prisão só por suspeita de desvio da ortodoxia. No entanto, quando voltamos à Inglaterra, encontramos muitos observadores sensatos e bem informados que acreditavam nos relatos mais

28 — PREFÁCIO

fantasiosos — envolvendo conspirações, traição e sabotagem — que a imprensa fazia dos processos de Moscou.

E assim compreendi, mais claramente que nunca, a influência negativa do mito soviético sobre o movimento socialista ocidental. Aqui preciso parar para descrever minha atitude perante o regime soviético. Nunca estive na Rússia, e meu conhecimento a respeito dela consiste apenas no que pode ser aprendido pela leitura de livros e jornais. Mesmo que tivesse o poder para tanto, nunca desejaria interferir nos negócios internos soviéticos: jamais condenaria Stálin e seus associados só por seus métodos bárbaros e antidemocráticos. E é possível que, mesmo com a melhor das intenções, eles realmente não pudessem agir de outra maneira nas condições lá reinantes.

Por outro lado, porém, era da maior importância para mim que as pessoas na Europa Ocidental pudessem ver o regime soviético como de fato era. Desde 1930, eu vira poucos indícios de que a URSS estivesse avançando na direção de algo que se pudesse chamar de socialismo. Pelo contrário, ficava chocado diante dos sinais claros de sua transformação numa sociedade hierarquizada, em que os governantes não têm mais razão de desistir do poder que qualquer outra classe dominante. Além disso, os trabalhadores e os intelectuais de um país como a Inglaterra não compreendem que a URSS de hoje é totalmente diferente do que foi em 1917. Em parte porque não querem compreender (ou seja, porque querem acreditar que, em algum lugar, existe de fato um país realmente socialista), e em parte porque, acostumados a relativas liberdade e moderação na vida pública, o totalitarismo lhes é completamente incompreensível.

No entanto, devemos lembrar que a Inglaterra não é completamente democrática. Também é um país capitalista onde existem grandes privilégios de classe e (ainda hoje, mesmo depois que a guerra nos fez tender à igualdade) acentuadas diferenças econômicas. Mesmo assim, é um país no qual as pessoas vivem juntas há centenas de anos sem grandes conflitos, em que as leis são relativamente justas, as informações e estatísticas oficiais são quase invariavelmente críveis, e, para terminar, onde o fato de cultivar e defender opiniões minoritárias não acarreta nenhum risco de vida. Numa atmosfera como essa, o cidadão comum não tem uma compreensão concreta do que sejam campos de concentração, deportações em massa, prisões sem julgamento, censura da imprensa etc. Tudo o que lê sobre um país como a URSS é automaticamente traduzido em termos ingleses, e o ingênuo cidadão acaba aceitando as mentiras da propaganda totalitária. Até 1939, e mesmo depois, a maioria do povo inglês era incapaz de aquilatar a verdadeira natureza do regime nazista da Alemanha, e hoje, com o regime soviético, ainda vivem em grande medida submetidos ao mesmo tipo de ilusão.

Isso causou grande prejuízo ao movimento socialista da Inglaterra, e teve sérias consequências sobre a política externa britânica. De fato, a meu ver, nada contribuiu tanto para a corrupção da ideia original de socialismo quanto a crença de que a Rússia é um país socialista e cada gesto de seus governantes deve ser desculpado, quando não imitado.

Ao voltar da Espanha, pensei em denunciar o mito soviético numa história que fosse fácil de compreender por qualquer pessoa e fácil de traduzir para outras línguas. No entanto, os detalhes concretos da história só me ocorreriam depois, na época em que morava numa cidadezinha, no dia em que vi um menino de uns dez anos guiando por um caminho estreito um imenso cavalo de tiro que cobria de chicotadas cada vez que o animal tentava se desviar. Percebi então que, se aqueles animais adquirissem consciência de sua força, não teríamos o menor poder sobre eles, e que os animais são explorados pelos homens de modo muito semelhante à maneira como o proletariado é explorado pelos ricos.

A partir daí, decidi analisar a teoria de Marx do ponto de vista dos animais. Para eles, claro, o conceito de luta de classes entre os seres humanos era pura ilusão, pois sempre que fosse necessário explorar os animais os seres humanos se uniam contra eles: a verdadeira luta se dava entre os bichos e as pessoas. A partir desse ponto, não foi difícil elaborar o enredo. Só escrevi o livro em 1943, pois estava sempre envolvido com algum outro trabalho que não me deixava tempo; e no final acrescentei alguns acontecimentos, como a Conferência de Teerã, que ocorriam no

30 — PREFÁCIO

momento em que eu escrevia. Assim, os principais contornos da história permaneceram em meu espírito por seis anos antes que eu a escrevesse. Não quero comentar a obra; se ela não falar por si mesma, é porque fracassou. Mas gostaria de sublinhar dois pontos: primeiro, que, embora seus vários episódios tenham sido tirados da história real da Revolução Russa, foram tratados de maneira esquemática, e sua ordem cronológica foi alterada; isso foi necessário para dar simetria à narrativa. O segundo ponto passou despercebido pela maioria dos críticos, possivelmente por não ter sido devidamente enfatizado por mim. Muitos leitores podem acabar de ler o livro com a impressão de que ele termina com uma reconciliação total entre os porcos e os seres humanos. Minha intenção não foi essa; ao contrário, eu desejava que o livro terminasse com uma nota enfática de discórdia, pois escrevi o fim imediatamente depois da Conferência de Teerã, que todos julgaram ter estabelecido as melhores relações possíveis entre a URSS e o Ocidente. Pessoalmente, jamais acreditei que essas relações pudessem durar; e, como os fatos demonstraram, não estava muito enganado.

Não sei o que mais preciso acrescentar. Se alguém se interessa por detalhes de ordem pessoal, posso acrescentar que sou viúvo, tenho um filho de quase três anos de idade, que minha profissão é a de escritor e que desde o início da guerra tenho trabalhado especialmente como jornalista.

O periódico para o qual escrevo com maior regularidade é o *Tribune*, um semanário sociopolítico que representa, em termos gerais, a ala esquerda do Partido Trabalhista. Os seguintes livros que escrevi podem ter algum interesse para o leitor comum (caso o leitor desta tradução encontre algum exemplar deles): *Dias na Birmânia* (uma história birmanesa), *Lutando na Espanha* (com base em minhas experiências na Guerra Civil Espanhola) e *Ensaios críticos* (ensaios que tratam especialmente da literatura popular inglesa de nossos dias, e mais instrutivos do ponto de vista sociológico do que propriamente literário).

A FAZENDA DOS ANIMAIS

I.

O sr. Jones, da Fazenda do Solar, havia trancado os galinheiros antes de se deitar, mas estava tão bêbado que se esqueceu de fechar as portinholas. Com o anel de luz emitido por sua lanterna dançando de um lado para o outro, ele atravessou o quintal com passos trôpegos, arrancou as botas com os próprios pés antes de entrar pela porta dos fundos, encheu um último copo de cerveja do barril que ficava na copa e subiu para o quarto, onde a sra. Jones já roncava. Assim que se apagou a luz do quarto, uma agitação percorreu todos os galpões e estábulos da fazenda. Ao longo do dia, correra a notícia de que o velho Major, um porco branco premiado, tivera um sonho estranho na noite anterior e queria contá-lo aos outros animais. Haviam combinado que todos se reuniriam no celeiro grande assim que o sr. Jones tivesse se recolhido. O velho Major (era assim que todos o chamavam, embora na exposição ele tivesse sido apresentado como Colosso de Willingdon) gozava de tamanha reputação na fazenda que todos estavam dispostos a sacrificar uma hora de sono para ouvir o que ele tinha a dizer.

Numa das extremidades do celeiro, numa espécie de plataforma elevada, o Major já estava refestelado em seu leito de palha,

36 — A FAZENDA DOS ANIMAIS

debaixo de uma lanterna pendurada numa viga. Tinha doze anos de idade e nos últimos tempos se tornara um tanto gordo, mas ainda era um porco majestoso, com um ar de sabedoria e benevolência, embora nunca lhe tivessem cortado as presas. Em pouco tempo os outros bichos começaram a chegar e acomodar-se, cada um a seu modo. Primeiro vieram os três cães, Petúnia, Lulu e Grude, e em seguida os porcos, que se instalaram na palha bem em frente à plataforma. As galinhas se empoleiraram nos parapeitos das janelas, os pombos esvoaçaram até os caibros, os carneiros e as vacas se deitaram atrás dos porcos e ficaram a ruminar. Os dois cavalos de tração, Guerreiro e Tulipa, entraram juntos, andando bem devagar e baixando com todo o cuidado os enormes cascos peludos para não machucar algum animalzinho que estivesse escondido na palha. Tulipa era uma égua corpulenta e maternal, já se aproximando da meia-idade, que nunca havia recuperado sua boa forma por completo depois do nascimento do quarto potrinho. Guerreiro era uma criatura enorme, mais de um metro e oitenta de altura, e tinha o dobro da força de um cavalo normal. Uma faixa branca que lhe percorria o focinho de alto a baixo dava-lhe um ar meio apatetado, e de fato sua inteligência não era de primeira ordem; mas todos o respeitavam pelo caráter firme e pela tremenda capacidade de trabalho. Depois dos cavalos chegaram Mabel, a cabra branca, e Benjamim, o burro. Benjamim era o animal mais velho da fazenda, e o mais mal-humorado. Quase nunca falava, e quando falava era geralmente para fazer algum comentário sarcástico — por exemplo, dizia que Deus lhe dera um rabo para espantar as moscas, mas que ele teria preferido não ter rabo e não existirem moscas. Era o único dos bichos da fazenda que jamais ria. Se lhe perguntavam por quê, respondia que não via motivo para rir. Não obstante, embora não o admitisse abertamente, era muito apegado a Guerreiro; os dois costumavam passar o domingo juntos no pequeno cercado que havia além do pomar, pastando lado a lado, sem jamais dizer nada.

Os dois cavalos tinham acabado de se deitar quando uma ninhada de patinhos que perderam a mãe entrou no celeiro em fila indiana, piando baixinho e zanzando de um lado para outro em busca de um lugar onde ninguém os pisoteasse. Tulipa fez uma espécie de proteção em torno deles com sua enorme pata dianteira, e os filhotes se aninharam dentro dela e de imediato adormeceram. No último momento, Chica, a eguinha branca, bonita e boba que puxava a charrete do sr. Jones, fez sua entrada, toda afetada e dengosa, mascando um torrão de açúcar. Acomodou-se perto da frente e ficou a balançar a crina alva, tentando chamar a atenção para as fitas vermelhas que a ornavam. A última a chegar foi a gata, que olhou à sua volta, como sempre, procurando o lugar mais quentinho, e terminou se enfiando entre Guerreiro e Tulipa; lá ficou, ronronando contente, durante toda a fala do Major, sem prestar a menor atenção no que ele dizia.

Agora estavam presentes todos os animais, menos Moisés, o corvo domesticado, que dormia num poleiro atrás da porta dos fundos. Quando o Major viu que todos estavam acomodados e o aguardavam com atenção, pigarreou e disse:

"Camaradas, vocês já estão sabendo do sonho estranho que eu tive ontem à noite. Mas vou falar do sonho depois. Antes, tenho uma coisa a dizer. Creio, camaradas, que não vou estar com vocês por muito mais tempo, e antes de morrer sinto que tenho a obrigação de repassar os ensinamentos que adquiri. Tive uma vida longa, e, na solidão da minha baia, tempo não me faltou para refletir, e creio poder afirmar que compreendo a natureza da vida neste mundo tão bem quanto qualquer animal que esteja vivo hoje. É sobre isso que desejo lhes falar.

"Ora, camaradas, qual é a natureza desta nossa vida? Sejamos realistas: levamos uma vida infeliz, curta e de muito trabalho. Nascemos; só recebemos o mínimo de comida que nos mantenha vivos; e aqueles de nós que podem trabalhar são obrigados a labutar até esgotar por completo suas forças; e tão logo deixamos de ser úteis, somos abatidos com uma crueldade nefanda. Na Inglaterra, nenhum animal sabe o que é felicidade ou lazer depois que completa um ano de idade. Na Inglaterra nenhum animal é livre. A vida de um animal é infelicidade e escravidão: é essa a verdade nua e crua.

"Mas será isso apenas parte da ordem da Natureza? Será que isso se dá porque esta nossa terra é tão pobre que não pode proporcionar uma vida decente àqueles que nela vivem? Não, camaradas, mil vezes não! A terra inglesa é fértil, o clima é bom,

38 — A FAZENDA DOS ANIMAIS

seria possível produzir comida em abundância para um número de animais muito maior do que os que ora aqui vivem. Por si só, esta nossa fazenda poderia sustentar uma dúzia de cavalos, vinte vacas, centenas de carneiros — todos vivendo com um nível de conforto e dignidade que hoje nos é quase inimaginável. Então, por que continuamos a viver em condições tão miseráveis? Porque quase todo o fruto de nosso trabalho é roubado pelos seres humanos. Aí está, camaradas, a solução para todos os nossos problemas. Ela se resume numa única palavra: Homem. O Homem é o único inimigo de verdade que temos. Se ele for eliminado, a causa fundamental da fome e do excesso de trabalho será abolida para todo o sempre.

"O Homem é a única criatura que consome sem produzir. Ele não dá leite, não põe ovos, é fraco demais para puxar o arado, não consegue correr com velocidade suficiente para alcançar um coelho. E no entanto é senhor de todos os animais. Ele nos faz trabalhar, e só nos dá de volta o mínimo que nos impeça de morrer de fome, guardando todo o resto para si próprio. Nosso trabalho lavra a terra, nosso estrume a fertiliza, e no entanto nenhum de nós é dono de outra coisa senão a própria pele. Vocês, vacas, que vejo diante de mim: quantos milhares de litros de leite vocês produziram neste último ano? E o que aconteceu com todo esse leite, que deveria ter sido usado para criar bezerros fortes? Todo esse leite, até a última gota, desceu pela goela do nosso inimigo. E vocês, galinhas, quantos ovos puseram neste último ano, e quantos deles geraram pintos? Todos os outros foram vendidos, e o dinheiro foi para Jones e seus empregados. E você, Tulipa, onde estão aqueles quatro potrinhos que você gerou, que deviam lhe dar sustento e alegria na velhice? Todos vendidos ao completar um ano — você nunca mais voltará a ver nenhum deles. Em troca desses quatro partos e de todo o trabalho realizado no campo, o que foi que você ganhou, além de ração escassa e uma baia?

"E as vidas miseráveis que levamos nem sequer podem se estender até seu término natural. Não me queixo por mim, pois sou um dos mais bem-afortunados. Tenho doze anos de idade e já tive mais de quatrocentos filhos. É esta a vida natural de um porco. Mas no fim nenhum animal escapa da crueldade da faca.

Vocês, porcos jovens à minha frente, cada um de vocês terminará morrendo aos gritos no matadouro, em até um ano. Este será o fim horroroso de todos nós: vacas, porcos, galinhas, carneiros, todos. Nem mesmo os cavalos e cães têm um destino melhor. Você, Guerreiro, no dia em que esses seus músculos poderosos perderem a força, Jones há de vendê-lo para o carniceiro, que vai cortar sua garganta e cozinhar seu corpo para dar de comer aos cães de caça. Quanto aos cães, quando um deles fica velho e desdentado, Jones amarra um tijolo ao seu pescoço e o afoga na lagoa mais próxima.

"Não está mais do que claro, portanto, camaradas, que todos os males de nossas vidas provêm da tirania dos seres humanos? Se nos livrássemos do Homem, o produto de nosso trabalho seria nosso. Quase do dia para a noite, ficaríamos ricos e livres. O quê, então, devemos fazer? Ora, trabalhar dia e noite, corpo e alma, pela derrocada da espécie humana! Esta é a minha mensagem para vocês, camaradas: Rebelião! Não sei quando virá essa Rebelião, talvez em uma semana, talvez em cem anos, mas sei, com tanta certeza quanto sei que estou pisando na palha que vejo sob meus pés, que mais cedo ou mais tarde a justiça será feita. Tenham isso como meta, camaradas, durante todo o resto das suas curtas vidas! E, acima de tudo, passem adiante essa minha mensagem para todos os que vierem depois de vocês, a fim de que as gerações futuras levem adiante a luta até que seja alcançada a vitória.

"E não esqueçam, camaradas: sua determinação jamais deve fraquejar. Nenhum argumento deve desviá-los do caminho. Jamais deem ouvidos a quem lhes disser que o Homem e os animais têm um interesse em comum, que a prosperidade de um é a prosperidade dos outros. Isso é mentira. O Homem visa apenas ao seu próprio interesse. E que haja entre nós, animais, uma união perfeita, uma camaradagem perfeita na luta. Todos os homens são inimigos. Todos os animais são camaradas."

Neste momento houve um tremendo rebuliço. Enquanto o Major falava, quatro ratazanas grandes saíram em silêncio de suas tocas e se acomodaram para ouvi-lo. De repente os cães deram por elas, e as ratazanas só conseguiram escapar porque mais que depressa se enfiaram nas suas tocas. O Major levantou a pata dianteira, pedindo silêncio:

40 — A FAZENDA DOS ANIMAIS

"Camaradas", disse ele, "eis uma questão que precisa ser decidida. As criaturas selvagens, como os ratos e os coelhos: elas são nossas amigas ou nossas inimigas? Vamos pôr a questão em votação. Proponho à assembleia a pergunta: os ratos são camaradas?" Na mesma hora a questão foi votada, e uma maioria esmagadora decidiu que os ratos eram camaradas. Houve apenas quatro dissidentes, os três cães e a gata, a qual, como se constatou depois, votara duas vezes, contra e a favor. O Major prosseguiu: "Não tenho muito mais a dizer. Limito-me a repetir: lembrem-se sempre de que é um dever ser inimigo do Homem e de tudo o que ele representa. Tudo o que anda com duas pernas é inimigo. Tudo o que anda com quatro pernas, ou que tem asas, é amigo. E não esqueçam: ao combater o Homem, não devemos nos tornar semelhantes a ele. Mesmo depois que o conquistarem, não adotem seus vícios. Nenhum animal jamais deverá morar numa casa, nem dormir numa cama, nem usar roupas, nem beber álcool, nem fumar tabaco, nem pegar em dinheiro, nem praticar o comércio. Todos os hábitos do Homem são malignos. E, acima de tudo, nenhum animal jamais deverá tiranizar outro animal. Fracos ou fortes, inteligentes ou simplórios, somos todos irmãos. Nenhum animal jamais deverá matar outro animal. Todos os animais são iguais.

"E agora, camaradas, vou lhes falar sobre o sonho que tive ontem à noite. Não conseguiria relatá-lo a vocês em detalhe. Sonhei com a Terra tal como ela será depois do desaparecimento do Homem. Mas o sonho me trouxe à lembrança uma coisa de que eu me havia esquecido há muito tempo. Anos e anos atrás, quando eu era um porquinho, minha mãe e as outras porcas costumavam cantar uma velha cantiga, da qual ela só conhecia a melodia e as três primeiras palavras. Conheci essa música na infância, mas ela tinha desaparecido de minha mente há muito tempo. Ontem à noite, porém, a música reapareceu no meu sonho. Mais ainda, a letra da canção também me voltou à lembrança — são palavras, tenho certeza, que foram cantadas pelos animais de muito tempo atrás e que ficaram esquecidas durante gerações. Vou cantar para vocês essa canção agora, camaradas. Estou velho e rouco, mas quando eu ensinar a canção, vocês poderão cantá-la melhor. O nome da canção é 'Bichos da Inglaterra'.

O velho Major limpou a garganta e começou a cantar. Tal como tinha dito, sua voz estava rouca, mas ele não cantou mal, e a melodia era arrebatadora, algo assim entre "Clementine" e "La cucaracha". A letra era esta:

Bichos da Inglaterra, vinde,
Ó bichos do mundo inteiro,
Vinde ouvir as boas novas
De um futuro alvissareiro.

A tirania do Homem
Cessará, pra nunca mais,
E nossa amada Inglaterra
Será só dos animais.

Sem argolas nos focinhos,
E sem nas costas arreios,
Seremos livres de esporas,
Chicotes, mordaças, freios.

Não faltarão beterraba,
Cevada, trigo e aveia,
Muito feno e grama tenra
Na barriga sempre cheia.

Mais belos serão os campos,
Mais puros, água e ar,
Mais suaves serão as brisas,
Quando esse dia chegar.

Lutemos, fortes e unidos,
Com todo empenho e sem pausa;
Vacas, perus e cavalos,
Liberdade, eis nossa causa.

Bichos da Inglaterra, vinde,
Vinde ouvir e propagar

As boas novas que trago
Do dia que há de chegar.

A cantoria gerou um arrebatamento extremo entre os animais. Mal o Major chegou ao fim da canção, os bichos começaram a cantá-la. Mesmo os mais estúpidos já haviam aprendido a melodia e partes da letra, e os mais inteligentes, como os porcos e os cães, decoraram a canção inteira em poucos minutos. Então, após algumas tentativas preliminares, toda a fazenda começou a entoar "Bichos da Inglaterra" num tremendo uníssono. As vacas mugiam a canção, os cães a ganiam, os carneiros baliam, os patos grasnavam. Gostaram tanto da música que a cantaram cinco vezes seguidas, e teriam talvez continuado a cantar a noite inteira se não tivessem sido interrompidos.

Infelizmente, o escarcéu despertou o sr. Jones, que se levantou da cama de repente e foi verificar se não havia uma raposa no pátio. Pegou a espingarda que sempre ficava encostada no canto do quarto e deu um tiro de chumbo grosso na escuridão. As balas se cravaram na parede do celeiro, e a assembleia se desfez na mesma hora. Cada um saiu correndo e foi dormir em seu lugar habitual. As aves foram para seus poleiros, os mamíferos se acomodaram na palha, e em poucos instantes toda a fazenda dormia.

———

2.

Três noites depois, o velho Major morreu em paz, enquanto dormia. Seu corpo foi enterrado no pomar.

Isso foi no início de março. Nos três meses que se seguiram, houve muita atividade secreta. O discurso do Major fez com que os animais mais inteligentes da fazenda passassem a encarar a vida de modo totalmente diferente. Eles não sabiam quando haveria de ocorrer a Rebelião prevista pelo Major, nem tinham motivos para julgar que ocorreria enquanto ainda estivessem vivos, porém viam com clareza que tinham o dever de se preparar para ela. O trabalho de ensinar e organizar os outros recaiu, como era de esperar, nos porcos, que a maioria considerava os animais mais inteligentes. Entre os porcos destacavam-se dois reprodutores jovens chamados Bola de Neve e Napoleão, que o sr. Jones estava criando para vender. Napoleão era um porco Berkshire grande, de aparência um tanto feroz, único de sua raça na fazenda, que não era muito de falar, mas tinha a fama de sempre conseguir o que queria. Bola de Neve era mais enérgico que Napoleão, falava melhor e era mais inventivo, mas quanto ao caráter era visto como mais superficial do que o outro. Todos os outros porcos machos da

44 — A FAZENDA DOS ANIMAIS

fazenda eram cevados. O mais conhecido de todos era um porquinho gorducho chamado Guincho, com bochechas muito redondas, olhos brilhantes, movimentos ágeis e uma voz esganiçada. Falava muito bem, e quando discutia alguma questão difícil tinha o cacoete de dar pulinhos de um lado para o outro enquanto balançava o rabo, o que de algum modo tinha um efeito muito persuasivo. Dizia-se que Guincho era capaz de transformar o preto em branco.

A partir dos ensinamentos do velho Major, esses três elaboraram todo um sistema de pensamento, o qual denominaram Animalismo. Algumas vezes por semana, depois que o sr. Jones ia dormir, eles faziam reuniões secretas no celeiro para expor aos outros animais os princípios do Animalismo. De início, tiveram que enfrentar muita burrice e apatia. Alguns dos bichos diziam que deviam lealdade ao sr. Jones, a quem se referiam como "nosso dono", ou então faziam afirmações elementares como esta: "O sr. Jones é quem nos dá de comer. Se ele fosse embora, morreríamos de fome". Já outros perguntavam coisas como: "Por que é que devemos nos preocupar com o que vai acontecer depois que estivermos mortos?". Ou: "Se a tal Rebelião vai acontecer de qualquer modo, então que diferença faz a gente trabalhar por ela ou não?". Os porcos tinham muita dificuldade em fazê-los entender que essa atitude era contrária ao espírito do Animalismo. As perguntas mais burras eram as feitas por Chica, a égua branca. A primeira pergunta que ela dirigiu a Bola de Neve foi esta: "Depois da rebelião ainda vai existir açúcar?".

"Não", respondeu Bola de Neve com firmeza. "Não temos como produzir açúcar nesta fazenda. Além disso, você não precisa de açúcar. Não vão lhe faltar aveia e feno."

"E vou poder usar laços de fita na minha crina?", perguntou Chica.

"Camarada", respondeu Bola de Neve, "essas fitas que você tanto ama são as marcas da escravidão. Será que você não entende que a liberdade vale mais do que laços de fita?"

Chica assentiu, mas não parecia estar muito convencida.

Os porcos tiveram ainda mais trabalho para contradizer as mentiras espalhadas por Moisés, o corvo de estimação. Moisés, por quem o sr. Jones tinha um apego todo especial, era espião e linguarudo, mas era também bom de conversa. Dizia saber da existência de uma terra misteriosa chamada Monte do Açúcar-Cande, que era o destino de todos os animais após a morte. Ficava em algum lugar lá no céu, um pouco além das nuvens, dizia Moisés. No Monte do Açúcar-Cande, era domingo todos os dias da semana, o trevo dava em todas as estações do ano, e os arbustos das sebes produziam torrões de açúcar e bolos de linhaça. Os animais odiavam Moisés porque ele era um falastrão e não trabalhava, mas alguns acreditavam no Monte do Açúcar-Cande, e os porcos tiveram de se esforçar muito para convencê-los de que tal lugar não existia.

Seus discípulos mais fiéis eram os dois cavalos de tração, Guerreiro e Tulipa. Esses dois tinham muita dificuldade em desenvolver um raciocínio próprio, mas, tendo aceitado os porcos como mestres, absorviam tudo o que lhes era dito, e repassavam as lições aos outros animais por meio de argumentos simples. Jamais faltavam às reuniões secretas no celeiro, e puxavam a cantoria de "Bichos da Inglaterra", que sempre encerrava essas sessões.

Ora, a rebelião acabou acontecendo muito mais cedo e com muito mais facilidade do que todos imaginavam. Antigamente o sr. Jones, embora fosse um patrão tirânico, era também um fazendeiro competente, mas nos últimos tempos ia de mal a pior. Fora tomado pelo desânimo ao perder dinheiro numa causa judicial, e começara a beber mais do que devia. Passava dias inteiros escarrapachado em sua cadeira Windsor na cozinha, lendo jornais, bebendo e dando a Moisés um pedaço de pão empapado de cerveja de vez em quando. Seus empregados eram ociosos e desonestos; os campos estavam cheios de ervas daninhas; os telhados estavam com goteiras; as sebes estavam abandonadas; os animais eram subalimentados.

Chegou o mês de junho, e o feno estava quase a ponto de ser cortado. Na véspera do solstício de verão, que caiu num sábado, o sr. Jones foi a Willingdon e tomou tamanho porre na taverna Ao Leão Vermelho que só voltou para casa ao meio-dia de domingo. Os homens haviam ordenhado as vacas de manhã cedinho e depois foram caçar coelhos, sem se dar ao trabalho de alimentar os

46 — A FAZENDA DOS ANIMAIS

bichos. Tão logo chegou em casa, o sr. Jones foi dormir no sofá da sala de estar, cobrindo o rosto com o jornal *News of the World*, e assim, quando anoiteceu, os animais continuavam sem comer. Por fim, deram o basta. Uma das vacas arrebentou a chifradas a porta do celeiro onde ficava a comida, e todos os bichos começaram a se servir no depósito. Foi então que o sr. Jones acordou. Em seguida, ele e seus quatro empregados entraram no celeiro com chicotes nas mãos, atacando a torto e a direito. Os animais, esfomeados, não toleraram a agressão. De comum acordo, embora nada tivesse sido planejado de antemão, lançaram-se sobre os homens que os atormentavam. Jones e seus empregados de repente começaram a ser marrados e escoiceados de todos os lados. Haviam perdido por completo o controle da situação. Nunca tinham visto bichos agindo daquele modo e, ao verem a revolta súbita daquelas criaturas que estavam acostumados a espancar e maltratar a seu bel-prazer, ficaram completamente apavorados. Bastaram uns poucos instantes para que eles desistissem de tentar se defender e saíssem correndo. Um minuto depois, todos os cinco estavam fugindo pela trilha que dava na estrada principal, perseguidos pelos animais triunfantes.

A sra. Jones olhou pela janela do quarto, viu o que estava acontecendo, mais que depressa jogou uns poucos objetos numa sacola de pano e escapuliu da fazenda por outra via. Moisés saltou de seu poleiro e foi voando atrás dela, grasnando alto. Nesse ínterim, os animais já haviam expulsado Jones e seus empregados da fazenda e fechado a porteira de cinco traves. Foi assim que, quase sem se dar conta do que estava acontecendo, os animais realizaram com sucesso sua Rebelião; Jones fora expulso, e a Fazenda do Solar lhes pertencia.

Nos primeiros minutos, os animais mal conseguiam acreditar na sorte que tiveram. Seu primeiro ato foi correrem todos juntos em torno dos limites da fazenda, como que para ter certeza de que não havia nenhum ser humano escondido em parte alguma; depois voltaram aos celeiros e dedicaram-se a eliminar todo e qualquer vestígio do detestável reinado de Jones. Arrombaram a sala dos arreios, que ficava depois das cavalariças; os freios, as argolas de focinho, as correntes de cães, as facas cruéis com que o sr. Jones costumava capar os porcos e carneiros, tudo isso foi jogado no fundo do poço. Os arreios, os cabrestos, os antolhos, os bornais degradantes, tudo foi lançado na fogueira de lixo que ardia no quintal. Os rebenques tiveram o mesmo fim. Todos os animais deram saltos de felicidade ao verem as chamas devorando os chicotes. Bola de Neve jogou no fogo também os laços de fita que costumavam ser usados para enfeitar as crinas e os rabos dos cavalos nos dias de feira. "As fitas", ele anunciou, "devem ser consideradas uma espécie de roupa, e portanto características dos seres humanos. Todos os animais devem andar nus."

Ao ouvir isso, Guerreiro pegou o pequeno chapéu de palha, que usava no verão para impedir que as moscas entrassem em suas orelhas, e jogou-o na fogueira com as outras coisas.

Em muito pouco tempo, os animais conseguiram destruir tudo o que era associado ao sr. Jones. Napoleão conduziu todos de volta ao celeiro dos grãos e serviu-lhes uma ração dupla de trigo, e dois biscoitos a cada cão. Cantaram "Bichos da Inglaterra" do início ao fim sete vezes seguidas, e depois recolheram-se para dormir como jamais haviam dormido antes.

Porém acordaram ao nascer do dia, como sempre, e ao relembrarem de repente os acontecimentos gloriosos da véspera todos saíram correndo juntos pelo pasto afora. Lá havia um pequeno outeiro do qual se tinha uma vista de quase toda a fazenda. Os animais subiram nele e ficaram olhando em volta, à luz límpida da manhã. Sim, a fazenda agora era deles — até onde a vista alcançava, tudo era deles! Em êxtase, andavam a esmo, dando grandes saltos no ar, de puro entusiasmo. Rolavam no orvalho, abocanhavam a grama doce do verão, escoiceavam a terra preta, levantando torrões e sentindo o cheiro bom de húmus. Em seguida, percorreram toda a fazenda para inspecioná-la, contemplando, mudos de admiração, a terra lavrada, o campo de feno, o pomar, a lagoa, o arvoredo. Era como se nunca tivessem visto aquelas coisas, e até agora mal podiam acreditar que tudo aquilo era deles.

Então, caminhando em fila, voltaram às construções da fazenda e pararam em silêncio à porta da casa. Também a casa era deles agora, porém tinham medo de entrar. Depois de alguns momentos, no entanto, Bola de Neve e Napoleão arrombaram a porta e os

48 — A FAZENDA DOS ANIMAIS

animais entraram um por um, caminhando com todo o cuidado, para não desarrumar coisa alguma. Pé ante pé, penetraram em cada cômodo, com medo de falar senão em cochichos, e contemplando com uma espécie de admiração todo aquele luxo inacreditável, as camas com colchões de penas, os espelhos, o sofá de crina, o tapete de Bruxelas, a litografia da rainha Vitória sobre o console da sala de estar. Estavam descendo as escadas quando se deram conta de que Chica não estava entre eles. Ao voltar, constataram que ela ficara no melhor quarto da casa. Pegara um pedaço de fita azul na penteadeira da sra. Jones e o segurava à altura do ombro, admirando-se no espelho, numa atitude ridícula. Os outros a reprovaram com severidade, e todos saíram da casa. Os presuntos que estavam pendurados na cozinha foram retirados para serem enterrados, e o barril de cerveja na copa foi arrebentado com um coice de Guerreiro; fora isso, nada que havia na casa foi tocado. Ali mesmo foi decidido por unanimidade que a casa seria preservada como museu. Todos concordaram que nenhum animal jamais deveria morar ali.

Os animais fizeram o desjejum, e em seguida Bola de Neve e Napoleão os reuniram de novo.

"Camaradas", disse Bola de Neve, "são seis e meia e temos um longo dia pela frente. Hoje começamos a fazer a colheita do feno. Mas, antes disso, há outra questão que precisa ser resolvida."

Foi então que os porcos revelaram que, nos últimos três meses, haviam aprendido a ler e escrever com base num velho livro escolar encontrado no lixo e que pertencera aos filhos do sr. Jones. Napoleão mandou que lhe trouxessem latas de tinta preta e branca e, seguido pelos outros, foi até a porteira de cinco traves, que dava para a estrada principal. Bola de Neve (que era quem escrevia melhor) pegou um pincel com uma pata dianteira, cobriu de tinta a inscrição FAZENDA DO SOLAR, na trave de cima da porteira, e por cima dela escreveu FAZENDA DOS ANIMAIS. Esse seria o nome do lugar doravante. Feito isso, todos voltaram aos celeiros, para onde Bola de Neve e Napoleão mandaram trazer uma escada de mão, a qual foi encostada na parede dos fundos do celeiro principal. Os porcos explicaram que, nos estudos que haviam realizado nos últimos três meses, conseguiram reduzir os princípios do Animalismo a sete mandamentos. Esses sete mandamentos seriam agora escritos na parede; passariam a constituir uma lei inalterável, que deveria ser seguida por todos os moradores da Fazenda dos Animais por todo o sempre. Com alguma dificuldade (pois não é fácil para um porco equilibrar-se numa escada de mão), Bola de Neve subiu até o último degrau e começou a trabalhar, enquanto alguns degraus abaixo Guincho segurava a lata de tinta para ele. Os mandamentos foram escritos na parede coberta de piche em grandes letras brancas que poderiam ser lidas a trinta metros de distância. Eis o que ele escreveu:

OS SETE MANDAMENTOS

1. *Tudo o que anda com duas pernas é inimigo.*
2. *Tudo o que anda com quatro pernas ou tem asas é amigo.*
3. *Nenhum animal usará roupas.*
4. *Nenhum animal dormirá em cama.*
5. *Nenhum animal beberá álcool.*
6. *Nenhum animal matará outro animal.*
7. *Todos os animais são iguais.*

O texto foi pintado com muito capricho, e fora a palavra "inimigo", grafada como "inemigo", e um dos *S*, que estava virado para o lado errado, não havia nenhum erro ortográfico. Bola de Neve leu os mandamentos em voz alta para que os outros animais ouvissem. Todos assentiram com a cabeça, em total acordo, e os mais inteligentes na mesma hora começaram a decorar os mandamentos.

"Agora, camaradas", exclamou Bola de Neve, jogando o pincel no chão, "todos para os campos de feno! Por uma questão de honra, vamos fazer a colheita mais depressa do que Jones e seus empregados."

Mas nesse momento as três vacas, que já há algum tempo estavam inquietas, começaram a mugir bem alto. Fazia vinte e quatro horas que não eram ordenhadas, e seus úberes estavam a ponto de estourar. Depois de pensar algum tempo, os porcos mandaram buscar alguns baldes e conseguiram ordenhar as vacas razoavel-

50 — A FAZENDA DOS ANIMAIS

mente bem, pois suas patas se adaptavam bem àquela tarefa. Logo havia cinco baldes de leite cremoso e borbulhante, que os outros animais ficaram a olhar com muito interesse. "O que vai acontecer com todo esse leite?", perguntou alguém. "O Jones às vezes punha um pouco de leite no farelo que nos dava", disse uma das galinhas. "Esqueçam o leite, camaradas!", exclamou Napoleão, posicionando-se à frente dos baldes. "Vamos cuidar disso. A colheita é mais importante. O camarada Bola de Neve segue à frente. Eu vou daqui a alguns minutos. Avante, camaradas! O feno está à sua espera."

Assim, os animais foram todos trabalhar na colheita do feno, e quando voltaram ao anoitecer percebeu-se que o leite havia desaparecido.

———

3.

Como os bichos se esforçaram e suaram para recolher o feno! Mas seus esforços foram recompensados, pois o sucesso da colheita foi além do que esperavam.

O trabalho às vezes era pesado; os implementos haviam sido criados para serem usados por seres humanos, e não por animais, que eram muito prejudicados pelo fato de que nenhum deles podia usar ferramentas que os obrigassem a ficar em pé sobre as patas traseiras. Mas os porcos eram tão inteligentes que sempre davam um jeito de contornar os obstáculos. Quanto aos cavalos, esses conheciam cada centímetro dos campos, e na verdade sabiam ceifar e juntar o feno muito melhor que Jones e seus empregados. Os porcos, a rigor, não trabalhavam, mas sim dirigiam e supervisionavam os outros. Munidos que eram de conhecimentos superiores, era natural que assumissem a liderança. Guerreiro e Tulipa atrelavam-se à segadeira ou ao rastelo (agora não era mais necessário usar freios e rédeas, é claro) e davam voltas e mais voltas no campo com um porco andando atrás deles, a gritar: "Em frente, camarada!" ou "Voltar, camarada!", conforme o caso. E todos os animais, mesmo os mais humildes, ajudavam a recolher o feno. Até os patos e as galinhas passavam o dia todo caminhando no sol, carregando pequeninos feixes de feno no bico. Conseguiram concluir o trabalho, levando dois dias a menos do que Jones e seus empregados costumavam levar. Mais ainda, foi a maior colheita já realizada na fazenda. Não houve nenhum desperdício; as galinhas e os patos, com sua visão aguçada, recolheram até a última fibra. E nenhum animal da fazenda roubou nem sequer um bocado. Durante todo o verão, o trabalho na fazenda transcorreu com perfeita regularidade. Os bichos sentiam uma felicidade que jamais haviam sequer imaginado. Cada bocado de alimento lhes proporcionava um prazer intenso, agora que era de fato deles, produzido por eles e para eles, e não distribuído em porções miseráveis por um dono sovina. Com a expulsão dos seres humanos, aqueles parasitas imprestáveis, havia mais comida para todos. Havia mais lazer, também, ainda que os animais tivessem pouca experiência a esse respeito. Enfrentaram muitas dificuldades — por exemplo, depois do verão, quando colheram o trigo, foram obrigados a pisá-lo, um método arcaico, e a separar o grão do joio soprando, pois na fazenda não existia debulhadora —, mas os porcos, com sua inteligência, e Guerreiro, com seus músculos poderosos, sempre conseguiam resolver os problemas. Todos tinham admiração por Guerreiro. Ele já era muito trabalhador no tempo de Jones; havia dias em que se tinha a impressão de que todo o trabalho da fazenda pesava sobre seu lombo. Ele puxava e empurrava da manhã à noite, e sempre estava no lugar em que a tarefa era mais árdua. Havia encarregado um frangote de despertá-lo todas as manhãs meia hora antes dos outros animais, e oferecia-se como voluntário onde quer que seus serviços parecessem mais necessários, antes de dar início à rotina do dia. Diante de cada problema, de cada obstáculo, ele sempre dizia: "Vou trabalhar mais!". A frase passou a ser seu lema pessoal.

Porém cada um trabalhava conforme sua capacidade. As galinhas e os patos, por exemplo, economizaram cinco cestos de grão na colheita ao recolher o que caía no chão. Ninguém roubava, ninguém reclamava de seu quinhão de ração; as arengas, as mordidas, os ciúmes que faziam parte do cotidiano nos velhos tempos haviam quase desaparecido. Ninguém fazia corpo mole — quer dizer, quase ninguém. Era bem verdade que Chica dava trabalho na hora de se levantar de manhã, e volta e meia parava de trabalhar mais cedo alegando que havia uma pedra cravada em seu casco. E o comportamento da gata era um tanto estranho. Em pouco tempo percebeu-se que, sempre que havia trabalho a ser feito, era impossível encontrá-la. Ela sumia por horas a fio, e aparecia quando era hora de comer, ou então ao cair da noite, quando o trabalho já cessara, como se nada tivesse acontecido. Mas ela sempre dava desculpas tão boas, e ronronava de modo tão carinhoso, que não havia como não acreditar nas suas boas intenções. O velho Benjamim, o burro, parecia não ter mudado nem um pouco com a Rebelião. Trabalhava do mesmo modo lento e obstinado como sempre trabalhara no tempo de Jones; nunca se esquivava do trabalho, mas também nunca se oferecia para fazer hora extra. Jamais manifestava opinião alguma a respeito da Rebelião e suas consequências. Quando lhe perguntavam se não era mais feliz agora que Jones fora expulso da fazenda, dizia apenas: "Os burros são longevos. Nenhum de vocês já viu um burro morto", e os outros tinham de se contentar com aquela resposta enigmática.

Nos domingos não se trabalhava. O desjejum era uma hora mais tarde que nos dias úteis, e finda a refeição observava-se uma cerimônia todas as semanas, sem exceção. Começava com o hasteamento da bandeira. Bola de Neve encontrara na sala dos arreios uma velha toalha de mesa verde e nela pintara com tinta branca um casco de quadrúpede e um chifre. Todas as manhãs de domingo essa bandeira era hasteada no mastro que havia no jardim da casa. Era verde, explicava Bola de Neve, para representar os verdejantes campos da Inglaterra, e o casco e o chifre apontavam para a futura República dos Animais, que surgiria quando a espécie humana fosse finalmente derrubada. Depois do hasteamento da bandeira, todos os animais iam para o celeiro grande, onde se realizava uma assembleia geral conhecida como Reunião. Nela planejavam-se os trabalhos da semana vindoura, submetiam-se e discutiam-se propostas. Eram sempre os porcos que apresentavam propostas. Os outros animais sabiam votar, mas nunca tinham nada a propor. Bola de Neve e Napoleão eram de longe os participantes mais ativos nos debates. Porém percebia-se que os dois

54 — A FAZENDA DOS ANIMAIS

nunca estavam de acordo: sempre que um dava uma sugestão, era certo que o outro seria contrário a ela. Mesmo quando se decidiu — pois ninguém teria motivo para se opor a tal proposta — designar o pequeno cercado depois do pomar como um refúgio para os animais velhos demais para trabalhar, houve uma discussão acirrada a respeito da idade apropriada da aposentadoria de cada classe animal. A Reunião sempre terminava com todos cantando "Bichos da Inglaterra", e a tarde era destinada ao lazer.

Os porcos haviam reservado a sala dos arreios para servir de quartel-general deles. Ali, aprendiam à noite os ofícios necessários, como os do ferreiro e do carpinteiro, com base em livros que haviam retirado da casa do fazendeiro. Bola de Neve também se encarregava de organizar os outros animais no que ele chamava de Comitês Animais. Nesse trabalho ele era incansável. Formou o Comitê de Produção de Ovos para as galinhas, a Liga das Caudas Limpas para as vacas, o Comitê de Reeducação de Camaradas Selvagens (com o objetivo de domesticar os ratos e os coelhos), o Movimento Lã Mais Alva para as ovelhas e várias outras organizações, além de instituir cursos para ensinar a ler e escrever. De modo geral, esses projetos não deram em nada. A tentativa de domar as criaturas selvagens, por exemplo, fracassou quase de imediato. Elas continuaram a se comportar tal como antes, e quando eram tratadas com generosidade, limitavam-se a aproveitar-se de suas vantagens. A gata entrou para o Comitê de Reeducação e nele teve participação intensa por alguns dias. Uma ocasião, foi vista trepada no telhado a conversar com alguns pardais que estavam quase ao seu alcance. Dizia-lhes que todos os animais agora eram camaradas e qualquer pardal poderia pousar na pata dela; mas os pássaros preferiram manter distância.

Já a tentativa de ensinar os bichos a ler e escrever teve um sucesso tremendo. Quando chegou o outono, praticamente todos os animais da fazenda estavam até certo ponto alfabetizados.

Quanto aos porcos, eles já sabiam ler e escrever à perfeição. Os cães aprenderam a ler mais ou menos, mas a única leitura que os interessava eram os Sete Mandamentos. A cabra Mabel aprendeu a ler um pouco melhor que os cães, e às vezes à noite lia para os outros pedaços de jornal que encontrava no lixo. Benjamim lia tão bem quanto qualquer porco, mas nunca exercitava essa faculdade. Até onde podia ver, ele comentava, não havia nada que valesse a pena ler. Tulipa aprendeu todo o alfabeto, mas não conseguia formar palavras. Guerreiro não conseguiu passar da letra *D*. Traçava na terra *A*, *B*, *C* e *D* com sua enorme pata, e depois ficava olhando para as letras com as orelhas para trás, por vezes sacudindo o topete, tentando com todas as suas forças lembrar-se do que vinha depois, sem jamais conseguir. Em algumas ocasiões, conseguiu aprender *E*, *F*, *G* e *H*, mas nesse ponto sempre ficava claro que já se esquecera de *A*, *B*, *C* e *D*. Por fim, Guerreiro resolveu contentar-se com as primeiras letras, que escrevia uma ou duas vezes todos os dias, para refrescar a memória. Chica recusou-se a aprender quaisquer letras que não fossem as quatro necessárias para escrever seu próprio nome. Ela as traçava com muito capricho, usando pequenos gravetos, depois as enfeitava com uma ou duas flores, e punha-se a andar em torno do nome admirando seu feito.

Nenhum outro animal da fazenda conseguiu ir além da letra *A*. Constatou-se também que os bichos mais desprovidos de inteligência, como ovelhas, galinhas e patos, não eram capazes de decorar os Sete Mandamentos. Depois de pensar muito na questão, Bola de Neve proclamou que os Sete Mandamentos podiam, na verdade, ser reduzidos a uma única máxima: "Quatro pernas, bom; duas pernas, mau". Segundo ele, ali estava o princípio essencial do Animalismo. Quem o apreendesse por completo estaria protegido das influências humanas. As aves de início protestaram, pois lhes parecia que elas também tinham duas pernas, mas Bola de Neve provou-lhes que não era assim.

"As asas das aves, camaradas", explicou ele, "configuram um órgão de propulsão, e não de manipulação. Portanto, devem ser consideradas uma espécie de perna. A marca distintiva do homem é a mão, um instrumento com o qual ele pratica todas as suas maldades."

As aves não compreenderam as palavras difíceis usadas por Bola de Neve, mas aceitaram sua explicação, e assim todos os bichos mais humildes passaram a esforçar-se para decorar a nova máxima. As palavras QUATRO PERNAS, BOM; DUAS PERNAS, MAU foram traçadas na parede ao fundo do celeiro, acima dos Sete

Mandamentos, em letras maiores. Quando conseguiram decorar a máxima, as ovelhas se encantaram com ela, e com frequência, deitadas na grama, todas começavam a balir: "Quatro pernas, bom; duas pernas, mau!". Ficavam horas a fio a repeti-la, sem nunca se cansar.

Napoleão não se interessava pelos comitês de Bola de Neve. Dizia-lhe que a educação dos jovens era mais importante do que qualquer coisa que pudesse ser feita com os adultos. Ora, por acaso Lulu e Petúnia haviam dado cria pouco depois da colheita do feno, gerando, as duas juntas, nove cãezinhos saudáveis. Tão logo eles foram desmamados, Napoleão afastou-os das mães, afirmando que ele próprio seria responsável pela educação daqueles jovens. Levou-os para um jirau ao qual só se chegava tomando uma escada que saía da sala dos arreios, e lá os manteve em tal isolamento que o resto da fazenda em pouco tempo se esqueceu da existência deles.

O mistério do desaparecimento do leite rapidamente se desfez. O leite era misturado todo dia à comida dos porcos. As primeiras maçãs estavam amadurecendo, e a grama do pomar encheu-se de frutas derrubadas pelo vento. Os animais achavam que naturalmente elas seriam divididas entre todos por igual; um belo dia, porém, foi divulgada a ordem de que todas as frutas derrubadas pelo vento deveriam ser recolhidas e levadas à sala dos arreios, para serem usadas pelos porcos. Alguns dos outros animais ficaram resmungando ao saber disso, mas não adiantou nada. Todos os porcos concordavam a respeito desse ponto, até mesmo Bola de Neve e Napoleão. Guincho foi designado para dar aos outros as explicações necessárias.

"Camaradas!", exclamou ele. "Vocês não estão pensando, eu espero, que nós, os porcos, estejamos fazendo isso movidos pelo egoísmo e pelo privilégio. Na verdade, muitos de nós nem gostamos de leite e maçãs — eu, por exemplo, não gosto. Nosso único objetivo, ao consumir tais substâncias, é preservar nossa saúde. O leite e as maçãs (isso foi comprovado pela ciência, camaradas) contêm substâncias absolutamente fundamentais para o bem-estar dos porcos. Nós, os porcos, trabalhamos com o cérebro. Toda a administração e organização desta fazenda dependem de nós.

Dia e noite, cuidamos do bem-estar de vocês. É em prol de *vocês* que bebemos esse leite e comemos essas maçãs. Sabem o que aconteceria se nós, porcos, não cumpríssemos o nosso dever? Jones voltaria! Isso mesmo, Jones voltaria! Sem dúvida, camaradas", exclamou Guincho, quase em tom de súplica, pulando de um lado para o outro e agitando o rabo, "sem dúvida, ninguém de vocês deseja a volta de Jones, não é?"

Se havia uma coisa a respeito da qual havia consenso absoluto entre os bichos, era isto: ninguém queria a volta de Jones. Quando a questão foi apresentada dessa maneira, não lhes ocorreu mais nada a dizer. Era evidente a importância de manter a saúde dos porcos. Assim, concordou-se, sem mais discussões, que o leite e as maçãs caídas na grama (e também toda a colheita de maçãs, quando elas estivessem maduras) deveriam ser reservados exclusivamente aos porcos.

———

4.

No final do verão, a notícia sobre o que havia acontecido na Fazenda dos Animais já havia se espalhado por meio condado. Todos os dias Bola de Neve e Napoleão enviavam revoadas de pombos com ordens de se misturar aos animais das fazendas vizinhas, contar-lhes a história da Rebelião e ensinar-lhes a canção "Bichos da Inglaterra".

O sr. Jones passara a maior parte desse tempo no Ao Leão Vermelho em Willingdon, queixando-se, para qualquer um que lhe desse ouvidos, da injustiça monstruosa que sofrera — expulso de sua propriedade por um bando de animais imprestáveis. Os outros fazendeiros, por uma questão de princípios, eram solidários com ele, mas de início não lhe deram muita ajuda. No fundo, cada um deles ficava a se perguntar se não haveria uma maneira de lucrar com a desgraça de Jones. Por sorte, os donos das duas propriedades vizinhas da Fazenda dos Animais eram inimigos de longa data. Uma delas, chamada Foxwood, era uma fazenda grande, malcuidada, antiquada e tomada pelo mato; os pastos estavam todos exauridos e as sebes, em condições deploráveis. O dono, sr. Pilkington, era um agricultor inexperiente, boa-vida, que passava a maior parte do tempo pescando ou caçando, a depender da estação. A outra propriedade, chamada Pinchfield, era melhor e mais bem-cuidada. Pertencia a um certo sr. Frederick, homem durão e ladino, o tempo todo envolvido em processos na justiça; tinha fama de sempre levar a melhor. Os dois proprietários se detestavam de tal modo que lhes era difícil chegar a um acordo a respeito de qualquer coisa, mesmo quando se tratava de promover seus próprios interesses.

Não obstante, os dois ficaram muitíssimo assustados com a rebelião ocorrida na Fazenda dos Animais, e tinham o maior interesse em impedir que os bichos das suas terras ficassem sabendo muita coisa sobre o ocorrido. De início, fingiam não levar a sério a ideia de que uma fazenda fosse administrada pelos próprios animais. Aquela história toda ia acabar em duas semanas, comentavam. Espalharam que os bichos da Fazenda do Solar (eles insistiam em usar o nome antigo; recusavam-se a usar a denominação "Fazenda dos Animais") viviam brigando uns com os outros, e que já estavam morrendo de fome. À medida que o tempo passava e ficava bem claro que os animais não haviam morrido de fome, Frederick e Pilkington mudaram de tática e passaram a falar dos horrores que estavam acontecendo na Fazenda dos Animais. Afirmavam que os bichos praticavam canibalismo, torturavam-se uns aos outros com ferraduras em brasa e compartilhavam as fêmeas. Era nisso que dava uma rebelião contra as leis da natureza, diziam Frederick e Pilkington.

No fundo, porém, ninguém acreditava de todo naquelas histórias. Continuavam a correr boatos a respeito de uma fazenda maravilhosa, da qual os seres humanos tinham sido expulsos e onde os animais cuidavam de sua própria vida, boatos vagos e distorcidos, e durante todo aquele ano uma onda de rebeliões espalhou-se pelo campo. Touros que sempre haviam sido mansos de repente ficaram bravos; ovelhas derrubavam as sebes e devoravam o trevo; vacas chutavam o balde de leite; os cavalos estacavam de repente diante das cercas e lançavam os cavaleiros para o outro lado. E o mais importante, a melodia e até mesmo a letra de "Bichos da Inglaterra" agora eram conhecidas por toda parte. A canção se espalhara com uma velocidade assustadora. Os seres humanos não conseguiam conter sua indignação quando a ouviam, embora fingissem achá-la apenas ridícula. Diziam não conseguir entender como uma bobagem tão desprezível podia ser cantada, nem mesmo por bichos. Qualquer animal apanhado em flagrante cantando a música era chicoteado na hora. E no entanto não havia como reprimir a canção. Os melros a assobiavam nas sebes; os pombos a arrulhavam nos olmos; ela penetrava na barulheira das ferrarias e na melodia dos sinos das igrejas. E sempre que a ouviam, os seres humanos estremeciam por dentro, pois julgavam que ela profetizava sua desgraça futura.

No início de outubro, quando o trigo já havia sido colhido e empilhado, e uma parte dele já fora debulhada, uma revoada de pombos cruzou o céu e pousou no pátio da Fazenda dos Animais, em estado de grande excitação. Jones e todos os seus empregados, com mais meia dúzia de homens de Foxwood e Pinchfield, tinham penetrado pela porteira de cinco traves e estavam subindo pela trilha que levava à fazenda. Todos traziam porretes, menos Jones, que vinha à frente com uma arma de fogo na mão. Sem dúvida, vinham para tentar retomar a fazenda.

Os bichos já esperavam por aquilo fazia um bom tempo, e tinham tomado todas as precauções necessárias. Bola de Neve, que havia estudado um livro antigo sobre as campanhas de Júlio César que ele encontrara na casa, encarregou-se das ações de defesa. Deu suas ordens rapidamente, e em dois minutos cada animal estava em seu posto.

Quando os seres humanos estavam se aproximando das construções da fazenda, Bola de Neve lançou seu primeiro ataque. Todos os pombos, que eram em trinta e cinco, ficaram a voar de um lado para outro acima da cabeça dos homens, lançando seus excrementos sobre eles; e enquanto os homens tentavam limpar-se, os gansos, que estavam escondidos atrás da sebe, vieram correndo bicar-lhes as pernas com força. Mas isso era apenas uma ação diversionária, cuja intenção era gerar um pouco de confusão, e os homens espantaram com facilidade os gansos com os porretes. Em seguida, Bola de Neve lançou sua segunda linha de ataque. Mabel, Benjamim e todas as ovelhas, liderados por Bola de Neve, avançaram e ficaram a chifrar e empurrar os homens de todos os lados, enquanto Benjamim virou-se de costas e começou a escoiceá-los com seus pequenos cascos. Mais uma vez, porém, os homens, com seus porretes e suas botas grossas, foram mais fortes que eles; de repente Bola de Neve guinchou, o sinal combinado para baterem em retirada, e todos os animais saíram correndo e atravessaram o portão em direção ao pátio.

Os homens soltaram um grito de triunfo. Tal como imaginaram, viam seus inimigos fugindo, e saíram correndo atrás deles de maneira desordenada. Era precisamente essa a intenção de Bola de Neve. Assim que todos entraram no pátio, os três cavalos, as três vacas e os outros porcos, emboscados no estábulo das vacas, de repente surgiram atrás dos homens, fechando-lhes a saída. Então Bola de Neve deu o sinal para o ataque. Ele próprio partiu direto para cima de Jones, que ao vê-lo levantou a espingarda e disparou. As balas abriram riscos sangrentos nas costas de Bola de Neve, e uma ovelha caiu morta. Sem se deter por sequer um instante, Bola de Neve lançou sua massa de cem quilos nas pernas de Jones. O homem foi arremessado numa pilha de estrume, e sua espingarda voou longe. Mas o espetáculo mais assustador foi Guerreiro, sustentado pelas patas traseiras, a atacar com seus enormes cascos ferrados, como um garanhão. Seu primeiro golpe atingiu na cabeça um cavalariço de Foxwood, que caiu inerte na lama. Ao ver isso, alguns dos homens largaram seus porretes e tentaram correr. Foram dominados pelo pânico, e no instante seguinte todos os animais juntos os perseguiam, fazendo-os dar voltas e mais voltas no pátio. Foram chifrados, escoiceados, mordidos, pisoteados. Não houve um único animal da fazenda que não se vingasse deles, cada um a seu modo. Até mesmo a gata de súbito pulou do telhado sobre os ombros de um vaqueiro e cravou-lhe as garras no pescoço; o homem soltou um grito horrível. No momento em que a saída estava livre, os homens aproveitaram para correr para fora do pátio e bater em retirada em direção à estrada. E assim, cinco minutos após a invasão, eles estavam fugindo vergonhosamente pelo mesmo lugar por onde haviam entrado, seguidos por um bando de gansos a grasnar e lhes bicar as pernas, sem parar.

Todos os homens tinham ido embora, menos um. No pátio, Guerreiro tentava com a pata desvirar o cavalariço que estava deitado de cara na lama. O rapaz não se mexia.

"Morreu", dizia Guerreiro, com tristeza. "Não foi de propósito. Esqueci que tinha ferraduras nos cascos. Quem vai acreditar que eu não tinha intenção de matar?"

"Nada de sentimentalismo, camarada!", exclamou Bola de Neve, cujas feridas ainda sangravam. "Guerra é guerra. Ser humano bom é ser humano morto."

"Não quero causar a morte de ninguém, nem mesmo de um ser humano", repetia Guerreiro, com os olhos cheios de lágrimas.

"Onde está a Chica?", alguém perguntou.

De fato, Chica não estava em lugar nenhum. Por algum tempo todos ficaram muito assustados; temia-se que os homens a tivessem machucado, ou até mesmo a houvessem levado. No fim, porém, ela foi encontrada escondida em sua baia, a cabeça enfiada no feno da manjedoura. Fugira para lá no momento em que a arma disparou. E quando os outros, depois que a encontraram, saíram da estrebaria, constataram que o cavalariço, que na verdade apenas desmaiara, já tinha se recuperado e escapulido.

Os bichos se reuniram novamente na maior animação, cada um contando os seus feitos durante a batalha, em altos brados. Houve uma comemoração improvisada da vitória na mesma hora. Hastearam a bandeira e cantaram "Bichos da Inglaterra" várias vezes; em seguida, a ovelha morta recebeu um funeral solene, e um pé de pilriteiro foi plantado em seu túmulo. Na ocasião, Bola de Neve fez um pequeno discurso, ressaltando a necessidade de que todos estivessem dispostos a morrer pela Fazenda dos Animais, se necessário fosse.

Os bichos decidiram por unanimidade criar uma condecoração militar — "Herói Animal, Primeira Classe" —, a qual foi conferida ali mesmo a Bola de Neve e a Guerreiro. Era uma medalha de latão (na verdade, velhas peças de arreios encontradas no galpão), que deveria ser usada aos domingos e nos feriados. Criou-se também outra distinção — "Herói Animal, Segunda Classe" —, que foi conferida postumamente à ovelha morta.

Discutiu-se muito a respeito do nome a ser dado à batalha. Terminaram escolhendo a designação Batalha do Estábulo, por ter sido lá a emboscada. A espingarda do sr. Jones foi encontrada na lama, e sabia-se que dentro da casa havia munições. Resolveu-se instalar a espingarda ao pé do mastro da bandeira, como se fosse uma peça de artilharia, e dispará-la duas vezes por ano — no dia 12 de outubro, aniversário da Batalha do Estábulo, e no solstício de verão, aniversário da Rebelião.

5.

Com a chegada do inverno, o comportamento de Chica foi ficando cada vez pior. Chegava atrasada para o serviço todas as manhãs, com a desculpa de que não tinha conseguido acordar na hora, e queixava-se de dores misteriosas, embora seu apetite estivesse ótimo. Com os mais variados pretextos, escapulia do trabalho e ia para o bebedouro, onde ficava contemplando seu reflexo na água, como uma boba. Mas corriam boatos de que coisas mais sérias estavam acontecendo. Um dia, quando Chica chegou ao pátio, toda faceira, balançando o longo rabo e mastigando um pouco de feno, Tulipa chamou-a para uma conversa.

"Chica, tenho uma coisa muita séria para lhe dizer. Hoje de manhã vi você olhando por cima da sebe que separa a Fazenda dos Animais de Foxwood. Um dos homens do sr. Pilkington estava parado do outro lado da sebe. E então — bem, eu estava muito longe, mas tenho quase certeza de que vi o homem falando com você, e você deixando que ele fizesse uma carícia no seu focinho. O que significa isso, Chica?"

"Ele não fez isso! Eu não fiz isso, não! Não é verdade!", exclamou Chica, começando a saltitar de um lado para outro e a escarvar a terra.

66 — A FAZENDA DOS ANIMAIS

"Chica! Olhe bem para mim. Você me dá a sua palavra de honra de que aquele homem não fez uma carícia no seu focinho?"

"Não é verdade!", repetia Chica, mas recusava-se a encarar Tulipa, e logo em seguida saiu saltitando rápido pelo campo afora. Tulipa teve uma ideia. Sem dizer nada a ninguém, foi até a baia de Chica e revirou a palha com a pata. Escondida embaixo da palha, encontrou uma pequena pilha de torrões de açúcar e vários maços de fitas de cores variadas.

Três dias depois, Chica desapareceu. Por algumas semanas, nada se soube a respeito do seu paradeiro; então os pombos vieram contar que a tinham visto do outro lado de Willingdon. Estava atrelada a uma charrete elegante, pintada de vermelho e preto, parada à porta de um bar. Um homem gordo, de rosto rubicundo, trajando calça xadrez e polainas, com cara de dono de bar, fazia festas no focinho de Chica e lhe dava açúcar. O pelo dela estava recém-tosado, e em seu topete havia uma fita vermelha. Ela parecia estar se divertindo, disseram os pombos. Nenhum dos animais jamais voltaria a falar em Chica.

Em janeiro, o frio foi terrível. A terra ficou dura como ferro, e nada se podia fazer nos campos. Realizaram-se muitas Reuniões no celeiro grande, e os porcos cuidavam do planejamento da próxima estação. Todos haviam concordado que os porcos, que eram sem dúvida mais inteligentes que os outros animais, tomariam todas as decisões referentes à administração da fazenda, ainda que depois elas fossem ratificadas pelo voto da maioria. Esse sistema teria funcionado bem se não fossem as disputas entre Bola de Neve e Napoleão. Os dois discordavam a respeito de todas as questões sobre as quais era possível discordar. Se um sugeria que se aumentasse a extensão da terra dedicada ao plantio de cevada, era mais que certo que o outro ia exigir que se ampliasse o cultivo de aveia; se um dizia que determinado campo era perfeito para repolhos, o outro afirmava que o tal campo só servia para raízes. Cada um deles tinha seus seguidores, e houve alguns debates violentos. Nas Reuniões, Bola de Neve com frequência obtinha a maioria dos votos, graças ao brilho de seus discursos, mas Napoleão se saía melhor quando se tratava de angariar apoio entre uma e outra Reunião. Era com as ovelhas que ele obtinha mais sucesso.

Nos últimos tempos, elas começavam a recitar "Quatro pernas, bom; duas pernas, mau" tanto nas horas apropriadas como nas mais inoportunas, chegando mesmo a interromper as Reuniões com sua cantoria. Percebeu-se que elas eram mais dadas a cantar "Quatro pernas, bom; duas pernas, mau" em momentos cruciais dos discursos de Bola de Neve. Ele estudara a fundo alguns números antigos de *Agricultor e Pecuarista* encontrados na casa, e estava cheio de planos de inovações e melhorias. Falava com conhecimento de causa sobre drenagem de terrenos, silagem e escória básica, e chegou a formular um plano complicado segundo o qual os animais evacuariam diretamente nos campos, num lugar diferente a cada dia, para tornar desnecessário o transporte do esterco. Napoleão não apresentava nenhum plano, porém comentava, discretamente, que os projetos de Bola de Neve não dariam em nada, e parecia estar esperando a hora de agir. Mas, de todas as controvérsias entre eles, a mais acalorada foi a que se deu em torno do moinho de vento.

No pasto grande, não muito longe das construções da fazenda, havia um pequeno outeiro que era o ponto mais elevado da propriedade. Depois de examinar todo o terreno, Bola de Neve concluiu que aquele era o lugar perfeito para instalar um moinho de vento, o qual acionaria um dínamo e forneceria eletricidade à fazenda. Com isso, poderiam ter luz e aquecimento nas baias durante o inverno, e também operar uma serra circular, um corta-palha, uma cortadora de beterraba e uma ordenhadeira elétrica. Os outros bichos nunca tinham ouvido falar nesse tipo de coisa (pois a fazenda era bem antiquada, e nela só havia as máquinas mais primitivas), e ouviam atônitos Bola de Neve discorrer sobre máquinas fantásticas que fariam o trabalho dos animais, enquanto eles pastassem tranquilamente nos campos ou cultivassem a mente através da leitura e da conversação.

Em poucas semanas, Bola de Neve concluiu seu projeto de construção de um moinho de vento. Os detalhes mecânicos vinham quase todos de três livros largados pelo sr. Jones — *Mil coisas úteis a fazer em casa*, *A alvenaria ao alcance de todos* e *Eletricidade para principiantes*. Para realizar seus estudos, Bola de Neve usava um galpão onde outrora ficavam incubadoras, pois lá o piso era de madeira lisa, bom para desenhar. Ficava enfurnado ali por horas a fio. Mantendo os livros abertos com o apoio de pedras, e usando um pedaço de giz preso entre as pontas do casco, movimentava--se de um lado para o outro, traçando linhas e guinchando em voz baixa, de pura empolgação. Pouco a pouco os planos foram dando origem a um complexo emaranhado de alavancas e engrenagens, que cobria mais da metade do soalho; os outros animais achavam aquilo completamente ininteligível, mas mesmo assim impressionante. Todos vinham olhar para os desenhos de Bola de Neve ao menos uma vez por dia. Até mesmo as galinhas e os patos apareciam, andando com todo o cuidado para não pisar nas marcas de giz. Apenas Napoleão não vinha nunca. Desde o início ele deixara claro sua oposição à ideia do moinho. Um dia, no entanto, chegou inesperadamente para examinar o projeto. Ficou a arrastar o corpanzil pesado de um lado para outro do galpão, examinando cada detalhe do projeto, farejando de vez em quando; depois permaneceu algum tempo olhando de esguelha para o desenho; então, de súbito, levantou a pata, urinou em cima dele e saiu do galpão sem dizer palavra.

Toda a fazenda estava profundamente dividida quanto à questão do moinho. Bola de Neve reconhecia que não seria fácil construí-lo. Teriam de juntar pedras e construir paredes; em seguida, precisariam fazer as pás; por fim, seriam necessários dínamos e cabos. (De que modo haveriam de obter essas coisas, Bola de Neve não dizia.) Afirmava, porém, que seria possível fazer tudo em um ano. A partir daí, dizia ele, a economia de trabalho seria tamanha que os animais só precisariam trabalhar três dias por semana. Napoleão, por sua vez, argumentava que a grande necessidade do momento era aumentar a produção de comida, e que se perdessem tempo com o tal moinho iam todos morrer de fome. Os bichos formaram duas facções, cada uma com seu slogan: "Vote em Bola de Neve e na semana de três dias" e "Vote em Napoleão e na manjedoura cheia". Benjamim foi o único animal que não se filiou a nenhuma das facções. Não acreditava que a comida se tornaria mais abundante, nem que o moinho de vento pouparia trabalho. Com moinho ou sem moinho, dizia ele, a vida continuaria como sempre — ou seja, ruim.

Além das discussões a respeito do moinho de vento, havia também a questão da defesa da fazenda. Parecia claro que os seres humanos, embora tivessem sido derrotados na Batalha do Estábulo, poderiam fazer outra tentativa, mais eficaz, de retomar a fazenda e devolvê-la ao sr. Jones. O que lhes dava ainda mais motivo para agir era o fato de que a notícia da derrota se espalhara pelo interior, e por isso os bichos das fazendas vizinhas estavam mais agitados do que nunca. Como sempre, Bola de Neve e Napoleão discordavam. Segundo Napoleão, o que os bichos deviam fazer era obter armas de fogo e aprender a usá-las. Já Bola de Neve julgava que deveriam enviar cada vez mais pombos para espalhar a rebelião entre os animais das outras fazendas. O primeiro argumentava que, se não conseguissem se defender, fatalmente seriam conquistados; o segundo dizia que, se eclodissem rebeliões por toda parte, não seria necessário se defender. Os animais ouviram primeiro Napoleão, depois Bola de Neve, e não conseguiram decidir qual dos dois tinha razão; na verdade, sempre concordavam com aquele que estivesse falando no momento.

Por fim, chegou o dia em que o projeto de Bola de Neve ficou pronto. Na primeira Reunião de domingo, decidiu-se pôr em votação se começavam ou não a construir o moinho de vento. Quando todos os animais estavam reunidos no celeiro grande, Bola de Neve levantou-se e, ainda que interrompido de vez em quando pelo balir das ovelhas, expôs as razões que o levavam a propor a construção do moinho. Em seguida, Napoleão levantou-se para retrucar. Disse, em voz bem baixa, que o moinho era uma tolice, e que aconselhava todos a votar contra; em seguida, sentou-se. Ao todo, falara por apenas trinta segundos, e parecia quase indiferente ao efeito que sua fala teria. Então Bola de Neve levantou-se de repente, e falando mais alto a fim de calar as ovelhas, que haviam recomeçado a balir, fez uma defesa apaixonada do projeto do moinho. Até aquele momento, as duas facções eram mais ou menos de tamanho equivalente, mas bastou um momento para que a eloquência de Bola de Neve os convencesse. Com frases brilhantes, ele traçou um quadro da Fazenda dos Animais tal como seria depois que os bichos não tivessem mais que arcar com aquela trabalheira sórdida. Sua imaginação foi além dos corta-palhas e das máquinas de fatiar nabos. A eletricidade, dizia ele, faria funcionar debulhadoras, arados, grades, rolos compressores, colhedeiras e enfardadeiras, além de fornecer a cada baia luz elétrica, água quente e fria e um aquecedor elétrico. Quando Bola de Neve terminou de falar, não havia mais dúvida a respeito do resultado da votação.

Mas nesse exato momento Napoleão levantou-se e, dirigindo um estranho olhar de esguelha a Bola de Neve, emitiu um guincho agudo, diferente de qualquer som que alguém já o tivesse ouvido produzir.

De imediato, ouviram-se latidos terríveis do lado de fora, e nove cães imensos, com coleiras de metal, invadiram o celeiro. Partiram direto para cima de Bola de Neve, que bem na hora saltou de onde estava para escapar daquelas presas afiadas. Escapuliu do celeiro num piscar de olhos, perseguido pelos cachorros. Atônitos e assustados demais para falar, todos os animais saíram correndo para assistir à perseguição. Bola de Neve estava atravessando a toda a velocidade o pasto grande que ia dar na estrada. Corria como só os porcos sabem correr, mas os cães estavam quase o alcançando. De repente ele escorregou, e parecia certo que o pegariam. Em seguida, ele levantou-se e saiu correndo mais depressa ainda do que antes; logo os cães voltaram a aproximar-se dele. Um dos cachorros quase chegou a abocanhar o rabo de Bola de Neve, mas o porco conseguiu livrar-se no último instante. Então acelerou seu passo mais ainda, e com alguns centímetros de vantagem enfiou-se num buraco na sebe e sumiu.

Mudos e apavorados, os bichos foram voltando ao celeiro, pé ante pé. Logo em seguida os cães voltaram correndo. De início, ninguém conseguia imaginar de onde haviam saído aquelas criaturas, mas a resposta logo ficou clara: eram os filhotes que Napoleão retirara das mães e criara em separado. Embora ainda não tivessem atingido a maturidade, eram cães enormes, de aparência feroz, como se fossem lobos. Reuniram-se em torno de Napoleão. Alguns perceberam que eles abanavam o rabo para ele, tal como os outros cães outrora costumavam fazer com o sr. Jones.

Napoleão, agora seguido pelos cachorros, subiu na espécie de plataforma onde outrora o Major fizera seu discurso. Anunciou que de agora em diante não haveria mais Reuniões nas manhãs de domingo. Elas eram desnecessárias e desperdiçavam tempo. No futuro, todas as questões relativas ao funcionamento da fazenda seriam decididas por uma comissão especial de porcos, presidida por ele. A comissão deliberaria a portas fechadas, e depois comunicaria as decisões aos outros. Os animais continuariam se reunindo nas manhãs de domingo para hastear a bandeira, cantar "Bichos da Inglaterra" e receber as ordens para a próxima semana; mas não haveria mais debates. Por mais chocados que estivessem com a expulsão de Bola de Neve, os animais receberam essa notícia com consternação. Alguns teriam protestado se tivessem encontrado os argumentos apropriados. Até Guerreiro ficou vagamente incomodado. Esticou as orelhas para trás, sacudiu o topete algumas vezes e se esforçou para ordenar as ideias; mas acabou não encontrando nada para dizer. Mesmo entre os porcos, porém, houve dissidências mais explícitas. Quatro leitões cevados sentados na primeira fileira emitiram grunhidos estridentes de reprovação, e os quatro levantaram-se ao mesmo tempo e começaram a falar na mesma hora. Mas de repente os cães que cercavam Napoleão começaram a rosnar baixinho, ameaçadores; os porcos se calaram e voltaram a sentar-se. Então as ovelhas começaram a balir de modo estrondoso o lema "Quatro pernas, bom; duas pernas, mau!". Isso se prolongou por quase quinze minutos, impedindo qualquer possibilidade de debate.

Posteriormente, Guincho foi incumbido de explicar aos outros a nova situação.

"Camaradas", disse ele, "espero que todos os animais daqui compreendam o sacrifício que o camarada Napoleão fez ao assumir mais essa tarefa. Não fiquem pensando, camaradas, que liderar é um prazer! Muito pelo contrário, é uma responsabilidade séria e onerosa. Ninguém mais do que o camarada Napoleão acredita com tanta firmeza na igualdade de todos os animais. Ele gostaria muito de deixar que vocês tomassem suas decisões por conta própria. Mas às vezes vocês poderiam tomar decisões erradas, camaradas, e aí como é que íamos ficar? Imaginem se vocês tivessem resolvido seguir Bola de Neve, com suas histórias de moinhos de vento — Bola de Neve, que, como sabemos agora, não passava de um criminoso?"

72 — A FAZENDA DOS ANIMAIS

"Ele combateu com bravura na Batalha do Estábulo", alguém argumentou.

"Bravura não basta", disse Guincho. "Lealdade e obediência são mais importantes. E quanto à Batalha do Estábulo, há de chegar o dia, creio eu, em que vamos constatar que a participação de Bola de Neve nela foi muito exagerada. Disciplina, camaradas, disciplina férrea! Essa é a nossa palavra de ordem de hoje. Um passo em falso, e os inimigos nos pegam. Sem dúvida, camaradas, vocês não querem a volta de Jones, não é?"

Mais uma vez, o argumento era irrespondível. Estava claro que os animais não queriam a volta de Jones; e se os debates das manhãs de domingo teriam o efeito de fazê-lo voltar, então que cessassem os debates. Guerreiro, que a essa altura já tivera tempo de pensar bem sobre o ocorrido, exprimiu o sentimento geral com estas palavras: "Se é o camarada Napoleão quem diz, então deve estar certo". E daí em diante adotou uma nova máxima, "Napoleão tem sempre razão", em acréscimo a seu lema pessoal, "Vou trabalhar mais".

Por essa época, já estava chegando a primavera, e começaram a lavrar a terra. O galpão onde Bola de Neve desenhara seu projeto de moinho de vento tinha sido fechado, e imaginava-se que os desenhos haviam sido apagados do chão. Todos os domingos, às dez horas da manhã, os animais reuniam-se no celeiro grande para receber as ordens da semana. O crânio do velho Major, já descarnado, fora desenterrado do pomar e colocado sobre um toco ao pé do mastro da bandeira, ao lado da espingarda. Após hastear a bandeira, os animais tinham que desfilar diante do crânio, numa atitude de reverência, antes de entrar no celeiro. Agora não se sentavam mais todos juntos, como antes. Napoleão, Guincho e um outro porco chamado Mínimo, que tinha um talento notável para compor canções e poemas, ficavam sentados na primeira fileira da plataforma elevada, com os nove filhotes de cachorro formando um semicírculo em torno deles, e os outros porcos sentados atrás. Os demais bichos ocupavam o restante do celeiro, virados para eles. Napoleão lia as ordens da semana num tom seco, militar; e, depois de cantarem uma única vez "Bichos da Inglaterra", todos se dispersavam.

No terceiro domingo depois da expulsão de Bola de Neve, os animais, com alguma surpresa, ouviram Napoleão anunciar que o moinho de vento ia mesmo ser construído, no fim das contas. Ele não explicou por que mudara de opinião, porém se limitou a alertar todos que essa tarefa adicional implicaria muito trabalho; talvez fosse até mesmo necessário reduzir as rações. Mas os planos já estavam todos prontos, até os menores detalhes. Uma comissão especial de porcos vinha trabalhando neles fazia três semanas. A construção do moinho, juntamente com algumas outras melhorias, deveria levar dois anos.

Naquela noite, Guincho explicou reservadamente aos outros animais que na verdade Napoleão nunca se opusera à ideia do moinho. Pelo contrário, ele é que havia lançado a ideia no início, e o projeto que Bola de Neve desenhou no soalho da incubadora fora na verdade roubado dos papéis de Napoleão. Assim, o moinho era uma criação do próprio Napoleão. Por que, então, perguntou alguém, ele se pronunciara de modo tão categórico contra a ideia? Guincho assumiu uma expressão muito matreira. Isso, explicou, fora esperteza do camarada Napoleão. Ele *fingiu* se opor ao moinho apenas como uma manobra para se livrar de Bola de Neve, que era um mau elemento e uma influência perigosa. Agora que Bola de Neve fora expulso, o plano podia ser posto em prática sem sua interferência. Tratava-se, explicou Guincho, de uma coisa chamada estratégia. Repetiu a palavra várias vezes: "Estratégia, camaradas, estratégia!", saltitando de um lado para o outro e agitando o rabo, rindo com alegria. Os animais não sabiam muito bem o significado da palavra, mas a fala de Guincho era tão persuasiva, e os três cachorros que por acaso o acompanhavam na ocasião rosnavam de modo tão ameaçador, que eles aceitaram aquela explicação sem fazer mais perguntas.

6.

Durante todo aquele ano os animais trabalharam como escravos. Mas trabalhavam felizes; não se ressentiam dos esforços e sacrifícios, pois tinham perfeita consciência de que tudo o que faziam era em benefício de si mesmos e dos seus semelhantes que viriam no futuro, e não de um bando de seres humanos ladrões.

Ao longo da primavera e do verão, trabalharam num regime de sessenta horas por semana, e em agosto Napoleão anunciou que passariam a trabalhar também nas tardes de domingo. Esse trabalho seria estritamente voluntário, mas qualquer animal que não participasse teria sua ração reduzida à metade. Mesmo assim, constatou-se que não seria possível realizar algumas tarefas. A colheita foi um pouco menos farta do que a do ano anterior, e dois campos em que seriam plantadas raízes no início do verão não foram cultivados por não terem sido arados a tempo. Previa-se um inverno difícil.

A construção do moinho esbarrou em dificuldades inesperadas. Havia na fazenda uma boa pedreira de calcário, e os bichos tinham encontrado bastante areia e cimento num dos galpões; assim, os materiais de construção estavam todos disponíveis. Mas de início

76 — A FAZENDA DOS ANIMAIS

eles não souberam resolver o problema de como quebrar a pedra para reduzi-la a pedaços de tamanho apropriado. Ao que parecia, isso só podia ser feito com picaretas e pés de cabra, ferramentas que nenhum animal seria capaz de usar, por não conseguir ficar em pé sobre as patas traseiras. Foi só depois de semanas de esforços frustrados que alguém surgiu com a solução — usar a força da gravidade. Havia pedras enormes, grandes demais para serem usadas tal como estavam, espalhadas pelo chão da pedreira. Os animais amarraram cordas em torno delas, e em seguida todos juntos, vacas, cavalos, ovelhas, qualquer um que pudesse agarrar a corda — até os porcos às vezes participavam em momentos críticos —, arrastavam as pedras com uma lentidão desesperadora ladeira acima, até chegarem ao alto da pedreira, de onde elas eram lançadas, para se despedaçarem no chão. Uma vez quebrada a pedra, o transporte dos pedaços era relativamente simples. Os cavalos os levavam em carroças; as ovelhas arrastavam blocos individuais; até mesmo Mabel e Benjamim atrelaram-se a uma charrete velha e fizeram sua parte. No fim do verão, já haviam conseguido acumular uma quantidade suficiente de pedras, e então a construção pôde ter início, sob a supervisão dos porcos.

Mas o trabalho era lento e árduo. Muitas vezes levava-se um dia inteiro para arrastar com bastante esforço um único pedregulho até o alto da pedreira, e às vezes ele não se quebrava ao cair. Nada teria sido feito se não fosse Guerreiro, que sozinho parecia ter tanta força quanto todos os outros animais juntos. Quando uma pedra começava a escorregar e os animais gritavam em desespero, sentindo que estavam sendo arrastados ladeira abaixo, era sempre Guerreiro que puxava a corda com o máximo de esforço e conseguia detê-la. Ver Guerreiro subindo a ladeira passo a passo, os cascos cravando-se no chão, o corpanzil encharcado de suor, causava admiração a todos. Tulipa às vezes o alertava para que tomasse cuidado e não fizesse esforço excessivo, mas Guerreiro jamais lhe dava ouvidos. Para ele, seus dois lemas — "Vou trabalhar mais" e "Napoleão tem sempre razão" — resolviam qualquer problema. Ele havia combinado com o galo que o acordasse três quartos de hora mais cedo todas as manhãs, e não apenas meia hora. E nas horas vagas, que agora eram escassas, ia sozinho até a pedreira, pegava um carregamento de pedras quebradas e o arrastava até a obra do moinho, sem ajuda de ninguém. Os animais não passaram mal naquele verão, apesar do trabalho pesado. Se não tinham mais comida do que no tempo de Jones, também não tinham menos. A vantagem de só precisarem produzir comida para si próprios, sem ter que sustentar cinco seres humanos esbanjadores, era tão grande que só mesmo uma longa sucessão de fracassos a anularia. E sob muitos aspectos o método de trabalho dos animais era mais eficiente e economizava trabalho. Assim, por exemplo, a atividade de limpar o campo de ervas daninhas podia ser realizada com um grau de perfeição que seria impossível aos seres humanos. Outra coisa: como agora bicho nenhum roubava, era desnecessário separar com cercas as pastagens da terra arável, o que poupava muito trabalho de manutenção de sebes e porteiras. Apesar disso, no decorrer do verão a escassez de alguns produtos começou a incomodar. Faltavam óleo de parafina, pregos, barbante, biscoitos para cachorros e ferro para ferraduras; nada disso podia ser produzido na fazenda. Mais adiante também seria preciso obter sementes e adubo artificial, além de diversas ferramentas e, por fim, a maquinaria do moinho. Ninguém tinha ideia do que fazer para obter tais coisas.

Numa manhã de domingo, quando os animais se reuniram para receber ordens, Napoleão anunciou que decidira adotar uma nova política. A partir de agora, a Fazenda dos Animais faria negócios com as propriedades vizinhas; não, é claro, com fins comerciais, mas apenas para ter acesso a certos artigos da maior necessidade. A construção do moinho de vento agora era prioridade máxima, disse ele. Assim, começara a negociar a venda de uma quantidade de feno e de parte da produção de trigo daquele ano; se depois precisassem de mais dinheiro, teriam que vender ovos, para os quais sempre havia compradores em Willingdon. As galinhas, afirmou Napoleão, deviam encarar esse sacrifício como sua contribuição especial para a construção do moinho.

Mais uma vez, os bichos sentiram uma inquietação indefinida. Jamais envolver-se com seres humanos, jamais praticar comércio, jamais usar dinheiro — essas não tinham sido algumas das decisões tomadas naquela primeira reunião triunfal, logo após a expulsão de Jones? Todos os animais lembravam-se da aprovação dessas decisões — ou ao menos tinham a impressão de se lembrar. Os quatro leitões que haviam protestado quando Napoleão aboliu as reuniões levantaram a voz, timidamente, mas foram silenciados na mesma hora por um tremendo rosnado dos cães. Então, como sempre, as ovelhas começaram a entoar "Quatro pernas, bom; duas pernas, mau!", e o constrangimento momentâneo passou. Por fim Napoleão levantou a pata, pediu silêncio e proclamou que já resolvera tudo. Não haveria necessidade de que nenhum animal entrasse em contato com seres humanos, o que sem dúvida seria muito indesejável. Ele pretendia assumir todo aquele ônus pessoalmente. Um certo sr. Whymper, advogado que morava em Willingdon, concordara em agir como intermediário entre a Fazenda dos Animais e o mundo externo, e viria à fazenda todas as segundas-feiras para receber instruções. Napoleão terminou seu discurso com seu brado tradicional: "Viva a Fazenda dos Animais!"; e após cantarem "Bichos da Inglaterra" todos foram dispensados.

Depois, Guincho percorreu a fazenda para tranquilizar os bichos. Garantiu-lhes que a proibição de praticar comércio e usar dinheiro jamais fora aprovada, nem sequer proposta. Aquilo era pura imaginação, talvez originada das mentiras espalhadas por Bola de Neve. Alguns animais ainda estavam um pouco em dúvida, mas Guincho, astucioso, perguntou-lhes: "Vocês têm certeza de que não sonharam isso, camaradas? Existe algum registro dessa decisão? Isso foi escrito em algum lugar?". E, como sem dúvida era verdade que não havia nada escrito, os bichos se convenceram de que estavam equivocados.

Todas as segundas-feiras, o sr. Whymper vinha à fazenda, conforme o combinado. Era um homenzinho com ar esperto, que usava suíças, um advogado com pouquíssimos clientes, mas que tivera a perspicácia de ser o primeiro a se dar conta de que a Fazenda dos Animais precisaria de um intermediário, e que isso poderia lhe valer umas comissões. Os bichos, preocupados, o viam chegar e sair, e evitavam ao máximo ter contato com ele. Assim mesmo, ver Napoleão, sobre quatro patas, dando ordens a Whymper, em pé sobre duas pernas, era algo que lhes inspirava orgulho e os fazia aceitar até certo ponto a nova situação. As relações entre bichos e homens não eram exatamente como antes. Não que os seres humanos odiassem menos a Fazenda dos Animais agora que ela estava prosperando; pelo contrário, seu ódio era maior do que nunca. Todos os seres humanos estavam convencidos de que mais cedo ou mais tarde ela iria à falência; mais que tudo, previam o fracasso do moinho de vento. Eles se reuniam nos bares e provavam uns aos outros, por meio de diagramas, que o moinho estava fadado a desabar, ou então, caso de fato permanecesse em pé, que jamais funcionaria. E no entanto, mesmo a contragosto, passaram a encarar com certo respeito a eficiência que os animais exibiam ao administrar a própria vida. Um sintoma desse novo respeito era que começavam a usar o nome correto, Fazenda dos Animais, em vez de fazer de conta que ainda era a Fazenda do Solar. Também haviam deixado de defender Jones, que perdera a esperança de recuperar sua fazenda e se mudara para outra parte do condado. Com exceção de Whymper, não havia ainda nenhum contato entre a Fazenda dos Animais e o mundo externo, mas corriam boatos frequentes de que Napoleão em breve faria um acordo comercial definitivo ou com o sr. Pilkington de Foxwood, ou com o sr. Frederick de Pinchfield — mas nunca, percebia-se, com ambos ao mesmo tempo.

Foi mais ou menos nessa época que os porcos de repente se mudaram para a casa principal e lá passaram a morar. Mais uma vez, os bichos julgavam lembrar-se de que fora decidido, logo nos primeiros dias, que isso jamais poderia ocorrer, e mais uma vez Guincho conseguiu convencê-los do contrário. Era absolutamente necessário, explicou ele, que os porcos, os cérebros da fazenda, tivessem um lugar tranquilo para trabalhar. Era também mais adequado à dignidade do Líder (nos últimos tempos, ele passara a se referir a Napoleão pelo título de "Líder") morar numa casa do que numa mera pocilga. No entanto, alguns dos animais ficaram incomodados quando ouviram dizer que os porcos não só faziam suas refeições na cozinha e usavam a sala de estar como local de recreação, mas também dormiam em camas. Guerreiro, como sempre, resolveu o problema dizendo "Napoleão tem sempre razão!", mas Tulipa, que tinha a impressão de que haviam, sim, votado uma decisão contra o uso de camas, foi até a parede de fundo do celeiro e tentou ler os Sete Mandamentos que lá estavam escritos. Como não conseguia ler mais do que as letras individuais, convocou Mabel.

"Mabel", pediu ela, "leia para mim o Quarto Mandamento. Ele não diz que é proibido dormir em camas?"

Com certa dificuldade, Mabel formou as palavras.

"Está escrito: 'Nenhum animal dormirá em cama *com lençóis*'", disse ela por fim.

Curiosamente, Tulipa não lembrava que o quarto mandamento mencionava lençóis; mas se assim estava escrito lá na parede, então assim devia ser. E Guincho, que por acaso estava passando por ali naquele momento, acompanhado de dois ou três cães, explicou tudo muito bem explicado.

"Então vocês ficaram sabendo, camaradas", disse ele, "que agora nós, os porcos, dormimos nas camas da casa? E por que não? Não é possível que vocês imaginassem que houvesse uma proibição referente a *camas*, não é? Uma cama é só um lugar para dormir. Uma camada de palha numa baia não deixa de ser uma cama. A proibição tinha a ver com *lençóis*, que foram inventados pelos seres humanos. Nós retiramos os lençóis das camas e dormimos entre cobertores. São muito confortáveis, as camas! Mas não mais confortáveis do que é necessário para nós, camaradas, por conta de todo o trabalho cerebral que temos que fazer hoje em dia. Vocês não vão querer eliminar o nosso repouso, não é, camaradas? Não vão querer que fiquemos cansados demais para cumprir nossas tarefas, certo? Sem dúvida, nenhum de vocês quer a volta de Jones, não é?"

Os animais na mesma hora o tranquilizaram quanto a esse ponto, e não se disse mais nada sobre a questão de os porcos dormirem em camas. E quando, alguns dias depois, foi anunciado que doravante os porcos se levantariam uma hora depois de todos os outros bichos, todas as manhãs, também não houve nenhuma reclamação.

Quando chegou o outono, os animais estavam cansados, mas felizes. O ano fora muito difícil, e mesmo depois da venda de parte do feno e do trigo as reservas de comida para o inverno não eram de modo algum abundantes; mas o moinho de vento compensava tudo. Depois da colheita, houve um período de tempo bom, seco, e os bichos trabalharam mais do que nunca, pensando que valia a pena passar o dia inteiro arrastando blocos de pedra se com isso conseguissem levantar mais meio metro das paredes. Guerreiro às vezes vinha até durante a noite, e ficava trabalhando mais uma ou duas horas sozinho, à luz da lua. Apenas o velho Benjamim se recusava a entusiasmar-se com o moinho, ainda que, como sempre, não dissesse mais nada além de seu comentário enigmático: os burros são longevos.

Novembro chegou, com ventos sudoeste ferozes. As obras do moinho foram interrompidas, porque estava úmido demais para preparar o cimento. Por fim, houve uma noite em que a ventania foi tão forte que os galpões ficaram a balançar, e várias telhas foram arrancadas do telhado do celeiro. As galinhas acordaram cacarejando apavoradas, porque todas tiveram o mesmo sonho em que uma arma era disparada ao longe. Quando amanheceu, os bichos saíram de suas baias e constataram que o mastro da bandeira fora derrubado e um olmeiro no pomar tinha sido arrancado como se fosse um rabanete. Mal fizeram essa descoberta quando um grito de desespero irrompeu da boca de todos os animais. Algo terrível acontecera. O moinho estava em ruínas.

Foram todos juntos correndo até lá. Napoleão, que raramente andava depressa, ia à frente dos outros. Sim, lá estava ele, o fruto de tanto trabalho, inteiramente arrasado, as pedras, que eles haviam quebrado e carregado com tanto esforço, espalhadas por todos os lados. Sem conseguir falar nada de início, ficaram olhando, melancólicos, para as pedras caídas. Napoleão andava de um lado para outro em silêncio, farejando o chão de vez em quando. Seu rabo estava rígido, e balançava-se com movimentos espasmódicos para cá e para lá, o que nele era sinal de atividade mental intensa. De repente parou, como se tivesse tomado uma decisão.

"Camaradas", disse ele, em voz baixa, "sabem quem é responsável por isso? Sabem quem foi o inimigo que veio aqui no meio da noite e derrubou nosso moinho de vento? BOLA DE NEVE!", trovejou de repente. "Foi Bola de Neve quem fez isto! De pura malignidade, com a intenção de frustrar nossos planos e vingar-se por ter sido vergonhosamente expulso, o traidor voltou aqui na calada da noite e destruiu quase um ano de trabalho. Camaradas, aqui e agora eu condeno Bola de Neve à morte. A comenda de Herói Animal, Segunda Classe, e meio cesto de maçãs para quem o trouxer a fim de ser justiçado. Um cesto inteiro para quem o capturar vivo!" Os animais ficaram chocadíssimos de saber que alguém, até mesmo Bola de Neve, seria capaz de fazer uma coisa assim. Houve um grito de indignação geral, e cada um começou a imaginar uma maneira de pegar Bola de Neve, se por acaso ele voltasse. Quase imediatamente foram percebidas as pegadas de um porco na grama, a uma pequena distância do outeiro. Conseguiram rastreá--las por alguns metros, mas elas pareciam terminar num buraco na sebe. Napoleão farejou-as longamente e concluiu que eram de Bola de Neve. Afirmou que, na sua opinião, ele provavelmente teria vindo da direção da Fazenda Foxwood.

"Não podemos perder tempo, camaradas!", exclamou Napoleão, tendo examinado as pegadas. "Temos uma tarefa a cumprir. Hoje de manhã mesmo vamos recomeçar a construção do moinho, e trabalharemos durante todo o inverno, com sol ou com chuva. Vamos mostrar àquele traidor desgraçado que não é tão fácil desfazer o nosso trabalho. Lembrem-se, camaradas: não podemos alterar nossos planos. Vamos cumprir os prazos originais. Avante, camaradas! Viva o moinho de vento! Viva a Fazenda dos Animais!"

7.

O inverno foi rigoroso. Após as tempestades, veio um período de granizo e neve, e em seguida uma geada intensa que só cedeu em meados de fevereiro. Os animais continuaram a reconstruir o moinho conforme suas possibilidades, sabendo muito bem que o resto do mundo estava de olho neles, e que os seres humanos invejosos comemorariam e triunfariam se a construção não ficasse pronta a tempo.

Só por despeito, os seres humanos fingiam não acreditar que o moinho fora destruído por Bola de Neve; diziam que desabara porque as paredes eram muito finas. Os bichos sabiam que não era verdade. Mesmo assim, resolveram construir as paredes com um metro de largura, e não quarenta e cinco centímetros como antes, o que exigiria quantidades muito maiores de pedra. Por um bom tempo a pedreira ficou recoberta pela neve, e nada pôde ser feito. No período seco de geada que veio depois, foi possível adiantar a obra, mas o trabalho era muito difícil, e os animais já não estavam tão esperançosos quanto antes. Estavam sempre com frio, e também passavam fome a maior parte do tempo. Apenas Guerreiro e Tulipa nunca desanimavam. Guincho fazia excelentes

84 — A FAZENDA DOS ANIMAIS

discursos sobre a alegria de servir e a dignidade do trabalho, mas os outros bichos se inspiravam mais com a força de Guerreiro e seu grito infalível: "Vou trabalhar mais!".

Em janeiro, houve escassez de comida. A ração de trigo foi reduzida de modo drástico, e anunciou-se que haveria uma ração extra de batata para compensar. Então se descobriu que a maior parte da colheita de batatas fora atingida pela geada, pois embora estivessem cobertas a proteção tinha sido insuficiente. As batatas ficaram moles e com a cor alterada, e apenas umas poucas eram comestíveis. Os bichos passavam dias sem ter outra coisa para comer a não ser palha e beterrabas. O espectro da fome os atormentava. Era da maior importância ocultar esse fato do mundo externo. Estimulados pelo desabamento do moinho, os seres humanos estavam inventando novas mentiras a respeito da Fazenda dos Animais. De novo começaram a espalhar que todos os bichos estavam morrendo de fome e de doenças, que viviam brigando entre si, que estavam recorrendo ao canibalismo e ao infanticídio. Napoleão sabia muito bem das consequências negativas que ocorreriam se a situação real do abastecimento fosse divulgada, e resolveu usar o sr. Whymper para espalhar uma impressão oposta. Até então, os animais quase não tinham contato com Whymper, em suas visitas semanais; agora, porém, alguns bichos, ovelhas em sua maioria, foram instruídos a comentar, como por acaso, em locais onde Whymper pudesse ouvi-los, que as rações tinham sido aumentadas. Além disso, Napoleão mandou que as tulhas do depósito, quase vazias, fossem enchidas de areia quase até a boca, e que se colocasse por cima da areia o que restava em matéria de grãos e farinha. Sob algum pretexto, Whymper foi levado a passar pelo depósito e ver de relance as tulhas. Ele foi logrado, e continuou relatando ao mundo externo que não faltava comida na Fazenda dos Animais.

Fosse como fosse, mais para o final de janeiro ficou claro que seria necessário obter mais cereais em algum lugar. Por essa época, Napoleão raramente aparecia em público, e passava o tempo todo dentro da casa, guardada em cada porta por cães ferozes. Quando saía, era com certa pompa, escoltado por seis cães que o cercavam por todos os lados e rosnavam se alguém chegasse muito perto. Com frequência não aparecia nem mesmo nas manhãs de domingo, porém dava suas ordens por intermédio de um dos outros porcos, em geral Guincho.

Num domingo, Guincho anunciou que as galinhas, que estavam começando a pôr ovos de novo, teriam de entregá-los. Napoleão fechara, com a mediação de Whymper, um contrato que previa a entrega de quatrocentos ovos por semana. A renda dos ovos daria para comprar cereais e farinha em quantidade suficiente para manter a fazenda em funcionamento até que chegasse o verão e a situação melhorasse. Quando as galinhas ouviram isso, houve uma gritaria terrível. Elas já haviam sido avisadas de que esse sacrifício talvez se tornasse necessário, mas não acreditavam que a coisa fosse mesmo acontecer. Estavam justamente se preparando para chocar ovos na primavera, e protestaram que levar os ovos agora seria um assassinato. Pela primeira vez desde a expulsão de Jones, houve uma espécie de rebelião. Lideradas por três frangas minorcas pretas, as galinhas fizeram uma tentativa determinada de resistir às ordens de Napoleão. O método que adotaram foi voar até os caibros do telhado e pôr os ovos lá no alto, de modo que eles se espatifavam no chão. Napoleão agiu de modo rápido e implacável. Deu ordens de que parassem de dar rações às galinhas e decretou que qualquer animal que fosse visto dando um único grão a uma galinha seria punido com a morte. Os cães fiscalizavam o cumprimento dessa ordem. As galinhas resistiram por cinco dias, depois se entregaram e voltaram aos seus ninhos. Nove delas haviam morrido durante o protesto. Foram enterradas no pomar, e a versão divulgada foi a de que haviam morrido de eimeriose. Whymper não ficou sabendo desse episódio, e os ovos foram devidamente entregues; uma vez por semana a carroça da mercearia vinha buscá-los.

Durante todo esse tempo, ninguém tinha visto Bola de Neve. Dizia-se que ele estaria escondido numa das fazendas vizinhas, ou Foxwood ou Pinchfield. A essa altura, as relações de Napoleão com os outros fazendeiros estavam um pouco melhores do que antes. Havia no pátio uma pilha de madeira colocada ali dez anos atrás, quando um arvoredo de faias fora derrubado. A madeira estava bem seca, e Whymper havia aconselhado Napoleão a vendê-la; tanto o sr. Pilkington como o sr. Frederick estavam muito

86 — A FAZENDA DOS ANIMAIS

interessados em comprá-la. Napoleão hesitava entre os dois, sem conseguir chegar a uma decisão. Os bichos perceberam que sempre que ele estava prestes a fechar negócio com Frederick, noticiava-se que Bola de Neve estava escondido em Foxwood, e que sempre que ele se inclinava por Pilkington, afirmava-se que Bola de Neve estava em Pinchfield.

De repente, no início da primavera, ocorreu uma descoberta assustadora: Bola de Neve estava frequentando a fazenda em segredo à noite! Os animais ficaram tão perturbados que mal conseguiam dormir em suas baias. Diariamente, dizia-se, ele vinha pé ante pé, na calada da noite, e fazia todo tipo de maldade. Roubava o trigo, virava os baldes de leite, quebrava os ovos, pisoteava os viveiros de sementes, roía a casca das árvores. Sempre que alguma coisa dava errado, tornou-se habitual pôr a culpa em Bola de Neve. Se uma vidraça se quebrava ou um ralo entupia, alguém dizia que Bola de Neve tinha entrado na fazenda à noite e feito aquilo; e quando se perdeu a chave do depósito, todos os bichos se convenceram de que Bola de Neve a havia jogado no fundo do poço. Curiosamente, continuavam a acreditar nisso mesmo depois que a chave foi encontrada debaixo de uma saca de farinha. Unânimes, as vacas afirmavam que Bola de Neve entrava em suas baias e as ordenhava enquanto elas dormiam. Os ratos, que haviam causado problemas naquele inverno, também estariam, dizia-se, de conluio com Bola de Neve.

Napoleão determinou que se fizesse uma investigação minuciosa a respeito das atividades de Bola de Neve. Acompanhado de seus cães, fez a ronda das construções da fazenda, enquanto os outros animais o seguiam a uma distância respeitosa. Ele dava alguns passos, parava e farejava o chão, tentando encontrar sinais da passagem de Bola de Neve, a quem Napoleão dizia ser capaz de detectar com o olfato. Farejou todos os cantos do celeiro, do estábulo, do galinheiro, da horta, e encontrou o rastro de Bola de Neve em quase todos os lugares. Encostava o focinho no chão, fungava forte várias vezes e exclamava com uma voz terrível: "Bola de Neve! Ele esteve aqui! Sinto o cheiro dele perfeitamente!". E ao ouvir o nome "Bola de Neve" todos os cães rosnavam de modo assustador, exibindo os dentes.

Os bichos estavam assustadíssimos. Tinham a impressão de que Bola de Neve era uma espécie de influência invisível, difundida pelo ar que os cercava, ameaçando-os de todas as maneiras possíveis. Ao anoitecer, Guincho os reuniu, e com uma expressão assustada no rosto disse-lhes que tinha uma notícia preocupante para dar.

"Camaradas!", exclamou Guincho, dando pequenos saltos nervosos, "descobrimos uma coisa terrível. Bola de Neve se vendeu a Frederick, da Fazenda Pinchfield, e está neste exato momento planejando nos atacar e tirar de nós a nossa fazenda! Quando começar o ataque, Bola de Neve será o guia. Mas a coisa é ainda pior. Nós pensávamos que a rebelião de Bola de Neve era causada apenas por sua vaidade e sua ambição. Mas estávamos enganados, camaradas. Sabem qual era a verdadeira razão? Bola de Neve estava de conluio com Jones desde o princípio! Ele era agente de Jones esse tempo todo. Tudo foi provado por documentos que ele deixou ao fugir e que só agora descobrimos. Para mim, isso explica muita coisa, camaradas. Pois nós mesmos não vimos como ele tentou — felizmente, sem sucesso — nos derrotar e nos destruir na Batalha do Estábulo?"

Os animais ficaram estupefatos. Essa maldade de Bola de Neve era ainda muito pior que a destruição do moinho de vento. Mas levaram alguns minutos para assimilar a notícia. Todos se lembravam, ou julgavam lembrar-se, de Bola de Neve ter liderado o ataque na Batalha do Estábulo, incitando e estimulando os bichos o tempo todo, sem parar por um momento, nem mesmo quando foi ferido nas costas pelas balas de Jones. De início, foi um pouco difícil entender como essas lembranças eram compatíveis com o fato de Bola de Neve estar do lado de Jones. Até mesmo Guerreiro, que quase nunca fazia perguntas, ficou perplexo. Deitou-se, enfiou as patas dianteiras debaixo do corpo, fechou os olhos e, com muito esforço, conseguiu formular um pensamento.

"Não acredito nisso", disse ele. "Bola de Neve lutou bravamente na Batalha do Estábulo. Eu vi com meus próprios olhos. E nós não lhe demos a medalha de 'Herói Animal, Primeira Classe', logo depois?"

"Foi um erro nosso, camarada. Pois agora sabemos — está tudo escrito nos documentos secretos que encontramos — que na verdade ele estava tentando nos conduzir à derrota."

88 — A FAZENDA DOS ANIMAIS

"Mas ele foi ferido", disse Guerreiro. "Todos nós vimos o sangue dele escorrendo." "Isso também foi combinado!", gritou Guincho. "O tiro de Jones só fez arranhá-lo. Eu podia lhe mostrar isso escrito com a letra dele, se você soubesse ler. O combinado era que, no momento crítico, ele desse o sinal de retirada e deixasse o campo aberto para o inimigo. E por um triz ele não conseguiu — digo mais, camaradas, ele teria conseguido, sim, se não fosse o nosso heroico Líder, o camarada Napoleão. Não se lembram de que na hora exata em que Jones e seus homens entraram no pátio Bola de Neve de repente virou-se e fugiu, e muitos animais foram atrás dele? Não lembram também que foi justamente nessa hora, quando o pânico estava se espalhando e tudo parecia perdido, que o camarada Napoleão saltou para a frente bradando 'Morte à Humanidade!' e cravou os dentes na perna de Jones? Não é possível que vocês não se lembrem disso, camaradas!", exclamou Guincho, saltitando de um lado para o outro.

Agora que Guincho fizera um relato tão vívido da cena, os bichos começaram a achar que de fato se lembravam. De fato, guardavam lembrança do momento crítico da batalha em que Bola de Neve havia se virado e fugido. Mas Guerreiro continuava um pouco na dúvida.

"Não acredito que Bola de Neve tenha sido traidor no início", disse ele por fim. "O que fez depois é outra história. Mas na Batalha do Estábulo creio que ele foi um bom camarada."

"Nosso Líder, o camarada Napoleão", proclamou Guincho, falando bem devagar e com firmeza, "afirmou de modo categórico — de modo categórico, camarada — que Bola de Neve era agente de Jones desde o começo; mais ainda, desde muito antes de se começar a pensar na Rebelião."

"Ah, se é assim, a coisa é diferente!", retrucou Guerreiro. "Se o camarada Napoleão diz que foi assim sim, então é porque foi, mesmo."

"É assim que se fala, camarada!", gritou Guincho, mas perceberam que ele olhou com uma cara muito feia para Guerreiro, os olhinhos faiscando. Ele virou-se para ir embora, então parou e acrescentou, grave: "Quero alertar todos os animais desta fazenda! Que fiquem de olhos bem abertos, pois temos motivos para pensar que alguns dos agentes secretos de Bola de Neve estão infiltrados em nosso meio neste exato momento!".

Quatro dias depois, no fim da tarde, Napoleão mandou que todos os bichos se reunissem no pátio. Quando estavam todos presentes, Napoleão saiu da casa, ostentando suas duas medalhas (pois recentemente conferira a si próprio as comendas de "Herói Animal, Primeira Classe" e "Herói Animal, Segunda Classe"), com seus nove cães enormes saltitando à sua volta, rosnando de um modo que provocava calafrios em todos. Os animais ficaram acuados, em silêncio, já sabendo que alguma coisa terrível ia acontecer. Napoleão inspecionava a plateia com ar severo; então soltou um guincho bem agudo. Na mesma hora os cães avançaram, agarraram pelas orelhas quatro dos porcos e os arrastaram, gritando de dor e pavor, até os pés de Napoleão. Suas orelhas sangravam; os cães haviam provado sangue, e por um momento pareciam enlouquecidos. Para o espanto de todos, três deles lançaram-se sobre Guerreiro. Ele os viu se aproximando e estendeu à sua frente o casco enorme, pegou um cão em pleno salto e o empurrou contra o chão. O cachorro implorou piedade, e os outros dois fugiram com o rabo entre as pernas. Guerreiro olhou para Napoleão a fim de saber se devia esmagar o cão ou soltá-lo. Napoleão pareceu mudar de expressão, e num tom áspero ordenou que Guerreiro soltasse o cachorro; ele levantou a pata e o cão afastou-se assustado, machucado e uivando.

Aos poucos o tumulto foi passando. Os quatro porcos aguardavam, trêmulos, com a culpa estampada no rosto. Napoleão exigiu que confessassem seus crimes. Eram os mesmos quatro que haviam protestado quando Napoleão aboliu as Reuniões dominicais. Sem que nada mais lhes fosse pedido, eles confessaram que estavam mantendo contato secreto com Bola de Neve desde sua expulsão, que haviam colaborado com ele na destruição do moinho, e que combinaram com ele de entregar a Fazenda dos Animais ao sr. Frederick. Acrescentaram que Bola de Neve lhes confessara, em segredo, que estava atuando como agente secreto de Jones fazia anos. Quando terminaram a confissão, na mesma hora os cães rasgaram-lhes as gargantas, e com uma voz terrível Napoleão indagou se algum outro animal tinha alguma coisa a confessar.

As três galinhas que tinham liderado a tentativa de rebelião pelo caso dos ovos então se apresentaram, e afirmaram que Bola de Neve lhes havia aparecido em sonhos, incitando-as a desobedecer às ordens de Napoleão. Também elas foram abatidas. Então um ganso adiantou-se e confessou ter roubado seis espigas de trigo durante a colheita do ano anterior, para comê-las à noite. Em seguida, uma ovelha confessou que havia urinado no bebedouro — segundo ela, instigada por Bola de Neve — e duas outras ovelhas admitiram ter assassinado um velho carneiro, que era um seguidor particularmente fervoroso de Napoleão, correndo atrás dele em torno de uma fogueira quando ele estava tendo um ataque de tosse. Todos esses bichos foram mortos ali mesmo. E assim prosseguiu a sucessão de confissões e execuções, até que se formou uma pilha de cadáveres diante de Napoleão e um cheiro pesado de sangue encheu o ar, coisa que não acontecia desde a expulsão de Jones.

Quando tudo terminou, os bichos que restavam, menos os porcos e os cães, foram embora todos juntos, trêmulos. Estavam abalados e devastados. Não sabiam o que era mais chocante — a traição dos animais que haviam se aliado a Bola de Neve ou a punição cruel que tinham acabado de testemunhar. Antigamente, havia cenas de derramamento de sangue igualmente terríveis, mas agora a coisa lhes parecia muito pior, porque estava acontecendo entre eles. Desde que Jones fora embora da fazenda, até aquele dia, nenhum animal havia matado outro animal. Nem sequer um rato fora morto. Os bichos caminharam até o outeiro onde ficava o moinho ainda em construção, e sem que tivessem combinado todos se deitaram, como se tivessem a intenção de se aquecer mutuamente — Tulipa, Mabel, Benjamim, as vacas, as ovelhas e um bando de gansos e galinhas —, todos mesmo, menos a gata, que desaparecera de repente logo antes de Napoleão dar a ordem de que os animais se reunissem. Por algum tempo, ninguém falou. Guerreiro era o único que permanecia em pé. Andava de um lado para outro, batendo com o rabo longo e negro nas ilhargas, de vez em quando emitindo um pequeno relincho de surpresa. Por fim, ele disse:

"Não entendo. Eu não seria capaz de acreditar que uma coisa dessas pudesse acontecer na nossa fazenda. Deve ser por causa de alguma falha nossa. A solução, a meu ver, é trabalhar mais. De agora em diante, vou me levantar uma hora mais cedo todo dia." E foi embora, trotando pesadamente em direção à pedreira. Lá chegando, reuniu duas levas de pedra e puxou-as até a obra do moinho antes de se recolher naquela noite.

Os outros animais permaneciam agrupados em torno de Tulipa, mudos. Do outeiro onde estavam deitados tinha-se uma vista ampla de todo o campo ao redor. Dali dava para ver a maior parte da Fazenda dos Animais — o pasto grande que ia até a estrada principal, o campo de feno, o arvoredo, o bebedouro, os campos arados onde o trigo já brotava abundante e verde, e os telhados vermelhos das construções da fazenda, com fumaça saindo das chaminés. Era uma bela tarde de primavera. A grama e as sebes verdejantes estavam douradas pelos raios do sol já em declínio. Jamais a fazenda — e foi com certo espanto que se deram conta de que a fazenda era deles, toda ela pertencia a eles — lhes parecera um lugar tão desejável. Tulipa olhava do alto do outeiro e seus olhos se enchiam de lágrimas. Se ela pudesse exprimir o que estava pensando, diria que não era aquilo que eles tinham como objetivo quando, anos atrás, se empenharam no esforço de destituir a espécie humana. As cenas de terror e matança não eram o que eles previam naquela noite em que o velho Major pela primeira vez despertou neles o desejo de se rebelar. Se, naquele tempo, ela tinha alguma imagem do futuro, seria a de uma sociedade de animais libertados da fome e do chicote, todos iguais, todos trabalhando conforme suas capacidades, os fortes protegendo os fracos, tal como ela protegera a ninhada de patinhos órfãos com sua pata na noite do discurso do Major. E em vez disso — ela não sabia por quê — haviam chegado a um momento em que ninguém ousava expor seus pensamentos, em que cachorros ferozes rondavam por toda parte a rosnar, e em que todos eram obrigados a ver os camaradas sendo despedaçados após confessarem crimes chocantes. Não lhe passavam pela cabeça ideias de rebelião ou de desobediência. Tulipa sabia que, mesmo do jeito que estava, a situação era muito melhor do que no tempo de Jones, e que acima de tudo era importante impedir que os seres humanos voltassem. Seja lá o que acontecesse, ela permaneceria fiel, trabalharia muito, obedeceria às ordens que lhe fossem dadas e aceitaria a liderança de Napoleão. Mesmo assim, não era por aquilo que ela e todos os outros animais haviam lutado, não era aquilo que haviam sonhado. Não era por aquilo que haviam construído o moinho e enfrentado os tiros da arma de Jones. Tais eram os pensamentos dela, embora lhe faltassem palavras para exprimi-los.

Por fim, sentindo que de algum modo aquilo seria um substituto para as palavras que ela não conseguia encontrar, começou a cantar "Bichos da Inglaterra". Os outros ao seu redor seguiram seu exemplo, e cantaram a música três vezes — muito bem afinados, porém lentamente, com tristeza, de uma maneira que nunca tinham cantado antes.

Haviam acabado de cantar pela terceira vez quando Guincho, acompanhado de dois cachorros, chegou-se a eles com um ar de quem tinha algo de importante para dizer. Anunciou que, por efeito de um decreto especial do camarada Napoleão, "Bichos da Inglaterra" fora abolida. De agora em diante, era proibido cantá-la.

Os animais ficaram surpresos.

"Por quê?", perguntou Mabel.

"Não é mais necessário, camarada", respondeu Guincho, severo. "'Bichos da Inglaterra' era a canção da Rebelião. Mas a Rebelião está realizada. A execução dos traidores de hoje foi o ato final. O inimigo, tanto o externo como o interno, foi derrotado. Com 'Bichos da Inglaterra' exprimíamos nosso anseio por uma sociedade melhor nos dias futuros. Mas agora essa sociedade já foi criada. Claramente, a canção perdeu o sentido."

Apesar de assustados, alguns dos animais talvez tivessem protestado, se naquele momento as ovelhas não houvessem começado a balir, como de praxe, "Quatro pernas, bom; duas pernas, mau", o que se prolongou por alguns minutos e deu fim à discussão.

Assim, não se ouviu mais "Bichos da Inglaterra". A canção foi substituída por outra, composta por Mínimo, o poeta, que começava assim:

> *Ó Fazenda dos Animais,*
> *Não hei de te trair jamais!*

E ela passou a ser cantada todas as manhãs de domingo, após o hasteamento da bandeira. Mas de algum modo nem a letra nem a melodia pareciam aos animais estar à altura de "Bichos da Inglaterra".

8.

Alguns dias depois, quando o terror causado pelas execuções havia amainado, alguns dos animais se lembraram — ou julgaram lembrar-se — de que o Sexto Mandamento afirmava: "Nenhum animal matará outro animal". E ainda que ninguém quisesse tocar no assunto onde pudessem ser ouvidos pelos porcos ou pelos cachorros, parecia-lhes que as matanças que haviam ocorrido não eram condizentes com aquele princípio. Tulipa pediu a Benjamim que lesse para ela o Sexto Mandamento, e quando ele respondeu, como de praxe, que se recusava a entrar nessas questões, ela chamou Mabel. Mabel leu para ela o Mandamento: "Nenhum animal matará outro animal *sem motivo*". De algum modo, as duas últimas palavras não haviam ficado gravadas na memória dos bichos. Mas agora eles compreenderam que o Mandamento não fora violado; pois certamente havia um bom motivo para matar os traidores que estavam mancomunados com Bola de Neve.

Durante todo aquele ano, os bichos trabalharam ainda mais que no ano anterior. Reconstruir o moinho, com paredes duas vezes mais grossas que antes, de modo a terminar a obra no prazo combinado, sem interromper as atividades normais da fazenda,

96 — A FAZENDA DOS ANIMAIS

exigia um esforço tremendo. Havia momentos em que os animais tinham a impressão de que estavam trabalhando mais e comendo tão pouco quanto no tempo de Jones. Nas manhãs de domingo, Guincho, segurando uma tira comprida de papel, lia para eles listas de cifras as quais provavam que a produção de todos os tipos de alimento havia aumentado duzentos por cento, trezentos por cento ou quinhentos por cento, dependendo do caso. Os animais não viam motivo para não acreditar nele, principalmente porque já não se lembravam muito bem de como eram as coisas antes da rebelião. Mesmo assim, em alguns dias sentiam que seria melhor ter menos cifras e mais comida.

Agora todas as ordens eram transmitidas via Guincho ou algum dos outros porcos. Napoleão era visto em público menos de uma vez a cada quinzena. Quando aparecia, estava acompanhado não apenas por seu séquito de cães mas também por um galo negro que caminhava à sua frente, atuando como uma espécie de corneteiro, emitindo um cocoricó bem alto antes que Napoleão começasse a falar. Mesmo na casa, dizia-se, Napoleão ocupava aposentos separados dos outros. Fazia as refeições sozinho, servido por dois cachorros, e sempre usava o aparelho de jantar de porcelana Royal Crown Derby, que antes ficava guardado na cristaleira da sala. Além disso foi anunciado que a arma seria disparada todo ano também no aniversário de Napoleão, assim como nas duas outras datas importantes.

Napoleão nunca mais era mencionado apenas pelo nome. Todas as referências a ele se faziam em estilo formal, como "nosso Líder, o camarada Napoleão", e os porcos gostavam de inventar para ele títulos como Pai de Todos os Animais, Terror da Humanidade, Protetor do Rebanho, Amigo dos Patinhos, e outros desse tipo. Em seus discursos, Guincho discorria, em lágrimas, sobre a sabedoria de Napoleão, a bondade do coração dele e o amor profundo que tinha por todos os animais em toda parte, até mesmo, e principalmente, por aqueles infelizes que ainda viviam na ignorância e na escravidão em outras fazendas. Tornara-se costumeiro atribuir a Napoleão todas as realizações bem-sucedidas e todos os golpes de sorte. Assim, ouvia-se uma galinha comentando com outra: "Sob a liderança do nosso Líder, o camarada Napoleão, bo-

tei cinco ovos em seis dias"; ou então duas vacas, refrescando-
-se no bebedouro, exclamavam: "Graças à liderança do camarada
Napoleão, como está gostosa esta água!". O sentimento geral na
fazenda foi expresso no poema intitulado "Camarada Napoleão",
escrito por Mínimo, cujo teor era o seguinte:

Pai da orfandade!
Fonte da felicidade!
Senhor do balde de lavagem! Que emoção.
Quando contemplo teu olhar
Firme e calmo, sem piscar,
Qual sol no céu a brilhar,
Camarada Napoleão!

De ti procede a fartura
Que adora toda criatura,
Barriga cheia, palha limpinha no chão;
Todo bicho, grande ou pequeno,
Que bebe tua água e come teu feno,
Dorme tranquilo e sereno,
Camarada Napoleão!

Se eu tivesse um leitãozinho,
Desde bem pequenininho
Eu o faria aprender a grande lição:
Eu sempre o ensinaria
A ser fiel a nosso guia,
E sua primeira fala seria
"Camarada Napoleão!".

Napoleão aprovou o poema e mandou que fosse escrito na parede do celeiro grande, na extremidade oposta à dos Sete Mandamentos. Acima do poema foi colocado um retrato de Napoleão em
perfil, desenhado por Guincho com tinta branca.

Enquanto isso, por intermédio de Whymper, Napoleão tratava
de uma negociação complicada com Frederick e Pilkington. A pilha
de madeira ainda não fora vendida. Dos dois, Frederick era o que

98 — A FAZENDA DOS ANIMAIS

estava mais ansioso por adquiri-la, mas não propunha um preço razoável. Ao mesmo tempo, voltaram os boatos de que Frederick e seus homens estavam planejando atacar a Fazenda dos Animais e destruir o moinho de vento, cuja construção lhe despertara um ciúme furioso. Sabia-se que Bola de Neve continuava escondido na Fazenda Pinchfield. No meio do verão, os bichos ficaram assustados ao saber que três galinhas haviam confessado que, inspiradas por Bola de Neve, participaram de uma conspiração para assassinar Napoleão. Foram executadas na mesma hora, e as medidas de segurança em torno de Napoleão aumentaram. Quatro cães guardavam sua cama à noite, um em cada canto, e um leitão chamado Olho Rosa assumiu a tarefa de provar seu alimento antes que ele o comesse, para se certificar de que não estava envenenado.

Mais ou menos na mesma época, divulgou-se que Napoleão havia combinado vender a pilha de madeira ao sr. Pilkington; além disso, assumiria um acordo a respeito de trocas regulares de certos produtos entre a Fazenda dos Animais e Foxwood. As relações entre Napoleão e Pilkington, embora sempre mediadas por Whymper, agora eram quase amigáveis. Os bichos não confiavam em Pilkington, como ser humano, porém o achavam muito melhor do que Frederick, que lhes inspirava medo e ódio. Mais para o final do verão, com a construção do moinho quase concluída, os boatos a respeito de um ataque traiçoeiro iminente foram se tornando cada vez mais insistentes. Dizia-se que Frederick iria atacá-los com vinte homens, todos armados, e que já subornara os juízes e a polícia, de tal modo que, por ter obtido a escritura de propriedade da Fazenda dos Animais, ninguém lhe faria perguntas. Além disso, chegavam de Pinchfield denúncias de terríveis crueldades praticadas por Frederick contra seus animais. Ele teria chicoteado um cavalo velho até matá-lo; fazia suas vacas passarem fome; matara um cachorro jogando-o dentro do forno; divertia-se à noite promovendo brigas de galo com pedaços de lâmina de barbear presas em suas esporas. O sangue dos animais fervia de raiva quando ouviam que coisas assim estavam acontecendo com seus camaradas, e por vezes clamavam pelo direito de ir em massa atacar a Fazenda Pinchfield e libertar os bichos de lá. Guincho, porém, os aconselhava a evitar ações imprudentes e confiar na estratégia do camarada Napoleão.

Mesmo assim, o ódio a Frederick continuava forte. Numa manhã de domingo, Napoleão apareceu no celeiro e explicou que jamais cogitara vender a pilha de madeira a Frederick; considerava incompatível com sua dignidade envolver-se com canalhas como ele. Os pombos, que ainda eram enviados para espalhar notícias da Rebelião, foram proibidos de pousar em Foxwood, e além disso receberam ordem de trocar o slogan antigo, "Morte à Humanidade", por "Morte a Frederick". No fim do verão, mais uma das maquinações de Bola de Neve foi descoberta. O trigo colhido estava cheio de joio, e descobriu-se que nas suas visitas noturnas Bola de Neve havia misturado sementes de joio às de trigo. Um ganso que participara do complô confessou a Guincho sua culpa, e logo em seguida suicidou-se engolindo bagas de beladona. Os animais também ficaram sabendo que — ao contrário do que muitos acreditavam — Bola de Neve jamais havia recebido a condecoração de "Herói Animal, Primeira Classe". Aquilo não passava de uma lenda que o próprio Bola de Neve espalhara algum tempo depois da Batalha do Estábulo. Ele não apenas não havia sido condecorado como também fora censurado por demonstrar covardia durante o conflito. Mais uma vez, alguns dos animais receberam essa notícia com certa perplexidade, mas Guincho rapidamente conseguiu convencê-los de que o problema estava na memória deles.

No outono, com um esforço tremendo e exaustivo — pois foi necessário fazer a colheita quase ao mesmo tempo —, o moinho de vento ficou pronto. Só faltava instalar a maquinaria, cuja compra Whymper ainda estava negociando, mas a construção da estrutura fora concluída. Apesar de todas as dificuldades, da inexperiência, das ferramentas primitivas, dos reveses da sorte e da traição de Bola de Neve, a obra foi concluída pontualmente, no dia exato previsto! Cansadíssimos, mas orgulhosos, os animais davam voltas e mais voltas em torno de sua obra-prima, que lhes parecia ainda mais bela agora do que quando fora construída pela primeira vez. Além do mais, as paredes agora eram duas vezes mais grossas. Agora elas só seriam derrubadas se usassem explosivos! E quando pensavam em todo o trabalho que tiveram, nas frustrações que tinham superado, e na diferença enorme que haveria em suas vidas quando as pás estivessem girando e os dínamos funcionando — quando pensavam em

100 — A FAZENDA DOS ANIMAIS

tudo isso, o cansaço evaporava, e eles saltitavam em torno do moinho, soltando interjeições de triunfo. O próprio Napoleão, acompanhado por seus cães e seu galo, veio inspecionar o trabalho concluído; parabenizou pessoalmente os bichos pela realização e anunciou que o moinho se chamaria Moinho Napoleão.

Dois dias depois, os animais foram convocados para uma reunião especial no celeiro. Ficaram mudos de perplexidade quando Napoleão anunciou que vendera a pilha de madeira a Frederick. No dia seguinte, as carroças de Frederick viriam para começar a transportar a madeira. Durante todo aquele período em que parecia estar cultivando relações amistosas com Pilkington, Napoleão na verdade estava negociando em segredo com Frederick.

Todas as relações com Foxwood haviam sido rompidas; mensagens insultuosas foram enviadas a Pilkington. Os pombos receberam ordens de evitar a fazenda de Pilkington e mudar o slogan de "Morte a Frederick" para "Morte a Pilkington". Ao mesmo tempo, Napoleão garantiu que os rumores de que a Fazenda dos Animais seria atacada em breve eram completamente falsos, e que os relatos sobre a crueldade de Frederick para com os seus animais eram muito exagerados. Todos esses boatos provavelmente teriam se originado com Bola de Neve e seus agentes. Agora tudo levava a crer que Bola de Neve não estava escondido na Fazenda Pinchfield, onde na verdade nunca pisara na vida: estava vivendo — e levando uma vida nababesca, pelo que se dizia — em Foxwood, e era sustentado por Pilkington fazia anos.

Os porcos estavam em êxtase com a esperteza de Napoleão. Simulando amizade com Pilkington, ele obrigara Frederick a aumentar o preço em doze libras. Mas a qualidade superior da inteligência de Napoleão, disse Guincho, era demonstrada pelo fato de que ele não confiava em ninguém, nem mesmo em Frederick. O fazendeiro tentara pagar pela madeira com uma coisa chamada cheque, que ao que parecia era um pedaço de papel em que se escrevia uma promessa de pagamento. Mas a astúcia de Napoleão não se deixou enganar. Napoleão exigiu que o pagamento fosse feito em notas de cinco libras, que lhe deveriam ser entregues antes que a madeira fosse levada. Frederick já havia pagado; a quantia era exatamente o valor da maquinaria do moinho.

Enquanto isso, a madeira estava sendo levada a toque de caixa. Quando a operação terminou, convocou-se mais uma reunião especial no celeiro para que os animais inspecionassem as cédulas entregues por Frederick. Com um sorriso beatífico e ostentando suas duas condecorações, Napoleão instalou-se num leito de palha colocado sobre a plataforma, com o dinheiro a seu lado, cuidadosamente empilhado num prato de porcelana da cozinha da casa. Os animais fizeram fila para passar por ele lentamente, olhando bem ao passar. Guerreiro espichou o focinho e cheirou fundo, fazendo farfalhar as frágeis notas brancas.

Três dias depois houve uma confusão tremenda. Whymper, branco feito cera, chegou em sua bicicleta a toda a velocidade, largou-a no pátio e entrou correndo na casa. No instante seguinte, um rugido feroz ribombou nos aposentos de Napoleão. A notícia se espalhou pela fazenda como fogo na mata. As cédulas eram falsas! Frederick conseguira a madeira de graça!

Napoleão reuniu os animais imediatamente e, com uma voz terrível, pronunciou uma sentença de morte contra Frederick. Quando fosse capturado, disse ele, Frederick seria fervido vivo. Ao mesmo tempo, Napoleão avisou os bichos de que, após aquele ato de traição, devia-se esperar o pior. Frederick e seus homens poderiam a qualquer momento realizar o ataque havia tanto tempo esperado. Postaram-se sentinelas em todas as entradas da fazenda. Além disso, quatro pombos foram enviados a Foxwood com uma mensagem conciliadora, na esperança de restabelecer boas relações com Pilkington.

O ataque ocorreu na manhã seguinte. Os animais estavam fazendo seu desjejum quando as sentinelas vieram correndo com a notícia de que Frederick e seus seguidores já haviam penetrado na porteira de cinco traves. Corajosamente, os bichos partiram todos para o confronto, mas desta vez a vitória não foi fácil como a que ocorrera na Batalha do Estábulo. Eram quinze homens, com meia dúzia de espingardas ao todo, as quais eles dispararam assim que os animais chegaram a cinquenta metros deles. Os bichos não puderam enfrentar as explosões terríveis e as cargas de chumbo, e, embora Napoleão e Guerreiro os incitassem ao combate, em pouco tempo eles foram rechaçados. Alguns já estavam feridos.

102 — A FAZENDA DOS ANIMAIS

Os animais refugiaram-se nos galpões da fazenda e ficaram a olhar, cautelosos, pelas frestas na madeira. Todo o pasto grande, inclusive o moinho, estava agora nas mãos do inimigo. Por um momento, até mesmo Napoleão parecia não saber o que fazer. Andava de um lado para outro, mudo, o rabo rígido a balançar de modo espasmódico. Olhares esperançosos eram lançados em direção a Foxwood. Se Pilkington e seus homens os ajudassem, talvez ainda conseguissem se salvar. Mas neste momento chegaram os quatro pombos enviados na véspera; um deles trazia um pedaço de papel. Nele Pilkington havia escrito: "Bem feito". Enquanto isso, Frederick e seus homens estavam parados junto ao moinho de vento. Os bichos os observavam, e um burburinho de desânimo percorreu a multidão. Dois deles tinham nas mãos um pé de cabra e uma marreta. Iam derrubar o moinho.

"Impossível!", exclamou Napoleão. "As paredes que fizemos são muito espessas. Nem mesmo em uma semana eles conseguiriam derrubá-las. Coragem, camaradas!"

Mas Benjamim observava os movimentos dos homens com atenção. Os dois da marreta e do pé de cabra estavam fazendo um furo perto da base da estrutura. Lentamente, com uma expressão que era quase um sorriso, Benjamim agitou o focinho comprido.

"Era o que eu pensava", disse ele. "Vocês não entendem o que eles estão fazendo? Vão colocar pólvora naquele furo."

Aterrorizados, os bichos esperavam. Agora era impossível sair dos galpões em que estavam abrigados. Minutos depois, os homens saíram correndo para todos os lados. Ouviu-se uma explosão ensurdecedora. Os pombos bateram em revoada, e todos os animais, exceto Napoleão, jogaram-se no chão e esconderam o rosto. Quando se levantaram, uma grande nuvem de fumaça negra pairava no lugar onde antes ficava o moinho. Pouco a pouco a brisa dissipou a nuvem. O moinho não existia mais!

Ao ver aquilo, os animais recuperaram sua coragem. O medo e o desespero que sentiram um momento antes desapareceram em meio à raiva provocada por aquele ato infame, desprezível. Um brado vigoroso de vingança brotou, e sem aguardar ordens eles saíram para o ataque, todos juntos, em direção ao inimigo. Desta vez não ligaram para o chumbo cruel que chovia sobre eles como se fosse granizo. Os homens atiravam mais e mais, e, quando os bichos se aproximaram, passaram a atacar com chicotes e suas botas pesadas. Uma vaca, três ovelhas e dois gansos foram mortos, e quase todos foram feridos. Até mesmo Napoleão, que dirigia as operações da retaguarda, perdeu a ponta do rabo, atingida por uma bala. Mas os homens também não escaparam impunes. Três deles tiveram a cabeça quebrada por coices de Guerreiro; um outro teve a barriga perfurada pelo chifre de uma vaca; de um outro, as calças foram quase arrancadas por Lulu e Petúnia. E quando os nove cães que guardavam Napoleão, instruídos por ele a se aproximar caminhando escondidos atrás da sebe, partiram de repente para cima dos homens, eles entraram em pânico. Viram que corriam o risco de ficarem cercados. Frederick gritou a seus homens que corressem enquanto pudessem, e no instante seguinte o inimigo covarde saiu em disparada, para salvar a pele. Os animais perseguiram os homens até as extremidades do campo, e ainda conseguiram dar-lhes uns bons coices enquanto eles se espremiam pela sebe espinhosa.

Os bichos tinham ganhado a batalha, mas estavam exaustos e sangrando. Foram voltando para a fazenda devagar, mancando. Ao ver os camaradas mortos estendidos na grama, alguns choraram. E por um tempo se detiveram, num silêncio melancólico, bem no lugar onde outrora ficava o moinho. Sim, ele fora destruído; não restava mais quase nada de tanto trabalho! Até mesmo as fundações das estruturas tinham sido parcialmente destruídas. E, ao reconstruí-lo, não poderiam desta vez, como antes, usar as pedras caídas. A força da explosão as lançara a centenas de metros dali. Era como se o moinho jamais tivesse existido.

Quando se aproximavam da fazenda, Guincho, que inexplicavelmente desaparecera durante o conflito, veio saltitando em direção a eles, balançando o rabo e sorrindo de satisfação. E os bichos ouviram, vindo da direção das construções, o disparo solene de uma espingarda.

"Por que é que estão disparando essa arma?", perguntou Guerreiro.

"Para comemorar nossa vitória!", exclamou Guincho.

"Que vitória?", quis saber Guerreiro.

104 — A FAZENDA DOS ANIMAIS

Seus joelhos sangravam, ele perdera uma ferradura e o casco havia rachado, e mais de dez chumbinhos estavam encravados numa pata traseira. "Que vitória, camarada? Então não expulsamos o inimigo de nosso solo — o solo sagrado da Fazenda dos Animais?" "Mas eles destruíram o moinho. E nós trabalhamos dois anos na construção dele!" "O que é que tem? A gente constrói outro. Vamos construir meia dúzia de moinhos se assim resolvermos. Você não compreende, camarada, o feito extraordinário que realizamos. O inimigo estava ocupando o chão exato que estamos pisando. E agora, graças à liderança do camarada Napoleão, conseguimos reconquistar todo ele!" "Então conseguimos o que já tínhamos antes", concluiu Guerreiro.

"Essa é a nossa vitória", disse Guincho.

Chegaram ao pátio mancando. O chumbinho doía na pata de Guerreiro. Ele antevia o trabalho pesado de reconstruir o moinho desde as fundações, e em sua mente já se preparava para a tarefa. Mas pela primeira vez lhe ocorreu que ele já estava com onze anos, e que talvez seus poderosos músculos já não tivessem a mesma força de antes.

Quando, porém, os animais viram a bandeira verde desfraldada, e ouviram a arma disparar de novo — sete vezes ao todo — e escutaram o discurso pronunciado por Napoleão, congratulando a todos por sua conduta, começaram a pensar que tinham mesmo obtido uma grande vitória. Os animais mortos na batalha receberam um funeral solene. Guerreiro e Tulipa puxaram a carroça que servia de carro fúnebre, e o próprio Napoleão foi caminhando à frente. Dois dias inteiros foram dedicados às celebrações. Houve canções, discursos, a espingarda foi disparada mais vezes, e cada animal recebeu de prêmio uma maçã, juntamente com cinquenta gramas de trigo para cada ave e três biscoitos para cada cão. Foi anunciado que a batalha se chamaria Batalha do Moinho de Vento, e que Napoleão criara mais uma condecoração, a Ordem do Pendão Verde, a qual ele conferiu a si próprio. Em meio a tantas comemorações, a história infeliz das notas falsas foi esquecida.

Alguns dias depois, os porcos encontraram uma caixa de uísque nos porões. Ninguém havia reparado nela ao ocuparem a casa. Naquela noite, veio de lá o som de vozes cantando bem alto, entre outras canções — para o espanto de todos —, "Bichos da Inglaterra". Por volta das nove e meia, Napoleão, usando um velho chapéu--coco que pertencera ao sr. Jones, foi visto galopando em torno do pátio; depois voltou para dentro de casa. Mas na manhã seguinte um silêncio profundo instaurou-se na casa. Ao que parecia, nenhum dos porcos havia se levantado. Já eram quase nove horas da manhã quando Guincho surgiu, andando devagar, sorumbático, os olhos mortiços, o rabo pendendo imóvel; parecia estar sofrendo de uma doença grave. Reuniu os animais e lhes disse que tinha uma notícia terrível para dar. O camarada Napoleão estava morrendo!

Um grito de lamentação elevou-se. Uma camada de palha foi colocada junto às portas da casa, e os bichos andavam na ponta dos pés. Com lágrimas nos olhos, perguntavam-se uns aos outros o que seria deles sem o Líder. Correu um boato de que Bola de Neve havia conseguido de algum modo pôr veneno na comida de Napoleão. Às onze horas, Guincho saiu da casa para dar outra notícia. Como seu último ato neste mundo, o camarada Napoleão emitira um decreto solene: o consumo do álcool seria punido com a morte.

No fim da tarde, porém, Napoleão parecia estar um pouco melhor, e na manhã seguinte Guincho pôde noticiar que ele já estava em plena recuperação. No fim da tarde desse outro dia, Napoleão já voltara a trabalhar, e no dia seguinte ficou-se sabendo que ele mandara Whymper comprar em Willingdon alguns livretos sobre fermentação e destilação. Uma semana depois, Napoleão deu ordens para que o pequeno pasto depois do pomar, antes reservado aos animais que já não pudessem mais trabalhar, fosse lavrado. A informação era de que o pasto estava exaurido e precisava ser semeado: mas logo veio à tona que ali Napoleão pretendia plantar cevada.

Mais ou menos nessa época ocorreu um acidente estranho que praticamente ninguém conseguiu entender. Por volta de meia-noite, ouviu-se um estrondo no pátio, e os animais saíram correndo de suas baias. Era uma noite de luar. Junto à parede de fundo do celeiro grande, onde estavam escritos os Sete Mandamentos, havia uma escada de mão quebrada em dois pedaços.

106 — A FAZENDA DOS ANIMAIS

Guincho, desacordado, estava esparramado ao lado dela, e perto dele havia uma lanterna, um pincel e uma lata de tinta branca virada. Os cães imediatamente fizeram um círculo em torno de Guincho e o escoltaram de volta à casa assim que ele foi capaz de andar. Nenhum dos animais entendia o significado daquilo, com exceção do velho Benjamim, que balançou o focinho com uma expressão marota; porém não quis dizer nada.

Alguns dias depois, no entanto, Mabel foi reler os Sete Mandamentos por conta própria e percebeu que havia mais um do qual eles não tinham uma lembrança exata. Todos pensavam que o Quinto Mandamento fosse "Nenhum animal beberá álcool", mas havia duas palavras além dessas de que eles haviam se esquecido. Na verdade, o Mandamento era: "Nenhum animal beberá álcool *em excesso*".

9.

O casco rachado de Guerreiro demorou a sarar. Os bichos haviam iniciado a reconstrução do moinho um dia depois que terminaram as comemorações da vitória. Guerreiro recusou-se a tirar um único dia de folga; tinha como questão de honra não deixar ninguém perceber que ele estava sentindo dor. À noite, admitia para Tulipa que o casco o incomodava muito. Tulipa o tratava com cataplasmas que ela preparava mastigando ervas, e tanto ela como Benjamim insistiam com Guerreiro para que ele trabalhasse menos. "Pulmão de cavalo não dura para sempre", dizia-lhe Tulipa. Mas Guerreiro não lhe dava ouvidos. Retrucava que só lhe restava uma única ambição: ver a obra do moinho bem encaminhada antes que ele chegasse à idade de se aposentar.

No início, quando foram formuladas as leis da Fazenda dos Animais, a idade da aposentadoria estabelecida para cavalos e porcos era de doze anos; para vacas, catorze; para cães, nove; para ovelhas, sete; e para galinhas e gansos, cinco. Haviam estabelecido pensões generosas aos aposentados. Até aquele momento, nenhum bicho pleiteara a pensão de aposentadoria, mas nos últimos tempos o assunto vinha sendo cada vez mais discutido.

108 — A FAZENDA DOS ANIMAIS

Agora que o pasto pequeno depois do pomar estava reservado para o plantio da cevada, corria o boato de que um canto do pasto grande seria cercado e transformado em refúgio para os animais que já não trabalhavam. Para um cavalo, dizia-se, a pensão seria de dois quilos de trigo por dia, e no inverno, seis quilos de feno, com uma cenoura ou talvez uma maçã nos feriados públicos. Guerreiro completaria doze anos no fim do verão do ano seguinte. Nesse ínterim, a vida estava difícil. O inverno foi tão rigoroso quanto o anterior, e a escassez de comida só fez piorar. Mais uma vez, todas as rações foram reduzidas, menos as dos porcos e as dos cães. Uma igualdade excessiva no caso das rações, explicava Guincho, seria contrária aos princípios do Animalismo. De qualquer modo, ele demonstrava sem dificuldade aos outros animais que na verdade não se estava vivendo uma escassez de alimentos, apesar das aparências. Por ora, era bem verdade que se tornara necessário reajustar as rações (Guincho sempre falava em "reajuste", jamais em "redução"), mas em comparação com os tempos de Jones as coisas haviam melhorado muitíssimo. Lendo as cifras depressa, com uma voz estridente, provou-lhes em detalhe que agora havia mais aveia, mais feno e mais nabos do que no tempo de Jones; que o expediente de trabalho era mais curto; que a água para beber era de qualidade superior; que eles viviam mais tempo; que uma proporção maior dos filhotes sobrevivia à infância; que havia mais palha e menos pulgas em suas baias. Os bichos acreditavam em tudo o que ele dizia. Na verdade, Jones e tudo o que ele representava já haviam quase se apagado da memória deles. Sabiam que a vida agora era dura e cheia de privações, que passavam boa parte do tempo com fome e com frio, e que quando não estavam dormindo estavam quase sempre trabalhando. Mas sem dúvida teria sido pior antigamente. Eles preferiam acreditar nisso. Além do mais, agora eram livres, o que fazia toda a diferença, como Guincho não deixava de ressaltar.

Agora havia muito mais bocas para alimentar. No outono, as quatro porcas tinham parido quase ao mesmo tempo, produzindo um total de trinta e um leitões. Eles eram malhados, e como Napoleão era o único porco reprodutor da fazenda, era fácil adivinhar quem era o pai. Foi anunciado mais tarde, depois da compra de tijolos e madeira, que no jardim da casa seria construída uma escola. Por ora quem instruía os leitões era o próprio Napoleão, na cozinha da casa. Eles se exercitavam no jardim, e eram aconselhados a não brincar com os outros filhotes. Mais ou menos nessa época, também, foi estabelecida a regra de que quando um porco e qualquer outro animal se encontravam num caminho estreito, o outro animal tinha que ceder o direito de passagem; e também que todos os porcos, qualquer que fosse seu status, teriam o privilégio de usar fitas verdes no rabo, aos domingos.

Naquele ano, a fazenda foi razoavelmente produtiva, mas mesmo assim o dinheiro estava curto. Houve gastos com tijolos, areia e cal para a escola, e seria também necessário começar a economizar de novo para adquirir a maquinaria do moinho de vento. Além disso, era preciso abastecer a casa de velas e querosene para os lampiões, açúcar para o consumo de Napoleão (ele proibia os outros de comer açúcar, com o argumento de que os tornava gordos), e mais os suplementos rotineiros de ferramentas, pregos, barbante, carvão, arame, ferro de sucata e biscoitos para cachorros. Uma meda de feno e uma parte da colheita de batatas foram vendidas, e o contrato dos ovos foi aumentado para seiscentas unidades por semana, de modo que naquele ano as galinhas mal conseguiram produzir um número suficiente de pintos para manter o nível da população. As rações, que já haviam sido reduzidas em dezembro, sofreram novos cortes em fevereiro, e foi proibido o uso de lanternas nas baias, para diminuir o consumo de querosene. Mas os porcos pareciam estar se dando muito bem; estavam até ganhando peso. Numa tarde de final de fevereiro, um cheiro intenso, cálido, apetitoso, que os animais jamais tinham sentido antes, atravessou o pátio vindo da pequena cervejaria situada perto da cozinha, que já não era usada no tempo de Jones. Alguém comentou que era cheiro de cevada cozida. Os bichos farejavam o ar com avidez, perguntando uns aos outros se alguém estaria preparando uma papa quentinha para o jantar deles. Mas nenhuma papa foi servida, e no domingo seguinte foi anunciado que a partir daquele momento toda a cevada seria reservada aos porcos. A cevada já havia sido plantada no pasto depois do pomar. E logo vazou a notícia de que cada porco estava recebendo uma ração

110 — A FAZENDA DOS ANIMAIS

diária de meio litro de cerveja, sendo que Napoleão tinha direito a dois litros, que lhe eram servidos sempre na sopeira de porcelana Crown Derby.

Mas se era necessário suportar privações, elas eram em parte compensadas pelo fato de que a vida agora tinha mais dignidade do que antigamente. Havia mais canções, mais discursos, mais desfiles. Napoleão decretara que uma vez por semana se realizaria um evento denominado Manifestação Espontânea, cujo objetivo era comemorar as lutas e os triunfos da Fazenda dos Animais. Na hora combinada, os bichos largavam o trabalho e desfilavam pela fazenda em formação militar, os porcos à frente, depois os cavalos, depois as vacas, depois as ovelhas e por fim as aves. Os cães desfilavam nas laterais, e à frente de todos vinha o galo negro de Napoleão. Guerreiro e Tulipa sempre levavam juntos uma bandeira verde com o casco e o chifre, e mais a legenda "Viva o camarada Napoleão!". Depois havia uma leitura de poemas escritos em homenagem a Napoleão, seguida de um discurso de Guincho detalhando os mais recentes aumentos na produção de alimentos; de vez em quando se desferia um tiro de espingarda. As ovelhas eram as principais devotas das Manifestações Espontâneas, e se alguém reclamava (como faziam alguns bichos às vezes, quando não havia nenhum porco e nenhum cão por perto) que eles estavam perdendo muito tempo parados no frio, as ovelhas imediatamente calavam o queixoso com uma tremenda explosão de "Quatro pernas, bom; duas pernas, mau!". Mas a maioria dos bichos se divertia naquelas comemorações. Sentiam-se confortados ao lembrar que, no fim das contas, eles agora eram seus próprios patrões, e o trabalho que faziam era em benefício próprio. Assim, com toda aquela cantoria, com os desfiles, as cifras recitadas por Guincho, o trovejar da espingarda, o cocoricó do galo e a bandeira ao vento, eles conseguiam esquecer que, ao menos uma parte do tempo, suas barrigas estavam vazias.

Em abril, foi proclamada a república na Fazenda dos Animais, e assim tornou-se necessário eleger um presidente. O candidato único era Napoleão, que foi eleito por unanimidade. No mesmo dia, foi divulgado que mais documentos haviam sido descobertos, revelando novos detalhes sobre a cumplicidade de Bola de Neve com Jones. Ao que parecia, Bola de Neve não só tentara perder a Batalha do Estábulo por meio de um estratagema, tal como os bichos imaginavam antes, mas também lutara abertamente do lado de Jones. Na verdade, ele próprio tinha liderado as forças humanas, e entrara no conflito bradando "Viva a Humanidade!". As feridas no dorso de Bola de Neve, das quais alguns animais ainda se lembravam, eram marcas dos dentes de Napoleão.

No meio do verão, o corvo Moisés de repente reapareceu na fazenda, depois de anos de ausência. Não mudara em nada; continuava sem trabalhar e falava como sempre no Monte do Açúcar-Cande. Ele pousava num toco de árvore, batia as asas negras e falava horas a fio para quem se dispusesse a ouvi-lo. "Lá longe, camaradas", dizia ele, apontando para o céu o bico comprido, "lá longe, do outro lado daquela nuvem escura que vocês estão vendo — é lá que fica o Monte do Açúcar-Cande, a terra feliz onde nós, pobres animais, descansaremos para sempre da nossa labuta!" Chegava mesmo a afirmar que estivera lá, nos seus voos mais ambiciosos, e que vira os campos eternos de trevo e os pés de bolo de linhaça e de torrões de açúcar que cresciam nas sebes. Muitos dos bichos acreditavam nele. A vida que levavam agora, pensavam, era só fome e trabalho; não era justo que em algum lugar houvesse um mundo melhor? Uma coisa difícil de entender era a atitude dos porcos em relação a Moisés. Todos eles afirmavam com desprezo que aquelas histórias sobre o Monte do Açúcar-Cande eram mentiras, e no entanto permitiam que ele permanecesse na fazenda, com direito a um copinho de cerveja por dia.

Depois que seu casco sarou, Guerreiro passou a trabalhar mais do que nunca. Aliás, todos os bichos labutaram como escravos naquele ano. Além do trabalho rotineiro da fazenda e da reconstrução do moinho, desde o início de março estavam construindo a escola para os leitões. Às vezes era difícil suportar as longas jornadas de trabalho com o estômago não de todo cheio, mas Guerreiro jamais fraquejava. Em nada do que ele dizia ou fazia havia qualquer sinal de que sua força não era mais a mesma de antes. Era apenas a sua aparência que estava um pouco alterada; seu pelo brilhava menos, e suas enormes coxas pareciam encolhidas. Os outros diziam: "Guerreiro vai engordar quando a grama crescer

112 — A FAZENDA DOS ANIMAIS

na primavera"; porém chegou a grama da primavera e Guerreiro não ganhou peso. Às vezes, na ladeira que levava ao alto da pedreira, quando ele se esforçava ao máximo para deslocar uma pedra enorme, tinha-se a impressão de que a única coisa que o mantinha de pé era sua força de vontade. Nessas ocasiões, via-se que ele formava com a boca as palavras: "Vou trabalhar mais"; porém já não saía som nenhum. Mais uma vez, Tulipa e Benjamim o alertaram para cuidar da saúde, mas Guerreiro não lhes deu atenção. Em breve completaria doze anos de idade. Não se importava com o que acontecesse, desde que conseguisse juntar uma boa quantidade de pedras antes de sua aposentadoria.

Num final de tarde, no verão, de repente correu o rumor de que alguma coisa havia acontecido com Guerreiro. Ele fora sozinho arrastar um carregamento de pedra até a obra do moinho. E o rumor era mesmo verdade. Minutos depois, dois pombos chegaram afobados com a notícia: "Guerreiro caiu! Está deitado no chão e não consegue se levantar!".

Mais ou menos metade dos bichos da fazenda correu até o outeiro do moinho. Lá estava Guerreiro, caído entre os varais da carroça, o pescoço esticado, sem conseguir sequer levantar a cabeça. Tinha os olhos vidrados e o pelo coberto de suor. Um fio de sangue escorria-lhe da boca. Tulipa ajoelhou-se a seu lado.

"Guerreiro!", ela exclamou. "Você está bem?"

"É o meu pulmão", ele respondeu com uma voz débil. "Não faz mal. Acho que vocês vão conseguir terminar o moinho sem mim. Já juntamos uma boa quantidade de pedras. De qualquer modo, eu só tinha mais um mês pela frente. Para falar a verdade, eu bem que estava gostando da ideia de me aposentar. E talvez eles deixem Benjamim, que também está ficando velho, se aposentar ao mesmo tempo que eu para me fazer companhia."

"Precisamos pedir socorro imediatamente", disse Tulipa. "Alguém vá correndo avisar Guincho do que aconteceu."

Todos os outros bichos saíram em disparada na direção da casa para dar a notícia a Guincho. Só Tulipa ficou, junto com Benjamim, que se deitou ao lado de Guerreiro e, sem dizer palavra, ficou afugentando com o rabo as moscas que voavam em seu entorno. Mais ou menos um quarto de hora depois chegou Guincho, muito solidário e cheio de preocupação. Ele disse que o camarada Napoleão ficara profundamente perturbado ao saber do que ocorrera com um dos trabalhadores mais leais da fazenda, e que já estava negociando a internação de Guerreiro no hospital de Willingdon. Essa informação deixou os bichos um tanto desconfiados. Tirando Chica e Bola de Neve, nenhum animal jamais havia saído da fazenda, e não lhes agradava a ideia de que seu camarada doente ficasse nas mãos de seres humanos. Guincho, porém, convenceu-os com facilidade de que o veterinário de Willingdon conseguiria tratar de Guerreiro melhor do que seria possível ali na fazenda. E cerca de meia hora depois, quando Guerreiro já havia se recuperado um pouco, ajudaram-no a se levantar e, com certa dificuldade, Guerreiro conseguiu ir se arrastando até sua baia, onde Tulipa e Benjamim já haviam lhe preparado um bom leito de palha.

Nos dois dias que se seguiram, Guerreiro não saiu de sua baia. Os porcos tinham lhe dado um frasco grande de remédio cor-de-rosa que haviam encontrado no armário de remédios do banheiro, e Tulipa o medicava duas vezes por dia, após as refeições. À noite ela ia se deitar na baia dele, e ficava falando com ele, enquanto Benjamim espantava as moscas. Guerreiro dizia não estar triste com o que havia acontecido. Se conseguisse se recuperar bem, talvez ainda vivesse mais uns três anos, e já antegozava os dias tranquilos que passaria no cantinho do pasto grande. Pela primeira vez na vida, teria tempo livre para estudar e se informar. Dizia pretender dedicar o resto da vida ao aprendizado das vinte e duas letras do alfabeto que ainda não conhecia.

Mas Benjamim e Tulipa só podiam ficar com Guerreiro depois do expediente, e foi no meio do dia que veio um carroção para levá-lo. Todos os bichos estavam limpando a plantação de nabos, sob a supervisão de um porco, quando viram atônitos Benjamim vindo a galope da direção das construções, zurrando a plenos pulmões. Era a primeira vez que viam Benjamim assustado — na verdade, a primeira vez que alguém o vira galopar. "Depressa, depressa!", ele gritava. "Venham correndo! Estão levando Guerreiro embora!" Sem aguardar as ordens do porco, os bichos largaram tudo e saíram em disparada. Era verdade: no pátio estava estacionado um carroção grande, fechado, puxado por dois cavalos, com palavras escritas nos lados, e um homem de chapéu-coco, com uma expressão maliciosa no rosto, sentado na boleia. A baia de Guerreiro estava vazia. Os animais cercaram o carroção.

"Até logo, Guerreiro!", gritavam em coro, "até logo!"

"Seus paspalhões!", gritou Benjamim, correndo em volta deles e batendo no chão com seus pequenos cascos. "Paspalhões! Não veem o que está escrito no carroção?"

Os animais pararam e fizeram silêncio. Mabel começou a soletrar as palavras. Mas Benjamim a empurrou para o lado e, em meio a um silêncio mortal, leu o letreiro:

"'Alfred Simmonds, abatedor de cavalos e fabricante de cola, Willingdon. Comerciante de peles e farinha de ossos. Abastecemos canis.' Será que vocês não entendem o que isso quer dizer? Estão levando Guerreiro para o matadouro!"

Um grito de horror brotou de todos os bichos. Nesse momento, o homem da boleia chicoteou os cavalos, e o carroção começou a se afastar depressa. Todos os animais foram atrás, gritando. Tulipa abriu caminho até chegar à frente. O carroção começou a ganhar velocidade. Tulipa tentou galopar com suas patas gordas, mas só conseguiu atingir o meio galope. "Guerreiro!", gritava ela. "Guerreiro! Guerreiro! Guerreiro!" E nesse exato momento, como se ele tivesse ouvido a barulheira do lado de fora, o rosto de Guerreiro, com a lista branca no focinho, apareceu na pequena janela que havia na traseira do veículo.

"Guerreiro!", gritou Tulipa com uma voz terrível. "Guerreiro! Saia daí! Saia depressa! Estão levando você para o matadouro!"

Todos os bichos aderiram à gritaria: "Saia daí, Guerreiro, saia daí!". Mas o carroção já ganhava velocidade e se afastava deles. Não estava claro se Guerreiro havia compreendido as palavras de Tulipa. Um momento depois, porém, seu rosto desapareceu da janela, e ouviu-se o som de cascos chocando-se ruidosamente contra as laterais do veículo. Em outros tempos, uns poucos golpes desferidos pelos cascos de Guerreiro teriam arrebentado a madeira da carroceria. Agora, porém, sua força já se esvaíra; aos poucos o som dos chutes foi se tornando mais fraco, até morrer de todo. Em desespero, os animais começaram a apelar aos dois cavalos que puxavam o carroção, tentando convencê-los a parar. "Camaradas, camaradas!", gritavam eles. "Não levem um irmão de vocês para a morte!" Mas aqueles animais estúpidos, ignorantes demais para compreender o que estava acontecendo, limitaram-se a esticar as orelhas e correr mais depressa. O rosto de Guerreiro não reapareceu à janela. Tarde demais, alguém teve a ideia de sair em disparada à frente do carroção e fechar a porteira de cinco traves; mas no instante seguinte o veículo já havia passado pela porteira, e rapidamente foi desaparecendo na distância. Guerreiro nunca mais foi visto.

Três dias depois, anunciou-se que ele havia morrido no hospital em Willingdon, embora tivesse recebido todas as atenções que podem ser dadas a um cavalo. Guincho veio dar a notícia aos outros. Afirmou que estivera presente nas últimas horas de Guerreiro.

"Foi a cena mais emocionante que já vi!", relatou ele, levantando uma pata e enxugando uma lágrima. "Eu estive à cabeceira dele nos últimos momentos. No fim, quase fraco demais para falar, cochichou no meu ouvido que só lamentava falecer antes de terminar a construção do moinho. 'Avante, camaradas!', ele sussurrou. 'Avante, em nome da Rebelião. Viva a Fazenda dos Animais! Viva o camarada Napoleão! Napoleão tem sempre razão.' Foram essas as últimas palavras dele, camaradas."

Nesse momento, a expressão do rosto de Guincho mudou de súbito. Calou-se por um instante e seus olhinhos lançaram olhares rápidos e desconfiados de um lado para outro antes que continuasse a falar.

Chegara ao seu conhecimento, disse Guincho, que tinha circulado um boato insensato e malicioso quando da remoção de Guerreiro. Alguns dos bichos haviam percebido que o veículo que o levava embora trazia a inscrição de "Matadouro de cavalos", e chegaram à conclusão de que Guerreiro estava sendo enviado para o abatedouro. Era quase inacreditável, disse ele, que um animal pudesse ser tão estúpido. Ora, exclamou indignado, agitando o rabo rapidamente de um lado para outro, então eles não conheciam seu querido Líder, o camarada Napoleão? A explicação era muito simples. De fato, o carroção havia pertencido ao dono do matadouro, só que depois tinha sido comprado pelo veterinário,

116 — A FAZENDA DOS ANIMAIS

que ainda não havia apagado o letreiro antigo. Era essa a origem do equívoco.

Os bichos ficaram aliviadíssimos ao ouvir isso. E quando Guincho continuou a dar mais detalhes a respeito da morte de Guerreiro, dos cuidados admiráveis que recebera, dos remédios caros que Napoleão adquirira sem se preocupar com o preço, suas últimas dúvidas desapareceram, e a dor que sentiam pela morte do camarada foi atenuada pelo pensamento de que, ao menos, ele morrera feliz.

O próprio Napoleão apareceu na reunião matinal daquele domingo e proferiu um breve discurso em homenagem a Guerreiro. Explicou que não fora possível trazer os restos mortais do querido camarada para serem enterrados na fazenda, porém ele mandara confeccionar uma grande coroa com os louros que cresciam no jardim da fazenda, e a enviara para que fosse colocada no túmulo de Guerreiro. Além disso, em poucos dias os porcos realizariam um banquete em homenagem a Guerreiro. Napoleão terminou sua fala lembrando as duas máximas prediletas de Guerreiro: "Vou trabalhar mais" e "O camarada Napoleão tem sempre razão" — máximas que, segundo ele, deveriam ser adotadas por todos os animais.

No dia do banquete, veio de Willingdon a carroça da mercearia trazendo um engradado de madeira grande para a casa da fazenda. Naquela noite ouviu-se uma cantoria muito alta, seguida pelo que parecia ser uma briga feia, e tudo terminou por volta das onze horas com um tremendo barulho de vidro se espatifando. No dia seguinte, ninguém da casa se levantou antes do meio-dia. E espalhou-se a notícia de que, sabe-se lá como, os porcos haviam obtido dinheiro suficiente para comprar mais uma caixa de uísque.

———

10.

Passaram-se anos. As estações iam e vinham, e as vidas breves dos animais se sucediam. Chegou um tempo em que não restava mais ninguém que se lembrasse de como eram as coisas antes da Rebelião, tirando Tulipa, Benjamim, o corvo Moisés e alguns dos porcos. Mabel havia morrido, assim como Petúnia, Lulu e Grude. Também Jones morrera — num asilo para alcoólatras numa outra parte do condado. Bola de Neve fora esquecido. Guerreiro caíra no esquecimento, menos para os poucos que o haviam conhecido. Tulipa era agora uma égua velha e corpulenta, com articulações rígidas e olhos remelentos. Já passara dois anos da idade de aposentadoria, mas na verdade nenhum animal tinha se aposentado. Fazia muito tempo que não se falava mais do trecho do pasto que seria reservado aos bichos que não trabalhavam mais. Napoleão era agora um porco maduro, pesando mais de cento e cinquenta quilos. Guincho estava tão gordo que só com dificuldade conseguia abrir os olhos. Somente o velho Benjamim continuava mais ou menos como sempre, apenas com o focinho um pouco mais grisalho e, desde a morte de Guerreiro, mais rabugento e taciturno do que nunca.

118 — A FAZENDA DOS ANIMAIS

Agora havia muito mais criaturas vivendo na fazenda, embora o aumento da população não fosse tão grande quanto se esperava no passado. Para muitos dos mais jovens, a Rebelião não passava de uma vaga tradição transmitida oralmente, e outros animais que tinham sido comprados nem sabiam que tal coisa ocorrera antes de eles chegarem lá. Havia agora na fazenda três cavalos além de Tulipa. Eram belos animais, íntegros, trabalhadores e bons camaradas, porém muito estúpidos. Do alfabeto, nenhum conseguiu ir além da letra *B*. Aceitavam tudo o que lhes era dito a respeito da Rebelião e dos princípios do Animalismo, principalmente quando quem falava era Tulipa, que lhes inspirava um respeito quase filial; mas não estava claro se entendiam a maior parte do que ela dizia.

A fazenda estava muito mais próspera, e mais organizada; fora até mesmo ampliada com o acréscimo de dois campos, vendidos pelo sr. Pilkington. O moinho de vento estava enfim funcionando, e a fazenda contava com uma debulhadora e um elevador para feno; além disso, várias obras novas tinham sido construídas. Whymper comprara uma charrete para seu próprio uso. O moinho, porém, acabara não sendo usado para gerar energia elétrica e sim para moer cereais, o que proporcionava uma boa renda à fazenda. Os bichos agora mourejavam na construção de um segundo moinho de vento: quando este ficasse pronto, dizia-se, nele seriam instalados dínamos. Mas os luxos que outrora Bola de Neve evocara, fazendo os animais sonhar — as baias com luz elétrica e água quente e fria, a semana de três dias —, não eram mais mencionados. Napoleão dizia que essas ideias eram contrárias ao espírito do Animalismo. A verdadeira felicidade, segundo ele, era trabalhar muito e levar uma vida frugal.

De algum modo, tinha-se a impressão de que a fazenda se tornara mais rica, só que os bichos não estavam mais ricos — exceção feita, é claro, aos porcos e cachorros. Talvez fosse por isso que havia tantos porcos e tantos cachorros. Não que esses bichos não trabalhassem, à maneira deles. Como Guincho nunca se cansava de explicar, havia muito trabalho a fazer na supervisão e organização da fazenda. Boa parte dessa atividade era de natureza tal que os outros animais eram ignorantes demais para compreender.

Por exemplo, conforme Guincho lhes dissera, os porcos trabalhavam longos expedientes diariamente em coisas misteriosas denominadas "arquivos", "relatórios", "atas" e "memorandos". Tratava-se de folhas grandes de papel em que se escreviam coisas de alto a baixo, e que, tão logo ficavam cobertas de palavras, eram queimadas na fornalha. Isso era da maior importância para o bem-estar da fazenda, segundo Guincho. De qualquer forma, nem os porcos nem os cães produziam comida como fruto de seu trabalho; e eles eram muito numerosos, e estavam sempre com muito apetite. Quanto aos outros, a vida, até onde eles sabiam, era tal como sempre tinha sido. Sentiam fome a maior parte do tempo, dormiam em leitos de palha, bebiam no bebedouro e trabalhavam nos campos; no inverno passavam frio, e no verão eram atazanados pelas moscas. Por vezes os mais velhos entre eles vasculhavam suas memórias já fracas na tentativa de estabelecer se, nos primeiros anos da Rebelião, pouco depois da expulsão de Jones, as coisas eram melhores ou piores do que agora. Não conseguiam lembrar. Não havia nada com que se pudesse comparar a vida que levavam agora: os únicos dados de que dispunham eram as listas de cifras apresentadas por Guincho, que inevitavelmente demonstravam que tudo estava ficando cada vez melhor. Os bichos concluíam que o problema não tinha solução; além do mais, eles tinham pouco tempo para dedicar a tais especulações. Apenas o velho Benjamim afirmava lembrar-se de todos os detalhes de sua longa existência, e saber que as coisas nunca foram, nem jamais viriam a ser, muito melhores nem muito piores — a fome, as privações e as decepções constituíam, segundo ele, a imutável lei da vida.

E no entanto os bichos nunca abandonaram as esperanças. Mais ainda, jamais perderam, nem mesmo por um instante, a consciência da honra e do privilégio que era ser um membro da Fazenda dos Animais. Continuavam a ser a única fazenda em todo o país — em toda a Inglaterra! — em que os animais eram os proprietários e os administradores. Todos eles, até os mais jovens, até os recém-chegados trazidos de fazendas a vinte ou quarenta quilômetros dali, sempre encaravam esse fato com admiração. E quando ouviam o disparo da espingarda e viam a bandeira verde desfraldada no alto do mastro, sentiam no coração um orgulho imperecível; nessas ocasiões sempre começavam a falar sobre os velhos tempos heroicos, a expulsão de Jones, a redação dos Sete Mandamentos, as grandes batalhas em que os invasores humanos haviam sido derrotados. Nenhum dos velhos sonhos fora abandonado. A República dos Animais prevista pelo Major, em que os campos verdes da Inglaterra não seriam mais pisados por pés humanos, ainda era algo em que acreditavam. Algum dia ela viria a ser: talvez não em breve, talvez apenas num tempo em que todos os animais agora vivos já tivessem morrido; mas o dia havia de chegar. Até mesmo a melodia de "Bichos da Inglaterra" talvez ainda fosse cantarolada em segredo aqui e ali; pois o fato era que todos os bichos da fazenda a conheciam, ainda que nenhum deles ousasse cantá-la em voz alta. Era bem verdade que a vida deles era dura e que nem todas as suas esperanças haviam se realizado, mas eles tinham consciência de que não eram como os outros animais. Se passavam fome, não era culpa de seres humanos tirânicos; se trabalhavam muito, ao menos estavam trabalhando em benefício próprio. Ninguém entre eles andava com duas pernas. Nenhuma criatura chamava a outra de "senhor". Todos os animais eram iguais.

Um dia, no início do verão, Guincho mandou as ovelhas o seguirem e levou-as até um terreno abandonado na extremidade oposta da fazenda, que estava tomado por brotos de bétulas. As ovelhas passaram o dia inteiro mordiscando as folhas, sob a supervisão de Guincho. No fim da tarde ele voltou para a casa, mas, como era um dia quente, disse às ovelhas que permanecessem onde estavam. Elas acabaram ficando lá a semana inteira; durante todo esse tempo os outros bichos não viram nenhum sinal delas. Guincho passava a maior parte de cada dia com elas. Ele estava, segundo afirmou, ensinando-as a cantar uma canção nova, e para isso precisava de privacidade.

Foi logo depois do retorno das ovelhas, num final de tarde agradável, quando os bichos haviam terminado seu trabalho e estavam voltando às construções, que se ouviu um relincho de pavor vindo de um cavalo no pátio. Surpresos, os animais ficaram petrificados. A voz era de Tulipa. Ela relinchou de novo, e os bichos todos saíram correndo até o pátio. Então viram o que Tulipa tinha visto.

Era um porco andando só com as patas traseiras.

Sim, era Guincho. Estava atravessando o pátio, um pouco desajeitado, como se ainda não estivesse acostumado a manter seu peso considerável naquela posição, porém perfeitamente equilibrado. E logo em seguida, da porta da casa, formando uma longa fila, saíram diversos porcos, todos andando só com as patas de trás. Alguns saíam-se melhor que outros; um ou dois pareciam um pouco inseguros, dando a impressão de que o auxílio de uma bengala seria providencial; mas todos conseguiram dar a volta no pátio sem cair. E por fim, ao som de uma saraivada de latidos de cães e de um cocoricó estrepitoso do galo negro, saiu da casa o próprio Napoleão, majestosamente ereto, lançando olhares altivos de um lado para outro, com os cães pulando à sua volta. Numa das patas dianteiras segurava um chicote.

Fez-se um silêncio mortal. Atônitos, em pânico, todos juntos, acuados, os animais viram a longa fila de porcos caminhar lentamente pelo pátio. Era como se o mundo tivesse virado de pernas para o ar. Em seguida, houve um momento em que o susto inicial passou, e em que — apesar do terror que lhes inspiravam os cachorros, e apesar do hábito adquirido ao longo dos anos de jamais reclamar, jamais criticar, acontecesse o que acontecesse — os bichos talvez tivessem esboçado um protesto. Mas naquele exato momento, como se obedecendo a um sinal, todas as ovelhas começaram a balir a plenos pulmões:

"Quatro pernas, bom; duas pernas, *melhor*! Quatro pernas, bom; duas pernas, *melhor*! Quatro pernas, bom; duas pernas, *melhor*!"

A ladainha prosseguiu por cinco minutos, sem intervalo. E quando as ovelhas por fim se calaram, havia passado a oportunidade de protestar, pois os porcos já tinham voltado para dentro de casa.

Benjamim sentiu um focinho roçar-lhe o dorso. Olhou para trás. Era Tulipa. Seus olhos de velha pareciam mais baços do que nunca. Sem dizer palavra, ela puxou-o de leve pela crina e o conduziu até o fundo do celeiro grande, onde os Sete Mandamentos estavam escritos. Ficaram um ou dois minutos olhando para a parede coberta de piche preto, com sua inscrição em letras brancas.

122 — A FAZENDA DOS ANIMAIS

"Minha vista está fraca", disse ela por fim. "Nem quando era jovem eu conseguia ler o que estava escrito aí. Mas tenho a impressão de que a parede está diferente. Os Sete Mandamentos continuam os mesmos de antes, Benjamim?"

Pela primeira vez, Benjamim consentiu em quebrar sua regra, e leu para ela o que estava escrito na parede. Agora não havia nada além de um único mandamento:

TODOS OS ANIMAIS SÃO IGUAIS
MAS ALGUNS SÃO MAIS IGUAIS QUE OS OUTROS.

Depois disso, ninguém estranhou quando, no dia seguinte, todos os porcos que supervisionavam o trabalho na fazenda passaram a levar chicotes nas patas dianteiras. Ninguém estranhou ao ficar sabendo que os porcos haviam comprado um rádio, que pretendiam instalar um telefone e que tinham feito assinaturas de *John Bull*, *Tit-Bits* e *Daily Mirror*. Ninguém estranhou ao ver Napoleão caminhando no jardim da casa com um cachimbo na boca — não, nem mesmo quando um dos porcos pegou umas roupas do sr. Jones no armário e as vestiu; Napoleão foi visto com um casaco preto, calções de caça e perneiras de couro, enquanto sua porca favorita apareceu com um vestido de seda achamalotada que a sra. Jones usava às vezes aos domingos.

Uma semana depois, numa tarde, chegaram à fazenda algumas charretes. Um grupo de fazendeiros vizinhos fora convidado para uma visita de inspeção. Foram levados a conhecer toda a propriedade, manifestando muita admiração por tudo o que viram, principalmente o moinho de vento. Os bichos estavam limpando a plantação de nabos. Trabalhavam com muito afinco, quase sem ousar levantar os rostos virados para o chão, sem saber se deviam ter mais medo dos porcos ou dos visitantes humanos.

Naquela noite, ouviram-se gargalhadas e cantorias vindo da casa. E de repente, diante daquelas vozes misturadas, os bichos ficaram curiosos. O que poderia estar acontecendo dentro da casa, agora que pela primeira vez animais e seres humanos estavam reunidos em pé de igualdade? Movidos por um impulso único, todos silenciosamente foram penetrando no jardim da casa.

Diante do portão hesitaram, com medo, mas Tulipa foi na frente. Na ponta dos pés, chegaram até a casa, e os bichos mais altos ficaram olhando pela janela da sala de jantar. Ali, em torno da mesa comprida, estavam sentados meia dúzia de fazendeiros e meia dúzia de porcos mais importantes, com o próprio Napoleão no lugar de honra, à cabeceira. Os porcos pareciam perfeitamente à vontade em suas cadeiras. Os comensais estavam jogando cartas, mas haviam interrompido o jogo por um momento, certamente para fazer um brinde. Um jarro grande circulava pela mesa, e os canecos eram enchidos de cerveja. Ninguém reparou nos rostos perplexos dos animais do lado de fora da janela.

O sr. Pilkington, de Foxwood, havia se levantado, com o caneco na mão. Pretendia, disse ele, convidar a todos para um brinde. Antes disso, porém, achava importante pronunciar algumas palavras.

Era motivo da maior satisfação para ele — e, com certeza, para todos os outros presentes — constatar que um longo período de desconfiança e mal-entendidos havia chegado ao fim. Durante algum tempo — não que ele ou qualquer um dos presentes tivessem nutrido tais sentimentos —, enfim, durante algum tempo os respeitáveis proprietários da Fazenda dos Animais tinham sido encarados, ele não diria com hostilidade, mas talvez com um certo grau de apreensão, por seus vizinhos humanos. Incidentes infelizes haviam ocorrido, ideias errôneas tinham se propagado. Havia uma percepção de que a existência de uma fazenda cujos proprietários e administradores eram porcos seria de algum modo anormal, e que ela poderia ter um efeito perturbador sobre a vizinhança. Muitos fazendeiros tinham chegado à conclusão, sem base em fatos, de que numa fazenda assim prevaleceria um clima de licenciosidade e indisciplina. Esses fazendeiros temiam os efeitos que isso poderia ter sobre seus animais, ou sobre seus empregados humanos. Mas agora todas essas dúvidas haviam sido dissipadas. Hoje ele e seus amigos tinham visitado a Fazenda dos Animais, examinando toda a propriedade com seus próprios olhos, e o que haviam constatado? Não apenas a adoção dos métodos mais modernos, como também uma disciplina e uma ordem que deveriam servir de exemplo a todos os fazendeiros de todos os lugares. Ele julgava ter razão ao afirmar que os animais inferiores da Fazenda

124 — A FAZENDA DOS ANIMAIS

dos Animais trabalhavam mais e recebiam menos alimentos do que quaisquer outros animais do condado. De fato, ele e os demais visitantes haviam observado muitas coisas que pretendiam aplicar em suas próprias fazendas imediatamente. O sr. Pilkington ia concluir sua fala enfatizando mais uma vez os sentimentos amistosos que agora prevaleciam, e que deveriam continuar a prevalecer, entre a Fazenda dos Animais e seus vizinhos. Entre os porcos e os seres humanos não havia nem precisava haver nenhum conflito de interesses. Suas lutas e suas dificuldades eram as mesmas. O problema dos trabalhadores não era o mesmo em toda parte? Nesse momento ficou claro que o sr. Pilkington estava prestes a fazer algum comentário espirituoso que havia preparado cuidadosamente para a ocasião, mas por um momento o riso o impediu de falar. Depois de engasgar, fazendo com que seus vários queixos ficassem roxos, conseguiu finalmente dizer: "Se vocês têm que lidar com os seus animais inferiores", disse ele, "nós temos que lidar com as nossas classes inferiores!". Essa tirada provocou uma explosão de risos na mesa; e mais uma vez o sr. Pilkington parabenizou os porcos pelas rações reduzidas, pelos longos expedientes de trabalho e pelo modo geral como os bichos eram tratados, sem excessos nos agrados, ali na Fazenda dos Animais.

E agora, disse por fim, ele pediria aos comensais que se levantassem e verificassem se seus canecos estavam cheios. "Cavalheiros", concluiu o sr. Pilkington, "proponho um brinde à prosperidade da Fazenda dos Animais!"

Houve aplausos entusiasmados; alguns bateram com os pés no chão. Napoleão sentiu-se tão contente que saiu da cabeceira e deu a volta na mesa para fazer tim-tim com o copo do sr. Pilkington e depois beber o seu de um gole só. Quando cessaram os aplausos, Napoleão, que continuara em pé, deu a entender que ele também tinha algo a dizer.

Como todos os discursos de Napoleão, este foi curto e direto. Também ele estava feliz pelo término do período de mal-entendidos. Por muito tempo, circularam boatos — os quais, ele tinha motivos para supor, haviam sido obra de algum inimigo maligno —, boatos de que existia algo de subversivo e até mesmo revolucionário na visão dele e de seus colegas. Atribuíam-lhes tentativas de provocar rebeliões entre os bichos das fazendas vizinhas. Nada poderia estar mais longe da verdade! A única coisa que desejavam, tanto agora como no passado, era viver em paz, mantendo relações comerciais normais com os vizinhos. Aquela fazenda que ele tinha a honra de dirigir, acrescentou, era uma cooperativa. As escrituras, que estavam com ele, garantiam que a propriedade era de todos os porcos.

Ele não acreditava, prosseguiu Napoleão, que as velhas suspeitas ainda sobreviviam, mas certas mudanças recentes na rotina da fazenda teriam o efeito de aumentar ainda mais a confiança. Até então, os bichos da fazenda tinham o hábito um tanto bobo de tratar-se mutuamente de "camarada". Essa prática seria reprimida. Havia também outro costume, muito estranho, cuja origem era desconhecida, de desfilar todas as manhãs de domingo diante do crânio de um porco pregado num poste no jardim. Também essa prática seria reprimida, e o crânio já fora enterrado. Alguns dos visitantes teriam observado a bandeira verde no alto do mastro. Talvez tivessem percebido que haviam sido removidos o casco e o chifre brancos que antes havia nela. De agora em diante, a bandeira seria toda verde.

Ele tinha apenas um único reparo, disse Napoleão, a fazer ao excelente e simpático discurso do sr. Pilkington. Nele, o sr. Pilkington se referira várias vezes à "Fazenda dos Animais". Certamente, ele não teria como saber — pois agora ele, Napoleão, estava dando a notícia pela primeira vez — que o nome "Fazenda dos Animais" seria abolido. Doravante ela passaria a ser conhecida como "Fazenda do Solar" — que era, ele acreditava, o nome correto e original do lugar.

"Cavalheiros", concluiu Napoleão, "faço o mesmo brinde de antes, só que numa forma diferente. Encham seus copos até a boca. Eis o meu brinde: à prosperidade da Fazenda do Solar!"

Os mesmos aplausos entusiásticos se repetiram, e os canecos foram esvaziados num só gole. Porém, para os animais que assistiam à cena do lado de fora, parecia que alguma coisa estranha estava acontecendo. O que teria se alterado nos rostos dos porcos? Os olhos débeis de Tulipa voltavam-se de um rosto para outro.

126 — A FAZENDA DOS ANIMAIS

Alguns tinham cinco queixos, outros tinham quatro, outros três. Mas o que era que parecia estar se dissolvendo e mudando? Então, cessados os aplausos, os comensais retomaram o jogo de cartas interrompido, e os bichos foram se afastando em silêncio. Não haviam andado nem vinte metros quando pararam. Uma gritaria irrompera na casa. Voltaram correndo e olharam de novo pela janela. Sim, uma discussão violenta tinha se instaurado, com gritos, socos na mesa, olhares desconfiados, negações furiosas. A causa da discussão, ao que parecia, era o fato de que tanto Napoleão como o sr. Pilkington haviam apresentado um ás de espadas, os dois ao mesmo tempo. Doze vozes gritavam com raiva, e todas elas eram parecidas. Agora não havia mais dúvida a respeito do que acontecera com os rostos dos porcos. Os bichos lá fora olhavam de porco para homem, de homem para porco, e depois de porco para homem outra vez: mas já era impossível saber quem era homem e quem era porco.

Novembro de 1943 — Fevereiro de 1944

POSFÁCIO A ESTA EDIÇÃO

O ANIMAL SE TORNA HUMANO E O HUMANO, ANIMAL (UM ESCLARECIMENTO)

MARCELO PEN

*Chega-se, por conseguinte, ao resultado de que o homem
(o trabalhador) só se sente como [ser] livre e ativo em suas
funções animais [...] e em suas funções humanas só [se sente]
como animal. O animal se torna humano e o humano, animal.*

Karl Marx, *Manuscritos econômico-filosóficos*

*Percebi então que, se aqueles animais adquirissem
consciência de sua força, não teríamos o menor poder sobre
eles, e que os animais são explorados pelos homens de
modo muito semelhante à maneira como o proletariado é
explorado pelos ricos.*

George Orwell, prefácio à edição ucraniana
de *A Fazenda dos Animais*

George Orwell conta que a experiência na Guerra Civil Espanhola lhe
mostrou a facilidade com que a propaganda manipula as pessoas.

130 — POSFÁCIO

Ele pensava no regime stalinista da União Soviética, mas, conforme esclarece no prefácio à edição ucraniana de *A Fazenda dos Animais*, esse tipo de manipulação é comum a qualquer Estado totalitário, e existe mesmo em países democráticos. Eis o germe deste livro, que de certo modo catapultou o autor para a fama internacional. Com dezenas de milhões de cópias vendidas em setenta idiomas, a novela tornou-se um dos vinte maiores best-sellers mundiais.[1]

Lanço mão do termo "germe", com o qual o escritor Henry James costumava indicar a fonte de suas ficções, e valho-me de mais uma de suas ideias, sobre o proveito de se considerar a história de uma história, para seguir narrando alguns episódios sobre a gênese e a acolhida de *A Fazenda dos Animais*.[2] Seis anos se passam entre o regresso de Orwell dos campos de batalha e o início da escrita da novela; nesse intervalo, dois fatores foram determinantes na condução desse enredo paralelo.

O primeiro foi o fato de que, durante algum tempo, o escritor mudou-se para Wallington — cujo ruralismo lhe trouxe à memória sua infância —, no interior do condado de Oxford, quando

[1] John Rodden, *Understanding Animal Farm: A Student Casebook to Issues, Sources, and Historical Documents*. Westport, Connecticut: The Greenwood Press, 1999. O relato de Orwell sobre a gênese de *A Fazenda dos Animais* pode ser lido no "Prefácio à edição ucraniana", presente nesta edição (p. 24). Com respeito à perseguição do governo espanhol aos grupos trotskistas, entre os quais aquele do qual Orwell fez parte durante a Guerra Civil, ele observa que "vivenciar tudo isso foi uma lição valiosa: ensinou-me como é fácil para a propaganda totalitária controlar a opinião de pessoas educadas em países democráticos".

[2] "Há a história de nosso herói e, então, graças à íntima conexão das coisas, a história de nossa história em si. Acanho-me de confessar, mas, se escrevemos drama, escrevemos drama, e este último enredo acaba por vezes me parecendo realmente o mais objetivo dos dois." Henry James, "Prefácio à edição de Nova York". In: *Os embaixadores*. Trad. de Marcelo Pen. São Paulo: Cosac Naify, 2011, pp. 15 e 20.

viveu cercado por ovelhas, galinhas, cavalos e porcos. O segundo foi a constatação a que chegou quando viu um garoto chicoteando um imenso cavalo, que guiava por um caminho estreito. A potência do animal, em contraste com a tibieza do menino, sugeria que, se tivessem consciência de sua força, os animais (o proletariado) sobrepujariam o poder dos homens (os ricos). A observação está na segunda epígrafe deste prefácio.

O nome dado por Orwell a seu cão na época, Marx, fornece a dica sobre a origem teórica das suas ruminações, que John Rodden, especialista no autor, atribui aos apontamentos que Karl Marx registrou aos 26 anos, em Paris, e que viriam a ser publicados postumamente como *Manuscritos econômico-filosóficos de 1844*.[3] O trecho, que figura na primeira epígrafe, está na seção em que Marx discute a teoria do estranhamento (*Entfremdung*), o trabalho estranhado.

Segundo Marx, quanto mais riqueza produz, mais miserável e impotente se torna o trabalhador. Quanto mais se valoriza o mundo das coisas, mais desvalorizado resta o mundo dos homens, enquanto o próprio trabalho e o trabalhador se convertem em mercadoria. O produtor cessa de reconhecer o produto de seu trabalho, que se torna um objeto autônomo e estranho, independente dele, que o domina. O trabalhador devota a vida ao objeto, de modo que sua vida passa a pertencer ao objeto, não a si.

Sendo o trabalho externo ao trabalhador, deixa de ser uma atividade vital, ou seja, não pertence a seu ser. Não desenvolvendo no trabalho nenhuma energia espiritual livre, o trabalhador não apenas experimenta o trabalho como ser externo ou estranho a si, mas sente ele mesmo fora de si, quando trabalha. Portanto, só se distingue como ser livre nas funções que Marx chama de funções animais, como comer, beber e procriar, enquanto naquilo que o faz humano sente-se como animal. O animal se torna humano e o humano, animal.[4]

---

3   Rodden, op. cit..

4   Karl Marx, *Manuscritos econômico-filosóficos*. Trad. Jesus Ranieri. São Paulo: Boitempo, 2004, pp. 79-86.

132 — POSFÁCIO

Orwell toma ao pé da letra, como ponto de partida, as palavras de Marx, ainda que seja para subvertê-las no plano da alegoria, diante dos acontecimentos históricos. Trata-se de uma alegoria satírica, embora também possa ser pensada como um *roman à clef*, cuja chave, em geral facilmente auferida, conecta cada personagem e cada evento da trama, quer seja a figuras históricas, quer seja a acontecimentos da História, quer seja a grupos sociais específicos.

O autor começa a escrever o livro em novembro de 1943, concluindo-o em fevereiro de 1944. Muitos dos eventos da Segunda Guerra Mundial, que então se desenrolava, encontram-se incorporados à narrativa, como o pacto de não agressão estabelecido entre Moscou e a Alemanha nazista, bem como o posterior ataque de Hitler à União Soviética e, em especial, a Conferência de Teerã — ocorrida entre 28 novembro e 1º de dezembro de 1943, reunindo os líderes das três superpotências, o soviético Joseph Stálin, o norte-americano Franklin Roosevelt e o britânico Winston Churchill —, à qual famosamente dispensa, ao final da obra, sua nota ominosa.

Essa história da história, com seu fundo histórico, liga-se a histórias posteriores, para as quais a "motivação ideológica", nas palavras do autor,[5] exerce papel decisivo. Quando Orwell termina de escrever a novela meses depois, o cenário da guerra havia sofrido importantes mudanças. Os nazistas amargaram fragorosa derrota na batalha de Stalingrado e, claro, houve a Conferência de Teerã, na qual os Aliados estabeleceram metas para a derrubada do Eixo. Considerado parceiro indispensável rumo à vitória, Stálin era visto com simpatia estratégica.

Assim, as primeiras tentativas de Orwell de publicar a obra enfrentaram resistência dos editores. O poeta T.S. Eliot, sócio da prestigiada Faber & Faber, envia-lhe uma carta dizendo que não estava convencido "de que este seja o ponto de vis-

---

5 Orwell, "A liberdade de imprensa (prefácio proposto pelo autor à primeira edição inglesa, de 1945)", em *A revolução dos bichos*. Trad. de Heitor de Aquino Ferreira. São Paulo: Companhia das Letras, 2018, p. 125.

ta correto para criticar a situação política na época atual".[6] A despeito de sua disposição conservadora (ou por causa dela), o poeta adverte Orwell de que o livro trafega "na contracorrente do momento". Tratava-se da terceira rejeição sofrida pelo escritor. Em 17 de agosto de 1945, a obra é finalmente publicada, pela editora inglesa

---

[6] "Concordamos que é um texto notável, a fábula é tratada com grande habilidade e a narrativa prende a atenção por si só — e isso é algo que raros autores conseguiram desde Gulliver. No entanto, não temos convicção (e estou seguro de que nenhum dos outros diretores a tenha) de que esse seja o ponto de vista correto para criticar a situação política na época atual. Sem dúvida, qualquer empresa editorial que vise a outros interesses e motivos além da mera prosperidade comercial tem o dever de publicar livros que sigam na contracorrente do momento; mas isso exige, em cada caso, que pelo menos um integrante da editora tenha a convicção de que essa é a coisa que precisa ser dita no momento. Não vejo nenhuma razão de prudência ou cautela que impeça alguém de publicar esse livro — se acreditar no que ele defende.

"Ora, penso que minha insatisfação com esta [fábula] é que seu efeito é de simples negação. Deveria despertar alguma simpatia com o que o autor pretende, bem como uma simpatia com suas objeções a algo; e o ponto de vista positivo, que considero ser genericamente trotskista, não é convincente. Penso que a votação fica dividida, sem obter firme adesão compensatória e satisfatória de nenhum dos dois lados — isto é, os que criticam as tendências russas do ponto de vista de um comunismo mais puro e os que, de um ponto de vista muito diferente, estão alarmados com o futuro das nações pequenas. E, afinal, seus porcos são muito mais inteligentes que os outros animais e, portanto, os mais qualificados para dirigir a fazenda — com efeito, sem eles não poderia ter existido nenhuma Fazenda dos Animais: portanto, o necessário (pode-se argumentar) não era um maior comunismo, e sim mais porcos com espírito público." Carta de 13 de julho de 1944, originalmente publicada em *The Times*, Londres, 6 de janeiro de 1969. Trad. de Denise Bottmann.

134 — POSFÁCIO

Secker & Warburg.[7] A essa altura, a guerra na Europa havia terminado; Roosevelt, Mussolini e Hitler estavam mortos e as bombas nucleares americanas haviam destroçado as cidades japonesas de Hiroshima e Nagasaki.

A proximidade dos eventos históricos fez com que parte da crítica mais avançada visse a obra com desconfiança (um exemplo é a resenha de Kingsley Martin, para a *New Statesman and Nation*). Se a recepção contemporânea progressista, que em parte a censurou, pode ter se precipitado em não perscrutar camadas mais fundas de interpretação, o fato é que o verdadeiro desvio ideológico corresponde ao que aplicou à obra a crítica e os agentes conservadores, que a aplaudiram. Se o mal-estar da crítica avançada aos poucos abranda e desaparece, a apropriação retrógrada parece ser permanente.[8]

7   Com um catálogo contendo autores como André Gide, Franz Kafka e Thomas Mann, a Secker & Warburg era uma minúscula empresa com fama de publicar obras de esquerda rejeitadas em outras casas, o que lhe valeu a fama de editora trotskista. Ver: Daniel J. Leab, *Orwell Subverted: The CIA and the Filming of Animal Farm*. University Park: The Pennsylvania State University Press, 2007, pp. 3 e 4; e James Arnt Aune, "Literary Analysis of *Animal Farm*", em John Rodden, op. cit.

8   Chamo de "apropriação retrógrada", aqui, a maneira como uma parcela de críticos e agentes culturais, de Peter Viereck a Norman Podhoretz, de Tom Hopkinson a Christopher Hitchens, costuma grosso modo reduzir as possíveis camadas de leitura ou de alegoria do livro (John Rodden, por exemplo, analisa quatro) a apenas uma — o ataque à ditadura soviética, traduzido de modo algo impreciso como teor anticomunista. A maneira como Viereck enxerga um complô de "simpatizantes stalinoides", ou como Podhoretz considera Orwell o "santo patrono do anticomunismo" e "espírito norteador dos neoconservadores", parece apontar para mesma redução, transformando o ideal revolucionário do autor em ímpeto contrarrevolucionário e o que há de avançado na fatura em matéria retrógrada. Ver a resenha de Martin em Jeffrey Meyer (Ed.), *George Orwell: The Critical Heritage*. Londres e Nova York: Routledge, 1997, pp. 197-9. Sobre os níveis de alegoria e as declarações de Viereck, Podhoretz, entre outros, ver *Understading* Animal Farm, op. cit.

A GUERRA CULTURAL

Começa cedo. Por ignorância ou de propósito, parte do público e da crítica nos Estados Unidos desconsiderou a afiliação socialista de Orwell e tomou o livro como uma defesa da livre-iniciativa e de convicções que pactuavam com o *American way of life*, a ponto de o autor se queixar ao poeta Stephen Spender de que não havia escrito um livro "contra Stálin para fornecer propaganda aos capitalistas".[9] Com efeito, Orwell se opunha a Stálin e ao totalitarismo soviético da época (como, de resto, Kingsley Martin), mas defendia a nacionalização da terra, dos bancos e das grandes indústrias, bem como a redistribuição ou limitação de renda, acenando com uma diferença máxima de ganhos entre os mais ricos e os mais pobres na ordem de dez para um. Para James Arnt Aune, Orwell estava convencido de que, sem controle, o mercado livre "conduz à pobreza e degradação generalizadas, o que também corrompe a integridade do processo democrático".[10] Para que essas mudanças ocorressem, projetava uma ação revolucionária, tirando o poder das mãos da

---

9 Rodden, op. cit. Ainda assim, cumpre observar que Orwell tomou atitudes que serviram para alimentar o nexo conservador. Ele manteve, por exemplo, uma caderneta azul com nomes de suspeitos e simpatizantes do comunismo, além de outros que mereceram entrar na lista por exibir "tendência para o homossexualismo" (Stephen Spender), ser "escritor espúrio" (John Steinbeck) ou "homossexual" e "judeu inglês" (Tom Driberg). Embora o inventário com 125 pessoas fosse considerado uma "brincadeira" que ele fazia com os amigos Arthur Koestler e Richard Rees, Orwell entregou, em 1949, 35 nomes dessa lista ao Departamento de Pesquisa de Informações, braço secreto do Ministério das Relações Exteriores. Frances Stonor Saunders, *Quem pagou a conta? A CIA na Guerra Fria da Cultura*. Trad. de Vera Ribeiro. Rio de Janeiro: Record, 2008, p. 324.

10 James Arnt Aune, "Literary Analysis of *Animal Farm*", em Rodden, op. cit.

136 — POSFÁCIO

classe dominante. Tratava-se de uma revolução à esquerda, não à direita.[11]

Não obstante, as distorções seguiram e recrudesceram com a Guerra Fria e a intervenção da CIA, a central de inteligência estabelecida nesse período por lei de segurança nacional firmada pelo presidente Harry S. Truman. Além de comandar ações de espionagem e fomentar insurreições em países comunistas do Leste Europeu, a agência envolveu-se em uma guerra cultural que conhecidamente procurou converter corações e mentes para o modo de vida americano.[12] Foi um estado de beligerância sem precedentes na história contemporânea. De acordo com um dos íntimos colaboradores do governo americano, o compositor de origem russa Nicolas Nabokov, primo do romancista Vladimir Nabokov, a Guerra Fria representou "a mais dura e complexa guerra ideológica desde o começo do século XIX".[13]

Os esforços envolvidos nessa *Kulturkampf* animaram um grupo de agentes a correr para Londres, após a morte de Orwell, para adquirir junto à viúva, Sonia Orwell, os direitos de filmagem de *A Fazenda dos Animais*. O detalhe significativo é que o financiamento não veio diretamente da CIA, mas de um órgão gestado em suas entranhas, chamado OPC (Office of Policy Coordination, ou Escritório de Coordenação Política).

O OPC ocupava-se das operações clandestinas e, embora ligado à CIA, atuava como órgão independente, uma espécie de agência secreta dentro do centro de informações. O dinheiro injetado pela OPC viabilizou uma animação baseada em *A Fazenda dos Animais*, dirigida pelo casal John Halas e Joy Batchelor, que seria não apenas o primeiro longa animado da Grã-Bretanha,

---

11 Ver George Orwell, *The Lion and the Unicorn: Socialism and the English Genius*. Harmondsworth, Middlesex: Penguin Books, 1982, p. 104, e "Posição política", de Alex Woloch, na fortuna crítica desta edição (p. 242).

12 Leab, *Orwell Subverted*, op.cit., pp. 134 e 135.

13 Saunders, *Quem pagou a conta?*, op. cit., p. 428.

mas também o "mais ambicioso da época", compreendendo oitenta desenhistas, 750 cenas e 300 mil desenhos em cores.[14] Houve contrapartidas. Os "investidores" examinaram o filme com rigor, reclamando da falta de clareza na mensagem. Uma série de memorandos fez o roteiro sofrer cinco revisões. No fim, a "mensagem" do OPC/ CIA prevaleceu, desde o tratamento dado à personagem de Bola de Neve (Trótski), considerado a princípio muito brando, passando à eliminação dos fazendeiros que representavam a Grã-Bretanha e a Alemanha na novela, até a violenta deturpação do desfecho, que, triunfalista e sem a presença dos seres humanos, desfaz a ideia da "fusão da corrupção comunista com a decadência capitalista", segundo Saunders.[15]

O filme não atingiu o sucesso esperado, mas o contratempo não impediu a CIA de produzir *1984*, a outra ficção antitotalitarista de Orwell, igualmente manipulada para fins de propaganda,[16] e de continuar financiando reedições e traduções das duas obras. A atividade de difusão iniciou com o incentivo do escritor, que, em seu zelo antistalinista, não cobrou direitos autorais da tradução e emissões radiofônicas de *A Fazenda dos Animais* no Leste Europeu e na Ásia, mas se intensificou à proporção que a Guerra Fria ganhava corpo e se desdobrava.

Já em 1947, um memorando enviado a J. Edgar Hoover, diretor do FBI (Federal Bureau of Investigation ou Departamento Federal de Investigação), dizia que *A Fazenda dos Animais* ocupava a lista da meia dúzia de livros que "a CIA vinha promovendo com vigor no Ocidente para combater o comunismo". Em abril de 1951, o secretário de Estado Dean Acheson emitiu um comunicado ressaltando que, devido ao valor oferecido pela obra na ofensiva psicológica contra o comunismo, o próprio Departamento de Estado sentia-se "justificado em financiar

---

14 Leab, op. cit., p. 116, e Saunders, op. cit., p. 319.

15 Saunders, op. cit., p. 320 e Leab, op. cit., pp. 75-84.

16 Sobre o filme de 1956, estrelado por Edmond O'Brien e Michael Redgrave, ver Saunders, pp. 320-4.

138 — POSFÁCIO

traduções, tanto aberta quanto clandestinamente". A CIA envolveu-se "pesada e secretamente" nessas atividades. Desde a versão coreana, em 1948, apadrinhou a tradução de *A Fazenda dos Animais* para mais de trinta idiomas, incluindo o alemão, o grego, o indonésio, o italiano, o norueguês, o vietnamita, o espanhol, o polonês e o português.[17]

SE NON È VERO...

Nenhum documento de que tive notícia comprova que a CIA estivesse por trás da primeira tradução do livro no Brasil, mas seu lançamento, em 1964, sob amparo financeiro do Instituto de Pesquisa Social, segundo veremos, foi impulsionado menos por um critério comercial ou mesmo literário do que por sua aura de arma psicológica anticomunista.

Constituído oficialmente em novembro de 1961, o instituto, mais conhecido pela sigla IPES ou IPÊS, foi uma das mais bem-sucedidas e organizadas máquinas de propaganda ideológica da história do Brasil. Sua dimensão e desdobramentos são exaustivamente investigados em *1964: A conquista do Estado (Ação política, poder e golpe de classe)*, do historiador brasileiro de origem uruguaia René Armand Dreifuss. Originalmente uma tese de doutorado defendida na Universidade de Glasgow, o livro constitui uma completa fonte de dados e documentação acerca do instituto, bem como de outros órgãos e das articulações entre empresários e militares que antecederam a deposição do presidente João Goulart.

O IPES tem raízes na Guerra Fria e, em particular, na reação americana à Revolução Cubana, quando David Rockefeller, a pedido de John F. Kennedy, reúne um punhado de empresários em uma ofensiva anticomunista e anticastrista. O grupo lide-

---

17 Rodden, op. cit., e *The Politics of Literary Reputation: The Making and Claiming of "St. George" Orwell*. Nova York: Oxford University Press, 1989, pp. 204 e 434; ver também: Leab, op. cit., pp. 117 e 119.

rado pelo magnata americano mais tarde integraria o Council for Latin America (Conselho para a América Latina), representando 224 corporações, 85% delas operando no continente.

A ação de empresários brasileiros no IPES tem, portanto, sua contrapartida em uma onda conservadora-modernizante que varreu toda a América Latina, num processo bem ajustado com os Estados Unidos.

"O IPES era um grupo de ação sofisticado, bem equipado e preparado; era o núcleo de uma elite orgânica empresarial de grande visão, uma força-tarefa estrategicamente informada, agindo como vanguarda das classes dominantes", escreve Dreifuss.[18] O instituto funcionou com base em uma aliança profunda com os militares, sobretudo a elite formada pela Escola Superior de Guerra; estabeleceu presença política no Congresso; recebeu colaboração de um grupo diligente de intelectuais, técnicos e burocratas, e manteve relacionamento privilegiado com a maioria dos órgãos de imprensa, do rádio e da televisão.[19]

Fundado como cabeça de ponte da classe empresarial, o IPES aos poucos se torna, em conjunto com sua entidade parceira, o Instituto Brasileiro de Ação Democrática (IBAD), "o verdadeiro partido da burguesia e seu Estado-Maior para a ação ideológica, política e militar", com centros em diversas capitais e cidades, liderados pelos grupos do Rio de Janeiro e São Paulo.[20]

O historiador observa que o período de ação do instituto entre 1962 e 1964 "significou uma movimentação conjuntural para o golpe, quando a estratégia se converteu em política e atividades político-partidárias finalmente se transformaram em ação militar".[21] Contribuiu para esse processo o modo de atuação do instituto, constituído pelo que Dreifuss chama de "dupla vida política", uma pública e respeitável e outra, encoberta. Enquanto a primeira alicerçava-se

18 René Armand Dreifuss, *1964: A conquista do Estado (Ação política, poder e golpe de classe)*. Petrópolis: Vozes, 1981, p. 185.

19 Dreifuss, op. cit., pp. 229-34.

20 Ibid, p. 164.

21 Ibid, p. 229.

140 — POSFÁCIO

em objetivos educacionais e de livre debate, a outra correspondia a "uma sofisticada e multifacética campanha política, ideológica e militar", envolvendo manipulação de opinião por meio de contrainformação e imposturas, guerra psicológica, operações clandestinas, infiltração de agentes em organismos políticos adversários etc.[22] Quase trezentas corporações estrangeiras forneceram apoio financeiro ao IPES, sendo o FAS (Fundo de Ação Social) um dos maiores contribuintes. Convicto de que o Brasil era "um dos cenários estratégicos da Guerra Fria", o FAS foi criado em 1962 por cerca de cinquenta empresas, que posteriormente se uniriam ao supracitado Council for Latin America.[23] O fomento ajudou a robustecer a estrutura organizacional do IPES, seus modos de atuação e sua operação estratégica, que se revelaram abrangentes, complexos e multifacetados. Sua composição compreendeu *think tanks* e grupos de ação ocupados com o levantamento e aplicação de dados, com o estudo social e econômico (para promover "o neocapitalismo liberal"),[24] com o controle da opinião pública e da rede parlamentar.[25] O setor que nos interessa examinar mais de perto é o chamado Grupo de Publicações/ Editorial (GPE).

Supervisionado pelo futuro escritor Rubem Fonseca, também membro do Conselho Orientador e do Conselho Executivo Nacional, o grupo produzia e lançava material escrito e audiovisual,

22 Ibid. pp. 162 e 164. Por vezes até mesmo representantes da face pública do IPES, como o empresário do grupo Votorantim José Ermírio de Morais, membro do Comitê Diretor do IPES em São Paulo, era atacado pela face encoberta, em razão de atitudes consideradas "esquerdistas". Aliás, a esquerda e o comunismo, na perspectiva maniqueísta do IPES, constituíam o grande inimigo. Idem, p. 167.

23 Ibid. p. 206.

24 Ata do IPES, apud Dreifuss, op. cit., pp. 184 e 195.

25 Ibid. 191. Ao final de 1962, de acordo com Dreifuss, o IPES "praticamente controlava a Câmara de Deputados e o Senado, com condições de coordenar 'os esforços do Legislativo em bloquear a ação executiva e parlamentar' de João Goulart."

MARCELO PEN — 141

como panfletos, livros e filmes documentários.[26] Estava operacionalmente ligado à "máquina de propaganda" do Grupo de Opinião Pública (GOP). Nas palavras de Dreifuss, o GPE "conduzia de fato uma campanha psicológica organizada pelo IPES".[27] Em 1963, ambos os grupos já tinham subsidiado a producão de mais de 280 mil livros, tendo o IPES distribuído por essa época mais de 2 milhões e 500 mil unidades impressas.[28]

Embora muitos impressos subsidiados pelo IPES se conformassem à classificação mais geral de propaganda ideológica, alguns veiculavam "mentiras declaradas ou ficção", como o jornal *O Gorila*, distribuído dentro das Forças Armadas, que advertia contra o perigo representado pelo comunista, "aparentemente inofensivo", que fala "da paz e amor fraternal", "até o dia em que ele o assassinará pelas costas, friamente... Eles matam frades, violam freiras, destroem igrejas".[29]

Um documento, apresentado num dos apêndices do livro de Dreifuss, é especialmente revelador para o nosso enredo. Trata-se de um relatório datilografado, de 29 de maio de 1962, intitulado "Estudo em Curso", destinado ao "Comitê Diretor" e de autoria do economista José Garrido Torres, responsável pelo "Setor de Estudos".

Após lamentar a "abundância de literatura marxista em nossas livrarias" e de defender "plantar", em revistas e jornais, artigos traduzidos em linguagem acessível, advoga a "conveniência de se promover a publicação de bons livros dentro de uma linha democrática moderna". Para tanto, convinha selecionar um conjunto de títulos, capaz de interessar as editoras, com o compromisso de que, caso a obra não alcançasse bom desempenho nas livrarias, o IPES se encarregaria de adquirir um "número mínimo de exemplares". Garrido Torres continua:

26 Sobre os documentários financiados e exibidos pelo IPES, e o papel ocupado por Rubem Fonseca nessa área, ler Denise Assis, *Propaganda e cinema a serviço do golpe: —1962-64*. Rio de Janeiro: Mauad/Faperj, 2001.

27 Dreifuss, op. cit., pp. 192-4.

28 Ibid. p. 237.

29 Ibid. pp. 236-7, 265.

142 — POSFÁCIO

Um exemplo concreto, além daqueles em poder do
Setor de Levantamentos, é a sátira *Animal Farm*, de
George Orwell, até hoje não publicada no Brasil. Estou
informado de que já dispomos da respectiva tradução,
a qual, se correspondesse, poderia ser desde logo
objeto de entendimento com alguma casa editora."[30]

A informação provinha de fonte segura. O então tenente Heitor de
Aquino Ferreira revelaria ser o tradutor. Figura de proa da rede IPES/
IBAD, Ferreira era secretário do general Golbery do Couto e Silva, um
dos fundadores da Escola Superior de Guerra e do Serviço Nacional
de Informações. Golbery liderava então o Grupo de Levantamento
de Conjuntura, que "estabelecia os objetivos do IPES de longo e curto
alcance" por meio de sua rede de informação e contrainformação,
de seu planejamento estratégico e de preparo para a ação.[31] Posteriormente, Ferreira, já capitão, serviria como secretário particular
de Ernesto Geisel, durante a ditadura militar.

Em 25 de outubro de 1962, Ferreira redige uma carta de três páginas em papel timbrado, escrita à mão e sem rasuras, para Sônia
Seganfredo, jovem agitadora que havia publicado uma série de artigos em *O Globo* contra a União Nacional dos Estudantes. Depois de
observar que ambos estão "na mesma luta", ele conta que:

Nosso grupo no exército — que a esquerda
insiste sempre em chamar de golpista [...].
Temos imprimido nós mesmos e encaminhado para
editores amigos várias obras de grande
valor como propaganda democrática anticomunista.
A maioria sairá brevemente.

---

30 Ibid. p. 195 e Apêndice, p. 677.

31 Com objetivo autodeclarado de "controlar a influência comunista no governo", o grupo, entre outras ações, grampeara 3 mil telefones só no Rio
de Janeiro, e mantinha arquivos com informações de dezenas de milhares de pessoas. Ibid. pp. 188-9.

Em seguida, passa a dar alguns exemplos. Ao lado do libelo anticomunista *Il est moins cinq: Propagande et infiltration soviétique*, de Suzanne Labin (editado como *Em cima da hora: A conquista sem guerra*, com prefácio de Carlos Lacerda) e das *Crônicas engajadas*, de Rachel de Queiroz, figurava o nosso *Animal Farm*, citado em inglês. Ferreira observa que um dos livros, *Conversations with Stalin*, do dissidente iugoslavo Milovan Djilas, "será publicado na minha terra pela editora Globo, a cujo diretor ligam-me laços de amizade".[32] Menos de dois anos depois, a mesma editora lançaria o livro de Orwell, com o título pelo qual viria a ser conhecido no Brasil: *A revolução dos bichos*.

A última menção à obra a que devemos atentar está no apêndice "Título dos livros e revistas de publicação a cargo do IPES", do livro de Dreifuss. Ela traz o adendo de que, em setembro de 1964, o general [Heitor] Herrera "comunicou-se com Henrique Bertaso em Porto Alegre para obter 1000 cópias a 200 cruzeiros cada da Livraria O Globo, as quais seriam distribuídas gratuitamente".

Editor e fundador da editora Globo, Bertaso deve ter recebido o amparo por causa do acordo, mencionado acima, de que o IPES se encarregaria de adquirir parte dos exemplares de fracassos de livraria. As vendas fracas não desencorajaram o Instituto a distribuir *1984*, "outra ficção distópica" de George Orwell, dois anos depois.[33]

---

32 Em seguida, Ferreira diz que o general Golbery, "que não sabe de nada" (pois o "assistente dele — tenente Heitor — que adiantou-se na operação e não pôde mais sair dela, pois o Correio não devolve impressos registrados"), telefonaria para convidá-la formalmente para escrever um livro com base nas reportagens. O IPES financiou o livro de Seganfredo, vendendo-o a preço módico e distribuindo-o gratuitamente aos milhares, tendo conseguido receber "ajuda americana para a sua publicação" e ampla cobertura na imprensa. Para Dreifuss, o livro foi "parte importante da tentativa do IPES de conter o movimento estudantil e denegrir a UNE". Ibid. pp. 289-90 e Apêndice O.

33 Ver Laura de Oliveira, *Guerra Fria e política editorial: a trajetória da Edições GRD e a campanha anticomunista nos Estados Unidos do Brasil (1956-1968)*. Maringá: Eduem, 2015, p. 80. Ainda: Assis, op. cit., p. 23, e Dreifuss, op. cit., p. 654.

144 — POSFÁCIO

A TAREFA DO TRADUTOR

Subtraia-se da tradução o que se puder em termos de informação e tente-se traduzir isso.

Walter Benjamin

Sob o título acima, o filósofo alemão Walter Benjamin escreveu um ensaio, em que afirma que a tradução indica a "vida continuada" (*Fortleben*) do original das obras importantes, domínio no qual, mediante um processo de renovação mutuamente complementar, este se modifica numa "maturação póstuma" das palavras previamente fixadas.[34] Essa maturação de *A Fazenda dos Animais* no Brasil e, talvez, em vários idiomas em que a motivação ideológica procurou difundi-la, parece envolver certa medida de interferência.

Antes, cumpre fazer três advertências. A primeira diz respeito ao fato de que, para Benjamin, que falava em especial de poesia e da filosofia da linguagem, a intenção, quando se refere ao que a obra tem de comunicável, não é essencial. Segundo, que algum grau de interferência, no sentido de reescrita, é inerente a qualquer tradução. Como aponta Benjamin, a intenção do autor é ingênua e intuitiva, ao passo de que a do tradutor é sempre derivada e ideativa.[35] Por fim, para o caso de que estamos tratando — o da versão brasileira que entrou para a história editorial em 1964 —,

34 Utilizo a tradução de Susana Kampf Lages e Ernani Chaves (in: Walter Benjamin, *Escritos sobre mito e linguagem*. São Paulo: Editora 34, 2017, pp. 104-8), sem, porém, empregar a solução emprestada pelos tradutores a Haroldo de Campos — "pervivência" para *Fortleben* —, por julgar demasiado especiosa e mesmo obscura com respeito ao sentido do alemão, que se ajusta mais simplesmente à "continuação da vida" ou, como eles próprios indicam em nota, ao "continuar a viver".

35 Benjamin, op. cit. p. 112. Diz ele, adiante: "A tarefa do tradutor é [...] liberar a língua do cativeiro da obra por meio da recriação [*Umdichtung*]". Ibid. p. 117.

as intervenções, com a exceção do caso flagrante do título, são no mais das vezes sutis, o que naturalmente não a priva da avaliação.

Ademais, vale destacar que, em matéria de qualidade, trata-se de um trabalho competente, dono de mérito técnico, que, até por causa disso, tornou-se bastante popular. Ao examinar suas filigranas, o analista não procura assim desmerecê-lo, mas entender a sua particularidade, a qual, acredita, está relacionada com o contexto de sua produção e que ganha relevo quando comparada com a nova tradução, de Paulo Henriques Britto, presente nesta edição.

Benjamin diz que o comunicável é inessencial porque, para ele, o essencial não reside naquilo que se quer dizer, ou seja, na mera transmissão ou reprodução do sentido. Vimos, no breve apanhado sobre a gênese de *A Fazenda dos Animais*, que Orwell se dispôs a escrever uma obra para denunciar o totalitarismo em geral e, de modo específico, o engendrado por Stálin. Mas é justamente esse aspecto comunicado o lado que se mostra mais descomposto nas ressurreições da obra como munição anticomunista durante a Guerra Fria.

Dito de outra maneira, o longo contexto que procurei resumir por meio das histórias por trás da história, sobretudo as que sucederam depois do lançamento, acabam por exercer um papel preponderante para o modo como a obra é recebida no mundo, ainda que com propriedades distintas em cada país e língua, o que, inevitavelmente, também contribui para o seu peculiar processo de maturação.

Quando ela enfim chega ao Brasil, as hostilidades entre Estados Unidos e União Soviética seguiam em curso, mas em um cenário diferente daquele que se estabeleceu nos anos de 1940 e 1950. Em outras palavras, embora a Europa e o Leste Europeu mantivessem o interesse geopolítico, um novo continente adquiria maior destaque, desde pelo menos a Revolução Cubana: a América Latina.

É nesse novo cenário que interessa, para nós, entender a recepção da obra. Como vimos, o interesse sobre o continente se dá particularmente por razões econômicas, e o movimento constitui uma poderosíssima operação da classe empresarial organizada, que luta por fazer prevalecer um modelo de modernização conservadora. Para implantá-lo, não hesita em

146 — POSFÁCIO

manipular a opinião pública por intermédio de uma titânica máquina de propaganda e até mesmo por imposturas e golpes de Estado. Nada disso, muito menos o padrão capitalista capitaneado pelos Estados Unidos, estava nos planos de Orwell; na verdade, podemos dizer que o oposto esteja mais próximo deles.

Assim, no Brasil, recebemos a obra com o famoso título *A revolução dos bichos*, deslocando o foco do fruto do ato para o ato em si, do espaço para a ação. Cabe ressaltar que se trata de um espaço importante, não apenas por revelar um ambiente muito típico da realidade rural inglesa, que Orwell tinha em mente, remetendo à sua infância e às circunstâncias em torno da gênese da obra, mas ainda por indicar aquilo que importa, em termos narrativos, isto é, que a propriedade passa a pertencer aos bichos, ou aos que trabalham nela, não aos que detêm o privilégio, e as consequências e transformações que se dão nessa localidade, depois disso.

A questão adquire maior interesse quando se considera que a palavra "revolução" não aparece no original, mas apenas "rebelião", fato que levou Ferreira a trocar esta por aquela algumas vezes, sobretudo no hino que substitui a combativa canção "Bichos da Inglaterra" pela versão conspurcada, composta pelo poeta oficial. Entre as versões de que tenho conhecimento, apenas a brasileira leva a "revolução" no título, sendo que a espanhola emprega "rebelião" (*Rebelión en la granja*), enquanto a maioria mantém-se mais próxima ao original (*La ferme des animaux*, *Farm der Tiere*, *La fattoria degli animali*, *Ferma animalelor*, *Djurfarmen* etc.).[36]

36 A nova tradução portuguesa, de Paulo Faria, denominada *A quinta dos animais* (Antígona, 2008), faz questão de salientar que recupera o sentido do original, adulterado pelos títulos anteriores naquele país, *O porco triunfante* e *O triunfo dos porcos*. O leitor atento perceberá que, no final, Napoleão rejeita a posição "revolucionária". Assim, na única menção indireta à revolução, por meio de termo derivado, ela é repudiada justamente por quem a traiu, em nome das "relações comerciais normais com os vizinhos" (p. 125 deste volume). Para Orwell, a revolução tem teor positivo, embora o trecho o apresente na chave irônica, fazendo com que lhe reconheçamos o valor por meio de sua negação.

Muitas das intervenções da versão de 1964 ocorrem no início da narrativa, que guarda grande tensão revolucionária, e se dirigem à figura do velho Major, que, sabemos, representa Karl Marx na alegoria imaginada por Orwell.[37] Consideremos, à guisa de exemplo, a ironia introduzida no discurso do porco. Depois de verter "*such wisdom as I have acquired*" por "o que aprendi sobre o mundo", trocando a sabedoria ou "ensinamentos" (na nova versão de Paulo Henriques Britto) por uma ênfase no aspecto mundano do aprendizado, Ferreira segue: "Já vivi bastante, e muito tenho refletido na solidão da minha pocilga". A ironia evidentemente está no fato de que a pocilga se refere tanto ao local onde se abrigam os porcos como a um lugar imundo. De fato, o tradutor parece afeito a extrair graça de pequenos paradoxos (ver, na nota 32, o chiste do tenente enredado numa "operação" por causa do Correio, quando o enredamento naturalmente não pode existir antes de o missivista postar a carta que deflagra a diligência). Em busca do humor, ele subverte até a semântica, já que "pocilga" diz respeito mais comumente a uma habitação coletiva e não de um porco único: a "*minha* pocilga". Na realidade, como Britto recupera, o original fala de "solidão da minha baia" (*stall*), sem qualquer ironia.

Quando chega a vez de descrever o sonho, que diz respeito à Terra sem a presença do homem, o velho Major confessa lisamente que não "conseguiria relatá-lo" a seus ouvintes, como dá a retradução, que acompanha o original: "*I cannot describe that dream to you*". Na versão de 1964, temos: "Não sei o que significa". Ora, como uma terra sem o ser humano alude claramente, na alegoria orwelliana, a um mundo sem o capitalismo, não se pode conceber que a personagem que remete ao autor de *O capital* não apreenda o seu significado, mas sim que, diante da dificuldade em relatá-lo, prefira em vez disso contar um episódio da infância, quando sua mãe e outras porcas costumavam entoar uma velha cantiga, que ele transmite em seguida aos animais. A cançoneta representa, portanto, a maneira mais adequada de expressar o significado de um mundo livre de opressão.

---

37 O cotejo com o original é feito a partir de George Orwell, *Animal Farm and 1984*. Orlando, Florida: Harcourt, 2003. A tradução de Ferreira pode ser conferida em *A revolução dos bichos*. São Paulo: Companhia das Letras, 2007.

148 — POSFÁCIO

Ajusta-se ao espírito de Orwell que uma expressão oral de cunho popular designe essa utopia, e não, digamos, algum tipo de arrazoado explicativo. A canção constituiria um tipo de conhecimento mais autêntico do que, por exemplo, os Sete Mandamentos do Animalismo. No fim, ambos terminam deturpados ou suplantados, mas ao menos a canção não sofre, de início, com o problema de soletração e de grafia de Bola de Neve.

Com o ritmo martelado ou sincopado do troqueu, sendo toda ela composta em tetrâmetros trocaicos, com rimas nos versos pares, a canção notoriamente configura uma paródia do hino socialista *A Internacional*. Conforme anuncia o narrador, a melodia corresponde a um misto de "Clementine" e "La cucaracha", o que encoraja o leitor a entoá-la. Em português, tanto a versão de Ferreira quanto a de Britto adotam a forma popular da redondilha, com o mesmo esquema de rima, mas andamento rítmico mais livre.

A cançoneta descreve um cenário bucólico e remete a um futuro utópico, em que não haverá exploração e reinarão a fartura e a liberdade. Dois versos são importantes nesse sentido: "*On the day that sets us free*", última linha na quinta estrofe, e "*All must toil for freedom's sake*", última da sexta. Ao pé da letra, querem dizer: "no dia que nos libertará" e "todos temos de labutar pela liberdade". Logo, embora imaginário, esse dia está previsto no contexto da utopia descrita no poema. Na versão de 1964, porém, a liberdade não é dada aos bichos, mas, enquanto desejo, mantém-se fora do alcance. Em vez de aludir ao dia da libertação, propõe-se a "liberdade *nas alturas*" (grifo meu.) E se, no original, labuta-se para ser livre, essa versão enfatiza a ideia de união, sem reforçar o objetivo — a liberdade —, com "Todos unidos na lida".[38]

Desta maneira, a primeira tradução aponta para uma utopia mais quimérica do que encorajadora, mais dura e irrealizável do que empenhada. Pode-se argumentar que ela se torna, assim, mais "realista",

---

[38] Britto estabelece diferenças de sentido em função da métrica e da sonoridade, ainda que não deixe de se afinar com o espírito do original. "Quando esse dia chegar" e "Liberdade, eis nossa causa" são suas propostas de retradução para os dois versos.

no modo como alertaria premonitoriamente para as armadilhas ocultas na luta, mas, se abonarmos uma leitura teleológica como essa, estaríamos igualmente vedando aos animais o seu quinhão de sonho e de engajamento, a que Orwell nunca renunciou. Em outros termos, o autor acredita no ímpeto revolucionário e o empresta em algum grau aos animais e, talvez por isso, nunca use a palavra "revolução", ao passo que a versão de 1964, justamente por enfatizá-la desde o título, parece negar a ela o seu valor e o seu futuro. Assim como cada original, as traduções também carregam a marca de seu tempo. Em conformidade com a extensão e o propósito deste ensaio, os poucos exemplos aqui apresentados, embora sugiram um caminho, não pretendem esgotar o assunto. Vista ao lado da versão de Britto, produzida em outras circunstâncias, a antiga não apenas ganha relevo, desnaturalizando-se, como ambas, em um cotejo de intenções que ainda merece ser feito, colaboram para que o "eco do original", na formulação de Benjamin, possa ser despertado.[39]

Em 2016, Alex Woloch publicou um livro sobre a relação intrínseca que se estabelece entre o engajamento político de Orwell e seu ímpeto literário.[40] O professor de Stanford argumenta que há uma desestabilização mútua entre esses dois aspectos, tornando ao mesmo tempo mais experimental a fatura da obra e mais complexa do que se supõe a orientação política defendida pelo autor. A tese é provocadora, pois Orwell costuma ser visto como defensor e praticante do senso comum, da frase clara e do estilo direto. Mas são precisamente esses elementos, pela pressão política que os suscita, que causam a instabilidade, o que também não implica que Orwell seja um escritor ambivalente ou inconsistente, apenas mais interessante. E radical. Se a relação consciente, intencional, do propósito político com o propósito artístico começa, como Orwell explica no ensaio "Por

---

39 Benjamin, op. cit., p. 112.

40 Ver "Posição política", trecho do livro de Woloch (*Or Orwell: Writing and Democratic Socialism.* Cambridge, Mass.: Harvard University Press, 2016) na fortuna crítica deste volume (p. 242).

150 — POSFÁCIO

que escrevo", com *A Fazenda dos Animais*, é justo supor que sua prosa tenha se tornado algo mais interessante ali também.[41] O estilo simples tanto obedece a um desejo democrático de comunicação como responde ao conteúdo político oferecido, o que, longe de cair na trivialidade, oferece toda sorte de complicações.

Walter Benjamin define a má tradução como uma "transmissão inexata de um conteúdo inessencial". O risco das traduções que se apoiam na obrigação de comunicar, sem se ater a um significado que implica também o teor ou o modo como se comunica, é o de produzir versões inautênticas. "O que 'diz' uma obra poética? O que comunica? Muito pouco para quem a compreende", conclui Benjamin.[42] Em Orwell, esse talvez seja o nó da questão. Sua obra "diz" muita coisa e, por isso, trafega na linha oscilante entre o compromisso político e a verdade artística, o que acaba por lhe conferir a essência a ser reavivada pela forma da tradução consequente. A opção tradutória pela mera comunicabilidade, seja qual for o objetivo, constitui uma falta de entendimento em vários níveis, portanto.

A versão brasileira de 1964 do livro de Orwell pode não ter vendido bem na época de seu lançamento, mas de lá para cá teve inúmeras reedições e reimpressões. No entanto, salvo alguma pesquisa no âmbito acadêmico,[43] seu sucesso duradouro não estimulou um debate público mais amplo. Enlaçada com o percurso da difusão internacional da novela, com a arqueologia da criação orwelliana e o teor artístico-político que a obra conserva, sua história de mais

41 Ver George Orwell, "Por que escrevo", em *Dentro da baleia e outros ensaios*. Org. de Daniel Piza. Trad. de José Antonio Arantes. São Paulo: Companhia das Letras, 2005.

42 Benjamin, op. cit., p. 102.

43 Como *Estudo de graus de politização na tradução:* Animal Farm *em vários contextos* (dissertação de mestrado), de Liliam Mara Rodrigues. Belo Horizonte: UFMG, 2000; e A revolução dos bichos, *de George Orwell: Tradução e manipulação durante a ditadura militar no Brasil* (monografia do Departamento de Letras Estrangeiras Modernas), de Christian Hygino Carvalho. Juiz de Fora: Universidade Federal de Juiz de Fora, 2002.

de 55 anos manteve-se até certo ponto na sombra. Daí o propósito deste ensaio de contribuir com um esclarecimento.

A FAZENDA DOS ANIMAIS:
75 ANOS EM CAPAS

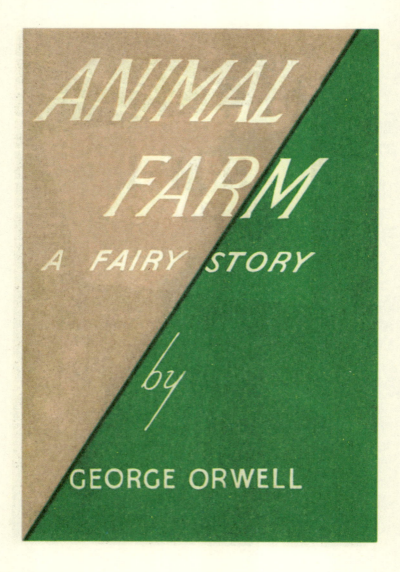

Capa da primeira edição de *A Fazenda dos Animais*, Secker & Warburg, Reino Unido, 1945

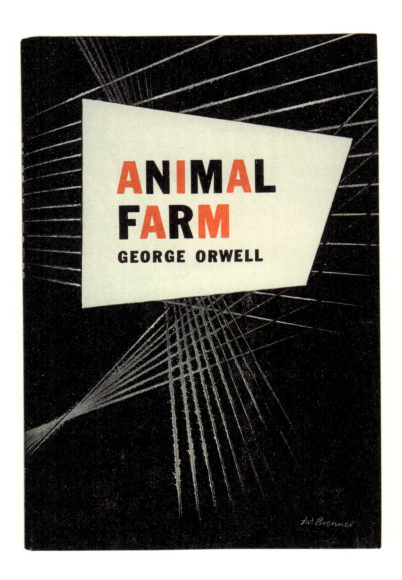

Harcourt Brace, Estados Unidos, 1945

Vidavnitstvi Prometei, Ucrânia, 1947

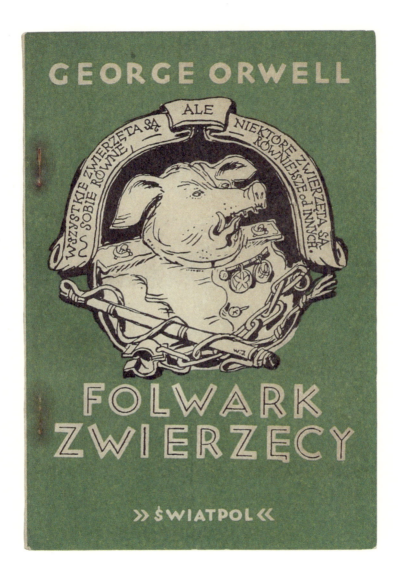

Swiatpol, Polônia, 1947

158 — A FAZENDA DOS ANIMAIS

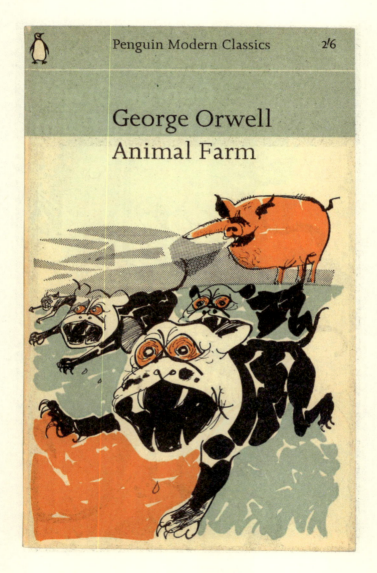

_____ Penguin Books, Reino Unido, 1962.

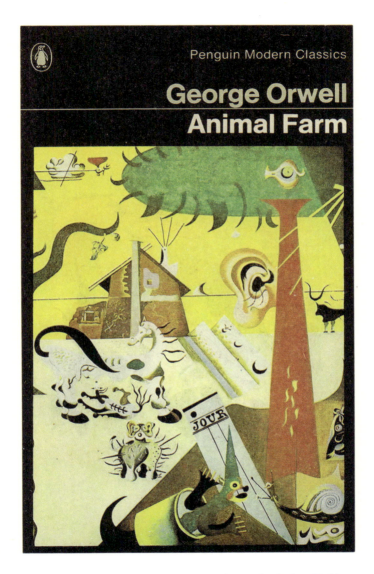

Penguin Books, Reino Unido, 1975

Mondadori, Itália, 1976

Destino, Espanha, 1983

Kadokawa Shoten/ Tsai Fong
Books, Japão, 1985

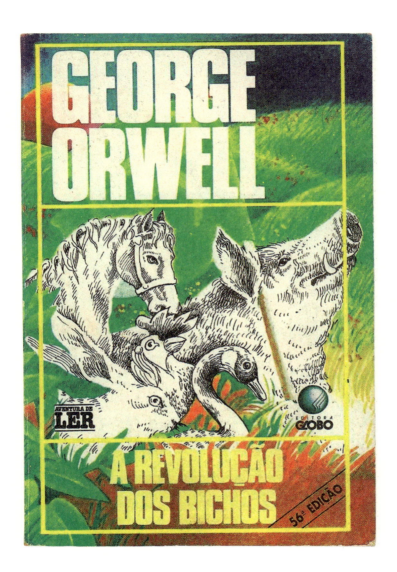

Editora Globo, Brasil, *c.* 1988

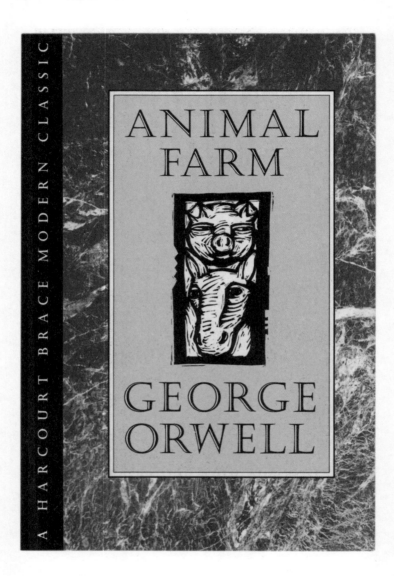

Houghton Mifflin,
Estados Unidos, 1990

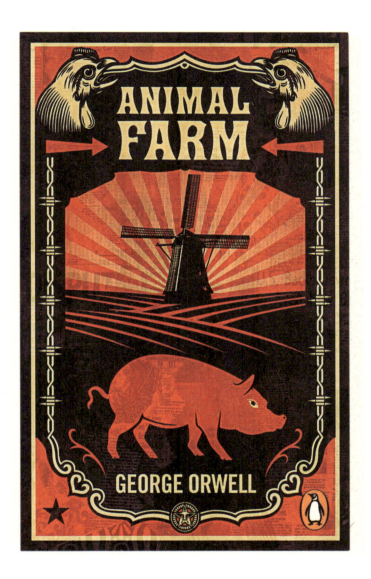

Penguin Books, Reino Unido, 2008

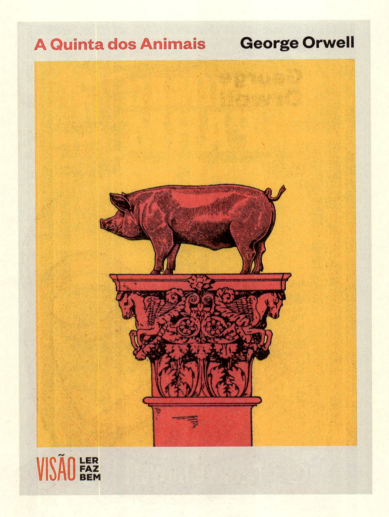

Visão, Portugal, 2017

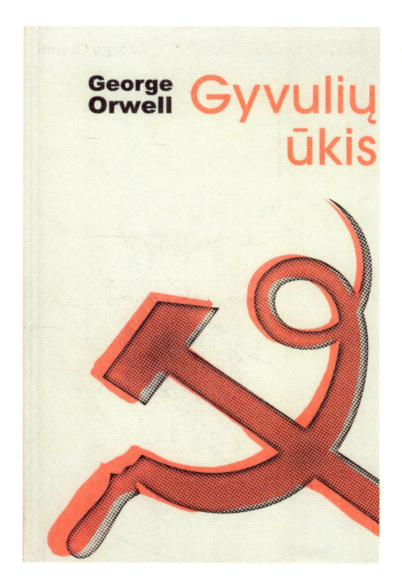

Jotema, Lituânia, 2018

FORTUNA CRÍTICA

UMA FÁBULA SATÍRICA ANIMAL

EDMUND WILSON

Publicado originalmente
sem título em *New Yorker*,
7 de setembro de 1946.

A Fazenda dos Animais, de George Orwell, é uma fábula satírica animal sobre o progresso — ou o retrocesso — da Revolução Russa. Se lhe disserem que a história trata de um grupo de vacas, cavalos, porcos, ovelhas e galinhas que decidem expulsar o dono e dirigir a fazenda por conta própria, mas acabam virando quase iguais aos seres humanos, com os porcos como casta superior explorando os outros bichos tal como fazia o fazendeiro, e que Stálin aparece como um porco chamado Napoleão e Trótski como um porco chamado Bola de Neve, talvez você não ache que a história é muito promissora. Mas a verdade é que é de primeiríssima linha. De modo geral, tenho dificuldade em engolir essas fábulas animais modernas; não suporto os contos de Kipling sobre os cavalos que resistem ao sindicalismo e a colmeia que é destruída pelo socialismo,* e nunca consegui sentir o fascínio de *O vento nos salgueiros* [de Kenneth Grahame]. Mas Orwell desenvolve seu tema com uma simplicidade,

---

* "A Walking Delegate" e "The Mother Hive".

um engenho e um despojamento que estão mais próximos de La Fontaine e John Gay, e escreve com uma prosa tão clara e enxuta, tão admiravelmente adequada à sua finalidade que *A Fazenda dos Animais* chega até a parecer crível, se a compararmos a Voltaire e Swift.

George Orwell, antes da guerra, não era muito conhecido nos Estados Unidos e nem mesmo, creio eu, na Inglaterra. Era apenas um dos vários escritores ingleses que começavam a ser reconhecidos naqueles anos tensos e confusos, com bons trabalhos que ficavam na sombra, tolhidos, enquanto a guerra seguia em curso. Mas julgo provável que agora ele se mostre como um dos escritores mais competentes e interessantes que os ingleses produziram nesse período, e, como ele vem adquirindo fama aqui neste país, recomendo aos editores que procurem seus primeiros romances e memórias. Há um romance dele chamado *Dias na Birmânia*, título enganosamente sugestivo das reminiscências de um funcionário público aposentado, que é, sem dúvida, uma das poucas obras literárias realmente excelentes, baseadas na experiência pessoal, escritas sobre a Índia desde Kipling. O livro de Orwell não é uma obra imponente, nem um *tour de force* como *Uma passagem para a Índia*, de E. M. Forster; mas o autor, que nasceu em Bengala e serviu na polícia birmanesa, está "embebido" do tema, ao passo que Forster teve de inventar o seu. Esse livro (que, pelo que sei, só pôde ser lançado na Inglaterra após sofrer alterações devido à pressão do Departamento da Índia) não atraiu nenhuma atenção, até onde me lembro, quando saiu aqui nos Estados Unidos, mas certamente deveria ser reeditado, com um título mais marcante e mais apropriado. É iluminador como retrato da Birmânia e notável como obra literária.

———

EDMUND WILSON nasceu em Red Bank, New Jersey, em 1895. Foi escritor, ensaísta, jornalista, historiador e crítico literário. Figura decisiva na vida intelectual norte-americana, esteve entre os primeiros a escrever sobre autores como Joyce, Fitzgerald e Hemingway.

É autor, entre outros, de *Rumo à estação Finlândia, Os anos vinte, O castelo de Axel* e *Os manuscritos do mar Morto*. Morreu em Nova York, em 1972.

REVOLUÇÃO EM RETROCESSO

NORTHROP FRYE

Publicado originalmente
sem título em *Canadian Forum*,
dezembro de 1946.

A Fazenda dos Animais, sátira de George Orwell sobre o comunismo russo, acaba de sair nos Estados Unidos, mas sua fama a precede e, a essas alturas, com certeza todos já ouviram falar da fábula dos bichos que se revoltaram e criaram uma república numa fazenda, onde os porcos assumiram o controle e, comandados por um ditatorial porco branco chamado Napoleão, por fim viraram seres humanos, andando sobre duas pernas e portando chicotes, exatamente como antes fazia o velho fazendeiro Jones. Em cada estágio dessa revolução em retrocesso, corrompe-se um dos sete princípios da rebelião original, e assim "nenhum animal matará outro animal" recebe o acréscimo de "sem motivo" por ocasião de um grande massacre dos ditos simpatizantes de um porco exilado chamado Bola de Neve, e "nenhum animal dormirá em cama" adquire o complemento "com lençóis" no momento em que os porcos se mudam para a casa humana da fazenda e monopolizam seus luxos. Ao fim, resta apenas um princípio, "todos os animais são iguais", modificado para "todos os animais são iguais, mas alguns são mais iguais que os outros", quando a Fazenda dos Animais, recuperando o nome anterior, Fazenda do Solar, volta a ser

176 — FORTUNA CRÍTICA

recebida entre a comunidade das fazendas humanas após os vizinhos perceberem que, entre todas as fazendas, é ela que consegue que seus animais "inferiores" trabalhem mais por menos comida. E assim a exemplar república dos trabalhadores se torna modelo de exploração da mão de obra.

A história é muito bem escrita, sobretudo o episódio sobre Bola de Neve, que sugere que o "trotskista" comunista é uma concepção que se encontra praticamente no mesmo plano mental do "judeu" nazista, e a cruel ironia do final de Guerreiro, o cavalo de tração, é uma sátira talvez realmente grandiosa. Por sua vez, a sátira sobre o episódio correspondente à invasão alemã me parece ao mesmo tempo fraca e impiedosa, e a metamorfose final dos porcos em seres humanos, no desfecho, traz um extravagante rompimento da lógica sóbria da narrativa. O motivo para essa mudança de método foi o de concluir a história mostrando o fim do comunismo sob Stálin como uma réplica de seu início sob o tsar. Esse paralelismo é totalmente absurdo, claro, e, como Orwell devia saber que era absurdo e mesmo assim o adotou, é de supor que foi por não lhe ocorrer outra maneira de dar um claro desfecho epigramático à sua alegoria.

A Fazenda dos Animais adota uma das fórmulas clássicas da sátira, a corrupção do princípio por questões de conveniência, cujo exemplo máximo se encontra em "Um conto de uma banheira", de Swift. É um relato do afundamento das aspirações utopistas na areia movediça da natureza humana que poderia ter sido escrito por um contemporâneo de Artemus Ward,* sobre alguma das comunidades cooperativistas criadas nos Estados Unidos no século XIX. Mas, por essa mesma razão, erra totalmente o alvo como sátira sobre o desenvolvimento russo do marxismo e como expressão da decepção que muitos homens de boa vontade sentem perante a Rússia. A causa dessa decepção se expressaria muito melhor como a corrupção da conveniência por questões de princípio. Pois toda a questão sobre o marxismo consistia, sem dúvida, no fato de ser o primeiro movimento revolucionário da história que tentava

---

* Pseudônimo do humorista americano Charles Browne (1834-67).

partir de uma situação histórica concreta, e não de amplas generalizações a priori, do tipo "todos os homens são iguais", e que visava a metas objetivas, e não utopistas. Marx e Engels desenvolveram uma técnica revolucionária baseada numa análise da história conhecida como materialismo dialético, o qual, apesar de ter surgido no século XIX numa época em que estava em voga o materialismo metafísico, Marx e Engels sempre frisaram ser totalmente diferente dele.

Hoje, nas democracias ocidentais, a abordagem marxista dos problemas históricos e econômicos faz parte indissociável da consciência do homem instruído moderno, quer ele se dê conta ou não, tanto quanto os elétrons ou os dinossauros, ao passo que o materialismo metafísico está tão extinto quanto o dodô — ou estaria, não fosse por um aspecto. Por várias razões, destacando-se entre elas a enorme abrangência dos requisitos que uma filosofia revolucionária impõe a um revolucionário, a distinção feita acima não conseguiu de forma alguma se instaurar na prática, como se instaurara na teoria. Hoje, o marxismo oficial anuncia na primeira página que é preciso distinguir cuidadosamente entre o materialismo dialético e o materialismo metafísico, e então, da página dois até o fim, insiste que o marxismo, apesar disso, é uma metafísica materialista completa da experiência, com respostas materialistas a questões como a existência de Deus, a origem do conhecimento e o significado da cultura. Assim, em vez de se incluir no conjunto do pensamento moderno e imprimir a esse conjunto uma dinâmica revolucionária, o marxismo se tornou um sistema dogmático fechado e com uma abordagem tão excludente das demais vertentes do pensamento moderno que se mostra cada vez mais obsoleto e sectário. Todavia, a base desse materialismo metafísico não é outra senão sua dialética original, seu programa de ação revolucionária. O resultado é uma absolutização da conveniência, que converte a conveniência em um princípio por si só. Disso nasce a temerária desonestidade intelectual tão frequente no comunismo moderno, e que naturalmente é capaz de racionalizar qualquer forma de ação, por mais cruel que seja.

Assim, uma sátira realmente aguçada do comunismo russo deveria abordar mais a fundo as razões subjacentes de sua transfor-

178 — FORTUNA CRÍTICA

mação, ao passar de uma ditadura do proletariado para uma espécie de paródia da Igreja católica. Orwell pouco se importa com a motivação: apresenta um Napoleão inescrutavelmente ambicioso e deixa por isso mesmo, e para ele qualquer velho chavão reacionário, como "é impossível mudar a natureza humana", é uma moral tão válida para sua fábula quanto qualquer outra. Mas, como Arthur Koestler, ele é um exemplo de inúmeros escritores das democracias ocidentais que, nos últimos quinze anos, têm se empenhado ao máximo em adotar a interpretação russa do marxismo como concepção de mundo, porém sem êxito. Os últimos quinze anos vêm presenciando um surpreendente declínio no prestígio da ideologia comunista nas artes, e em futuras contribuições a esta coluna examinaremos algumas das mudanças contemporâneas no gosto resultantes disso.

———

NORTHROP FRYE nasceu no Québec, Canadá, em 1912. Um dos mais importantes críticos literários do século xx, estudou filosofia e teologia na Universidade de Toronto e na Universidade de Oxford. Foi professor em Harvard e membro honorário da Academia Britânica, da Academia Americana de Artes e Ciências e da Sociedade Filosófica Americana. *Anatomia da crítica* é um dos principais trabalhos da crítica literária do século xx. Morreu em 1991, na cidade de Toronto, Canadá.

PROJEÇÕES

RAYMOND WILLIAMS

Trecho extraído do
capítulo VI de *George Orwell*,
Viking Press, 1971.

Orwell começou a escrever *A Fazenda dos Animais* em novembro de 1943. A obra foi concluída três meses depois. Foi rejeitada por vários editores, alguns por razões políticas. É irônico que um livro escrito na contramão da opinião pública dominante viesse a aparecer dezoito meses depois, quando a situação política mudara, e que fosse profusamente usado na Guerra Fria, que então se formava. Por muito tempo, o livro foi indissociável desse contexto político irônico. A Esquerda dizia que Orwell correra "aos gritinhos para os braços dos editores capitalistas" (*Marxist Quarterly*, janeiro de 1956), o que certamente não era como lhe parecia na época ("Estou tendo um trabalho desgraçado para encontrar aqui um editor para ele, embora normalmente eu não tenha nenhuma dificuldade em publicar nada"). Ao mesmo tempo, o livro estava, sem dúvida, sendo usado por gente pela qual Orwell não tinha simpatia alguma, e quando se seguiu *Mil novecentos e oitenta e quatro*, que foi ainda mais amplamente usado, firmou-se uma versão de Orwell que ele teria considerado no mínimo enganosa. Toda a história da rejeição e, depois, da promoção de *A Fazenda dos Ani-*

182 — FORTUNA CRÍTICA

mais é repleta de ironias do tipo que agora envolviam diretamente Orwell, inclusive o episódio da edição especial para refugiados ucranianos, quase metade dela apreendida pelas autoridades americanas na Alemanha e entregue a funcionários soviéticos.[1] *A Fazenda dos Animais* ocupa um lugar único na produção orwelliana pela ausência de uma figura que represente Orwell. Nesse sentido, a obra projeta sua concepção de mundo de maneira mais completa do que qualquer outro texto seu. No entanto, os termos dessa projeção limitavam a consciência, que era o objeto para o qual se inventara a figura representativa de Orwell. É uma obra de simplificação, no bom e no mau sentido. Orwell certa vez descreveu-a como um fogo de artifício, mas ela sempre foi mais séria do que isso. No prefácio à edição ucraniana, afirma:

> Nada contribuiu tanto para a corrupção da ideia original do socialismo quanto a crença de que a Rússia é um país socialista e de que é preciso desculpar, senão imitar, todas as ações de seus dirigentes. E, assim, nos últimos dez anos sou da convicção de que seria essencial a destruição do mito soviético caso quiséssemos um ressurgimento do movimento socialista. Ao voltar da Espanha, pensei em desmascarar o mito soviético numa história que poderia ser facilmente entendida por quase todos e que poderia ser facilmente traduzida para outras línguas.[2]

O caráter preciso de seu objetivo político e, ainda assim, a busca da simplicidade e da generalidade trazem algumas contradições inevitáveis. Mais importante, talvez, é a ênfase de Orwell na

1 George Orwell, *The Collected Essays, Journalism and Letters of George Orwell*, 4 v. Org. de Sonia Brownell Orwell e Ian Angus. Harmondsworth: Penguin, 1968, 1970, v. 4, p. 379. [Doravante CEJL.]
2 Ibid. v. 3, pp. 404-6.

destruição do mito da sociedade soviética, que ele acreditava ser corrente entre a Esquerda no Ocidente. Talvez, a certa altura, essa tenha sido a principal intenção. Pois no mesmo prefácio ele chega a dizer:

> Mesmo que eu tivesse poder para isso, não gostaria de intervir nos assuntos internos soviéticos, não condenaria Stálin e seus associados meramente por seus métodos bárbaros e não democráticos. É muito possível que, apesar das melhores intenções, não pudessem agir de outra maneira nas condições lá existentes.

Mas, na obra em si, não aparece nenhuma admissão desse tipo e, devido à sua ênfase nas condições concretas e numa situação histórica específica, nem poderia aparecer em obra alguma concebida e realizada como fábula geral. Com efeito, depois de a situação específica ter sido transposta para um nível tão genérico, era plenamente possível e até provável que não só o mito do socialismo soviético, mas também o mito da revolução estivessem de fato "destruídos".

A Fazenda dos Animais foi, sem dúvida, amplamente interpretada dessa maneira. Orwell é apresentado como "prova" contra uma nova geração revolucionária. O ressurgimento do movimento socialista, que ele dizia querer, depara com o triste espectro de sua criação na fase final. Talvez isso fosse inevitável com a exploração da literatura pela política da Guerra Fria. Mas é preciso encarar algo mais profundo: a real consciência da fábula em si. Para além da exploração fácil e da rejeição igualmente fácil, a fábula em *A Fazenda dos Animais* oferece provas positivas e negativas de interesse permanente.

A ideia da fábula germinou quando Orwell viu:

> um menino, talvez de uns dez anos de idade, conduzindo um enorme cavalo de tração por um caminho estreito, açoitando-o a cada vez que ele tentava se virar. Ocorreu-me que, se esses

184 — FORTUNA CRÍTICA

animais percebessem sua força, nunca teríamos
poder sobre eles, e que os homens exploram os
animais de maneira muito parecida como os ricos
exploram o proletariado.[3]

Essa percepção já é de um tipo bastante diferente da eventual
projeção posterior. É interessante a rapidez com que ele faz a
transição figurativa dos animais para o proletariado, mostrando
um resquício da ideia de que os pobres são como animais: poderosos, mas sem inteligência. Os seres humanos, aqui e na fábula,
são vistos como exploradores. E a pior coisa a respeito dos porcos
bolcheviques no texto é que se tornam indiscerníveis dos homens
bêbados, gananciosos e cruéis. O animal nobre é Guerreiro, o cavalo de tração.

Vale considerar esse aspecto ao lado dos comentários de Orwell
sobre os Houyhnhnms e os Yahoos de Swift.[4] Ele diagnostica
prontamente o desagrado de Swift perante o homem e sua apa-
rente preferência pelos animais, mas diz a seguir que, na verdade, os Houyhnhnms, que julga desagradáveis, são mais parecidos
com os homens do que os Yahoos, que constituem uma degradação deliberada. Aqui há uma mescla de sentimentos complicados.
Os animais poderosos mas obtusos de *A Fazenda dos Animais* são
vistos com grande respeito e compaixão. Os homens e os porcos
são inteligentes, calculistas, gananciosos e cruéis. Certamente há
aí mais do que uma simples analogia operacional. É uma reação
profunda, e até física.

O outro elemento da analogia é a exploração. Se *eles* se cons-
cientizassem de sua força, não teríamos nenhum poder sobre
eles. Aqui Orwell pensa em algo que não se resume a um acontecimento político, pensa num leque de relações no uso humano dos animais e da natureza. Avança para um aspecto que é, em
quaisquer outros termos, muito surpreendente:

3 Ibid. v. 3, p. 406.
4 Ibid. v. 4, pp. 217-9.

Passei a analisar a teoria de Marx do ponto de
vista dos animais. Para eles, estava claro que o
conceito de uma luta de classes entre humanos era
pura ilusão, visto que, sempre que era necessário
explorar animais, todos os humanos se uniam
contra eles: a verdadeira luta se dá entre animais
e humanos. Com esse ponto de partida, não foi
difícil desenvolver a história.[5]

A verdadeira luta entre animais e humanos: é esse o verdadeiro
tema de *A Fazenda dos Animais*? É difícil afirmá-lo sem que grande
parte da superfície da narrativa se desfaça. O que realmente acontece, a meu ver, é que a profunda identificação entre os animais
trabalhadores e explorados e os pobres trabalhadores e explorados é mantida, quase despercebida, como base para o desmasca-
ramento daquela "pura ilusão [...] de uma luta de classes entre
humanos" — os humanos, agora, como capitalistas e revolucionários, a antiga e a nova classe dominante, que, sejam quais forem
suas diferenças e conflitos, continuarão a explorar as criaturas à
custa das quais vivem, e até virão a se unir contra elas, como no fim
do livro. A oposição de Orwell, aqui, não se restringe à experiência soviética ou stalinista. Tanto a consciência dos proletários
como a possibilidade de uma revolução autêntica são negadas.
Essas negações, diria eu, são desumanas. Mas faz parte do paradoxo orwelliano que, a partir dessa base desalentadora, o autor consiga gerar um humanitarismo imediato e pragmático: a
camaradagem entre os sofredores, que Orwell sente com grande
intensidade, e também, em termos mais práticos, o ceticismo crítico dos explorados, uma espécie inesperada de consciência que
dá forma à história. Afirmei que *A Fazenda dos Animais* ocupa um
lugar único entre os livros de Orwell porque não traz nenhuma figura representativa sua, nenhum homem isolado que rompe com
a conformidade mas então é derrotado e reabsorvido. Essa figura,
pelo contrário, é projetada numa ação coletiva: é o que acontece

---

5 Ibid. v. 3, p. 406.

com os animais, que se libertam e depois, por meio da fraude e da violência, voltam a ser escravizados. A projeção coletiva tem um efeito adicional. O que ocorre é uma experiência em comum, e não isolada, a despeito de toda a sua amargura; e o lamento dos nervos destroçados, o desespero de uma trajetória solitária são substituídos por um tom ativamente comunicativo na narrativa crítica. Manifesta-se uma segurança paradoxal, uma inteligência confiante, ativa e risonha no próprio exame e na exposição da experiência de derrota. É nessa modalidade que Orwell consegue gerar uma prosa de excepcional força e pureza. "Todos os animais são iguais, mas alguns são mais iguais que os outros." Não admira que essa frase tenha ingressado na linguagem comum com um sentido muito mais forte do que o de simples sátira da traição revolucionária. É uma daquelas máximas permanentes sobre a distância entre a aparência e a realidade, entre a palavra e a prática, e que abarca um enorme leque. Em muitas passagens de *A Fazenda dos Animais*, essa compreensão sólida e libertadora transforma uma percepção amarga numa crítica ativa e estimulante. Para além dos detalhes da analogia tópica e, paradoxalmente, para além da desesperança em nível mais fundamental, essa consciência viva interliga e molda. Mesmo a última e triste cena, em que os animais excluídos olham homem e porco, porco e homem, e não sabem dizer quem é quem, transmite um sentimento que não se reduz à desilusão e à derrota. Ver que são iguais porque agem de modo igual, sejam quais forem os rótulos e as formalidades — esse é um momento de ganho de consciência, uma descoberta potencialmente libertadora. Em sua pequena escala e em seus termos limitados, *A Fazenda dos Animais* tem uma energia radical que ultrapassa em muito sua ocasião e tem uma permanência própria.

RAYMOND WILLIAMS nasceu em Monmouthshire, País de Gales, em 1921. Escritor, professor universitário, crítico literário e romancista, sua obra foi extremamente importante na constituição da Nova Esquerda britânica e na consolidação e expansão dos Estudos Culturais. Entre seus principais livros estão *Cultura e sociedade*, de 1958, e *O campo e a cidade*, de 1973. Williams morreu na Inglaterra, em 1988.

LITERATURA POLÍTICA E FANTASIA PATRIARCAL

DAPHNE PATAI

Capítulo extraído de *The Orwell Mystique: A Study in Male Ideology*. Amherst: University of Massachusetts Press, 1984.

No ensaio "Marrakesh", Orwell discorre sobre a percepção que lhe veio quando estava no Marrocos: "Todas as pessoas que trabalham com as mãos são parcialmente invisíveis". Ao descrever a fila de "mulheres muito velhas", cada uma delas curvada sob fardos de lenha, que, durante várias semanas, passavam todas as tardes diante de sua casa, ele comenta: "[...] não posso dizer com certeza que as vi. Passou lenha — foi isso que vi" (*The Collected Essays, Journalism and Letters of George Orwell*, v. 1, p. 391).[1]

Um dia, passando casualmente por trás de um fardo de lenha, finalmente percebeu "o ser humano que estava embaixo dela": uma mulher. Por outro lado, escreve Orwell que viu de imediato os maus-tratos aos animais: "[...] não fazia cinco minutos que eu estava em solo marroquino quando notei o excesso de carga sobre os

---

1 Ed. bras. in: *Como morrem os pobres e outros ensaios*. Seleção de textos de João Moreira Salles e Matinas Suzuki Jr. Org. de Matinas Suzuki Jr. Trad. de Pedro Maia Soares. São Paulo: Companhia das Letras, 2011. (N. E.)

190 — FORTUNA CRÍTICA

burros e fiquei enfurecido com aquilo". Então ele descreve o burrico marroquino, fiel e diligente trabalhador, nos termos antropomórficos que usaria mais tarde para Guerreiro, o enorme e esforçado cavalo de tração em *A Fazenda dos Animais*, e conclui: "Após uma dezena de anos de trabalho devotado, de repente cai morto e seu dono o joga na vala e os cães da aldeia rasgam suas entranhas antes que fique frio" (v. 1, p. 392). Num exemplo fascinante de sua tendência de generalizar as reações pessoais, Orwell declara:

> Esse tipo de coisa faz o sangue da gente ferver, enquanto, em geral, o mesmo não acontece diante do sofrimento dos seres humanos. Não estou criticando, apenas apontando um fato. As pessoas de pele marrom são quase invisíveis. Qualquer um pode sentir pena do burro com seu lombo atormentado, mas deve-se, em geral, a um acidente o fato de alguém notar a velha com sua carga de lenha (v. 1, p. 392).

A revolta não é para ela uma possibilidade maior do que para os soldados negros (estes, porém, muito visíveis para Orwell) tratados mais adiante no mesmo ensaio, inconscientes do poder que potencialmente têm.

Orwell explicou a gênese de *A Fazenda dos Animais* num prefácio de 1947 à edição ucraniana da obra. Fazia uma década que ele tinha "a convicção de que seria essencial a destruição do mito soviético caso quiséssemos um ressurgimento do movimento socialista".

> Ao voltar da Espanha, pensei em desmascarar o mito soviético numa história que poderia ser facilmente entendida por quase todos e que poderia ser facilmente traduzida para outras línguas. No entanto, passei algum tempo sem que me viessem os detalhes concretos da história, até que um dia (eu morava então num pequeno povoado) vi um menino, talvez de uns dez anos de idade, conduzindo um enorme cavalo de tração

por um caminho estreito, açoitando-o a cada vez
que ele tentava se virar. Ocorreu-me que, se esses
animais percebessem sua força, nunca teríamos
poder sobre eles, e que os homens exploram os
animais de maneira muito parecida como os ricos
exploram o proletariado.
Passei a analisar a teoria de Marx do ponto de
vista dos animais. Para eles, estava claro que o
conceito de uma luta de classes entre humanos
era pura ilusão, visto que, sempre que era
necessário explorar animais, todos os humanos
se uniam contra eles: a verdadeira luta se dá
entre animais e humanos. Com esse ponto de
partida, não foi difícil desenvolver a história
(*CEJL*, v. 3, pp. 405-6).[2]

No Marrocos, Orwell percebeu a cruel labuta dos burricos mais
rapidamente do que a das mulheres de pele morena. Embora ele
se abstraia da descrição e atribua sua reação a todas as pessoas
("[estou] apenas apontando um fato"), esta é uma percepção típica de Orwell. Nós a vemos reproduzida quando ele explica como
veio a escrever *A Fazenda dos Animais*. Pois Orwell, quando se sentiu preparado para pensar em termos de uma exploração que ultrapassa as classes econômicas, deu um salto cego de classe para
espécie, sem parar para pensar na questão de gênero. Pelo visto, era mais fácil para Orwell identificar-se com o reino animal,
explorado pelas mãos dos "humanos", do que observar que, sob
as divisões de classe e de raça no mundo humano, ocultava-se a
questão da opressão de gênero.
A perspectiva dos animais adotada por Orwell como ponto
de partida para sua fábula leva-o a uma conclusão — a luta de
classes entre os humanos é "pura ilusão" — que é, ela mesma,
ilusória. Embora os humanos estejam unidos na exploração
dos animais, isso não significa que estejam unidos em todos

---

2 Ver p. 24 deste volume. (N. E.)

192 — FORTUNA CRÍTICA

os outros aspectos. A luta de classes e a exploração geral dos animais podem coexistir. Essa simplificação grosseira, porém, foi necessária para que Orwell escrevesse *A Fazenda dos Animais*. Na verdade, a escolha da alegoria lhe permitiu converter sua tendência à generalização, que é um de seus principais pontos fracos como escritor, em ponto forte, pois, como assinala Gay Clifford, "a alegoria convida os leitores [...] a ver a narrativa particular como também uma série de declarações generalizadas e exige que os conceitos sejam identificados ao mesmo tempo em seu papel literário e em seu papel ideológico".[3] A seguir, Clifford afirma que tanto *A Fazenda dos Animais* quanto *Mil novecentos e oitenta e quatro*, como outras alegorias modernas, "requerem somente um ato de transposição (da literatura para a história, por exemplo) e então podem ser lidas como narrativas diretas de significado moral evidente. Na verdade, sem aquele ato de transposição claramente delimitado, perdem metade de sua força".[4]

A alegoria, como o mito, pressupõe um público que reaja de determinadas maneiras.[5] Esta é uma das razões, observou Northrop Frye, pelas quais os críticos não gostam da alegoria, dado que ela restringe a liberdade de seus comentários, prescrevendo a direção que devem tomar.[6] Nas palavras de Clifford: "A ideia de que existem tantas maneiras de ler uma obra literária quantos são os leitores constitui uma anátema para a alegoria".[7] Essa observação é corroborada pela ansiosa preocupação de Orwell de que *A Fazenda dos Animais* seja lida "corretamente". Depois que a Dial Press de Nova York rejeitou o manuscrito em 1944, porque "era impossível vender histórias de bichos nos Estados Unidos", Orwell declarou numa carta a seu agente (*CEJL*, v. 4, p. 110) que

3   Gay Clifford, *The Transformation of Allegory*. Londres: Routledge and Kegan Paul, 1974, pp. 7-8.
4   Ibid., p. 45.
5   Ibid., p. 36.
6   *Anatomy of Criticism* de Frye é citada por Clifford, ibid., p. 47.
7   Ibid.

DAPHNE PATAI — 193

estava "em dúvida se é possível confiar que o público americano entenda do que se trata" e chegou a sugerir que "talvez valha a pena indicar na sobrecapa da edição americana o tema do livro" (v. 4, p. 111). Orwell não precisava se preocupar. Quando saiu nos Estados Unidos em 1946, *A Fazenda dos Animais* foi a principal escolha do Clube do Livro do Mês, e o diretor do clube, numa iniciativa sem precedentes, enviou uma carta especial aos membros recomendando que, entre os títulos, dessem preferência a *A Fazenda dos Animais*. Somente na edição publicada pelo clube, a obra vendeu mais de meio milhão de exemplares (v. 4, p. 519). Longe de não ser entendida, foi imediatamente tratada como texto anticomunista e até hoje é ensinada em escolas americanas, com essa visível finalidade.[8]

PORCOS PATRIARCAIS, ÉGUAS MATERNAIS E OUTROS ANIMAIS

É fácil entender o apelo psicológico da fábula animal: ao projetar conflitos humanos em personagens animais, os leitores podem evitar a sensação de ameaça ou de opressão sob os problemas do mundo real que encontram nessa forma simplificada e em

8 Em 1982 e 1983, fiz uma pesquisa informal sobre o contato de jovens americanos com a obra de Orwell. Foram distribuídos cerca de quinhentos questionários a estudantes de graduação em universidades estaduais na Costa Leste, na Costa Oeste e no Meio-Oeste. Quase metade dos estudantes respondeu que tinha lido *A Fazenda dos Animais* ou *Mil novecentos e oitenta e quatro* (às vezes ambos), geralmente no Ensino Fundamental 2 e no Ensino Médio, mas poucos se lembravam de alguma coisa dos livros. A maioria não soube comentar sobre a política de Orwell, mas os que comentaram foram quase unânimes em identificá-lo como anticomunista ou, como escreveu um estudante: "Eu diria que Orwell é anticomunista (socialista)". Outros escreveram: "Ele tratava do crescimento do socialismo e do controle que começava a ter"; "Acreditava que não se devia tirar nada da força do setor privado, isto é, o indivíduo... (cont. na próxima página)

194 — FORTUNA CRÍTICA

muitos aspectos envolvente.[9] Mas nem o autor, nem os leitores se veem magicamente libertos de seus preconceitos com essa transposição. Pelo contrário, uma fábula como *A Fazenda dos Animais* depende bastante do apelo às ideias preconcebidas do leitor. As preocupações específicas do autor podem ganhar maior relevo tendo como pano de fundo elementos familiares, que não apresentam grandes desafios. Orwell, na fábula, desperta não só nossa simpatia por alguns animais, mas também nosso possível desagrado com os porcos, medo de cachorros que ficam latindo e mordendo, e espanto com o tamanho e a força dos cavalos. Mas, mesmo nas fases iniciais da história, ele não se limita a retratar os animais unidos em sua animalidade contra

---

Desprezava o totalitarismo, mas não estava plenamente satisfeito com a plena democracia"; "A sociedade está caminhando para um estado de socialismo e um governo totalitário"; "Ele gosta de animais". Raros estudantes sabiam que Orwell se considerava socialista. Numa universidade, vários tinham lido *O caminho para Wigan Pier* num curso sobre a história inglesa. Entre eles, um disse que Orwell era "anti-industrialista" e outro, que "era um socialista". No ano anterior, um estudante lera *A Fazenda dos Animais* num curso sobre sátira e comentou que Orwell, nesse livro, "reconhecia que os homens não têm o mesmo grau de inteligência e, portanto, não poderão alcançar uma plena igualdade social e política. Ele via a corrupção como característica intrínseca de qualquer governo". Um estudante que se lembrava de ter lido *A Fazenda dos Animais* no final do Ensino Fundamental escreveu: "Sempre haverá uma classe dominante — a classe baixa, ao vencer a classe alta, se tornará por sua vez a classe alta, dominante".

A Coleção Berg, da Biblioteca Pública de Nova York, tem em seu acervo várias cartas de Orwell a Leonard Moore, de julho de 1949, nas quais Orwell manifesta sua disposição de subsidiar uma tradução de *A Fazenda dos Animais*, feita por alguns refugiados russos na Alemanha que queriam passá-la clandestinamente pela Cortina de Ferro.

9 Thomas N. Carter, "Group Psychological Phenomena of a Political System as Satirized in 'Animal Farm': An Application of the Theories of W.R. Bion", *Human Relations* 27, n. 2 (junho de 1974): 525.

a espécie *Homo sapiens*, e tampouco, no decorrer dela, simplesmente desperta sentimentos "anti" porcos e "pró" outros animais sem fazer maiores distinções.

Para funcionar bem, uma fábula animal precisa manter um equilíbrio delicado entre a evocação das características humanas dos animais e a evocação de seus traços reconhecidamente animais. O leitor precisa usar ao mesmo tempo as duas perspectivas, a humana e a animal, para que a alegoria não se torne ridícula.[10] Orwell oferece um exemplo cômico e comovente disso no momento em que os animais percorrem a casa rural após a revolução: "Os presuntos que estavam pendurados na cozinha foram retirados para serem enterrados" (p. 48 deste volume). Mesmo a cena enquanto Bola de Neve redige os Sete Mandamentos do Animalismo é enternecedora: "O texto foi pintado com muito capricho, e fora a palavra 'inimigo', grafada como 'inemigo', e um dos *S*, que estava virado para o lado errado, não havia nenhum erro ortográfico" (p. 49). Descrições assim aparecem em muitos trechos do texto, e seu apelo emocional provém claramente do perfil como que infantil dos detalhes. A esta altura do enredo, o leitor não vê nada de sinistro na capacidade recém-adquirida de ler e escrever dos porcos. Orwell atribui reiteradamente gostos e hábitos de tipo infantil aos animais, por exemplo, o prazer em cantar várias vezes seguidas o hino "Bichos da Inglaterra". Esse aspecto também explica por que as crianças conseguem ter prazer lendo o livro, pois sem dúvida se identificam mais do que os adultos com os animais e sua falta de pleno domínio das habilidades dos adultos humanos. Ao mesmo tempo, as caracterizações planificadas, adequadas a uma alegoria animal, neutralizam algumas das dificuldades específicas de Orwell como escritor de ficção. Finalmente ele encontrou uma estrutura dentro da qual a autenticidade das relações entre os personagens e a percepção do íntimo dos seres humanos — exigências usuais do romance — simplesmente não têm importância.

---

10 Ellen Douglass Leyburn, *Satiric Allegory: The Mirror of Man*. New Haven: Yale University Press, 1956, p. 60.

196 — FORTUNA CRÍTICA

A contestação animal ao marxismo, em Orwell, pressupõe uma unidade entre os bichos (tal como entre os humanos) que é puramente imaginária. Katharine Burdekin, num extraordinário romance feminista chamado *Proud Man* [Homem orgulhoso], publicado em 1934 sob o pseudônimo Murray Constantine, apresenta a sociedade britânica do ponto de vista de uma "pessoa" evoluída e autorreprodutora que se refere às demais como "sub-humanas". O narrador de Burdekin apresenta a questão em linguagem clara: "Um privilégio de classe divide horizontalmente uma sociedade sub-humana, enquanto um privilégio de sexo a divide verticalmente".[11] Burdekin também aborda o problema das revoluções malogradas (do qual Orwell se ocuparia mais tarde) e lhes dá o nome de "inversões do privilégio". Relaciona-as com a preocupação humana com a ideia de importância, exacerbada nos homens devido a suas limitações biológicas — a "inveja do útero", em suma.[12] Em *A Fazenda dos Animais*, porém, Orwell não trata da divisão vertical da sociedade — pelo sexo — em que se funda o patriarcado. Sabemos, claro, que seu objetivo era satirizar "as ditaduras em geral"[13] e a Revolução Russa em particular; mas essa transferência de sua mensagem política para os animais não lhe ofereceu uma saída para a questão emaranhada da hierarquia de gênero. Pelo contrário, ela é cuidadosamente reproduzida em *A Fazenda dos Animais*.

11 Katharine Burdekin [Murray Constantine], *Proud Man*. Londres: Boriswood, 1934, p. 17.

12 Para uma abordagem perspicaz do papel da inveja do útero para a preservação da misoginia e do patriarcado, ver Eva Feder Kittay, "Womb Envy: An Explanatory Concept", in Joyce Trebilcot (Org.), *Mothering: Essays in Feminist Theory*. Totowa, N.J.: Rowman and Allanheld, 1984, pp. 94-128. Neste, como em outros aspectos, Katharine Burdekin estava à frente de seu tempo. Para mais discussões sobre a pertinência da obra de Burdekin em relação à obra de Orwell, ver Daphne Patai, *The Orwell Mystique*, capítulo 8.

13 Carta a Leonard Moore, 17 de dezembro de 1947, Coleção Berg, Biblioteca Pública de Nova York. Citado em Alex Zwerdling, *Orwell and the Left*. New Haven e Londres: Yale University Press, 1974, p. 90.

Embora *A Fazenda dos Animais* seja mencionada em dezenas de estudos sobre Orwell,[14] nenhum crítico considerou que coubesse um comentário sobre o fato de que os porcos que traem a revolução, assim como o porco que lhe dá início, não são meros porcos e sim varrões, isto é, porcos não castrados, mantidos para fins de reprodução. O velho Major, "um porco branco premiado" (p. 35), que convocou uma reunião para expor seu sonho aos outros animais,

14 Considerando-se que *A Fazenda dos Animais* é uma obra quase mundialmente aclamada, é reduzidíssima a quantidade de análises sérias do texto. Em 1950, Tom Hopkinson declarou que este um dos dois livros contemporâneos perante os quais o crítico devia se calar (citado em John Atkins, *George Orwell*. Nova York: Frederick Ungar, 1954, p. 221). Esse ponto de vista foi adotado por muitos críticos, talvez como justificativa para a falta de reação à obra (além da óbvia reação política). Assim, por exemplo, o próprio Atkins afirmou: "Só há uma coisa a fazer com *A Fazenda dos Animais* nesse estágio, além de lê-lo" (p. 222), e seguiu apresentando, mais uma vez, os paralelos políticos entre o texto de Orwell e a história soviética no período entre 1917 e 1943. George Woodcock (*The Crystal Spirit: A Study of George Orwell*, Boston: Little, Brown, 1966, p. 193) repete essa linha de comentários, declarando que Orwell conseguiu realizar plenamente seu objetivo (de amalgamar a finalidade política e a finalidade artística numa unidade, como o próprio Orwell explicara em "Por que escrevo"), e então afirma que Orwell, em *A Fazenda dos Animais*, "criou um livro com um propósito e uma escrita de tal clareza que o crítico fica sem saber o que dizer; tudo está ali exposto magnificamente, e a única coisa que de fato é preciso fazer é situar esse livreto cristalino em seu contexto adequado". Se esse tipo de raciocínio fosse mesmo válido, toda crítica literária seria um monumento ao fracasso das obras que a inspiraram! Outro caso exemplar de tratamento crítico dado a *A Fazenda dos Animais* é o ensaio de Frank W. Wadsworth, "Orwell's Later Work" (*University of Kansas City Review*, junho de 1956). Wadsworth afirma (p. 285) que "é impossível, claro, negar a excelência técnica" de *A Fazenda dos Animais* e diz que é "muito mais do que uma mera sátira política", mas não especifica o que seria, preferindo voltar sua atenção para *Mil novecentos e oitenta e quatro*... (cont. na próxima página)

é descrito inicialmente em termos que o definem como um patriarca daquele mundo: "Tinha doze anos de idade e nos últimos tempos se tornara um tanto gordo, mas ainda era um porco majestoso, com um ar de sabedoria e benevolência, embora nunca lhe tivessem cortado as presas" (p. 36). Ao comparar sua vida à dos animais menos afortunados da fazenda, o Major diz: "Não me queixo por mim, pois sou um dos mais bem-afortunados. Tenho doze anos de idade e já tive mais de quatrocentos filhos. É esta a vida natural de um porco" (p. 38). Orwell aqui repete o padrão que vimos em suas outras obras de ficção: o destaque à paternidade como se o efetivo trabalho de reprodução fosse realizado por machos. A autoridade decorre do falo e da paternidade, e as porcas, de fato, mal chegam a ser mencionadas no livro; quando o são, como

---

É difícil escapar à conclusão de que *A Fazenda dos Animais* não teria conquistado tanta fama se fosse uma sátira do capitalismo com a mesma "excelência técnica". Essa observação é pertinente, na medida em que o renome de Orwell no mundo em geral (em oposição ao mundo mais restrito da crítica literária) se baseia em larga medida em *A Fazenda dos Animais* e em sua outra obra anticomunista, *Mil novecentos e oitenta e quatro*. Mas, como o próprio Orwell repetiu várias vezes, é difícil, senão impossível, separar as reações políticas e as reações "estéticas" a uma obra. E tampouco se pode argumentar que Orwell "não é responsável" pelos usos políticos conservadores dados à sua obra. Como comenta Louis Althusser em "Cremonini, Painter of the Abstract", em *Lenin and Philosophy and Other Essays* (Nova York e Londres: Monthly Review Press, 1971, p. 242), "um grande artista não pode deixar de levar em conta em sua própria obra, em sua apresentação e organização interna, os *efeitos* ideológicos necessariamente gerados por sua existência. Se essa assunção de responsabilidade é totalmente lúcida ou não é outra questão *diferente*" (grifos de Althusser). Orwell, de fato, reconhece isso. Numa de suas cartas (na Coleção Berg, Biblioteca Pública de Nova York) a Leonard Moore, de 9 de janeiro de 1947, ele comenta a serialização de uma tradução de *A Fazenda dos Animais* numa publicação holandesa "reacionária". Diz Orwell: "Obviamente é de esperar que um livro desse tipo será usado por conservadores, católicos etc.".

veremos, é apenas para ilustrar o controle patriarcal de Napoleão, o porco dirigente. Os líderes, portanto, podem ser bons (Major) ou maus (Napoleão) — mas têm de ser machos e "potentes".

Em contraste com o princípio paternal, encarnado no Major, tem-se o princípio maternal, encarnado em Tulipa, "uma égua corpulenta e maternal, já se aproximando da meia-idade, que nunca havia recuperado sua boa forma por completo depois do nascimento do quarto potrinho" (p. 36). O que caracteriza Tulipa é, sobretudo, seu cuidado com os outros animais. Quando uma ninhada de patinhos órfãos entrou no celeiro, "Tulipa fez uma espécie de proteção em torno deles com sua enorme pata dianteira, e os filhotes se aninharam dentro dela" (pp. 36-7). Embora Tulipa trabalhe com Guerreiro — o enorme cavalo de tração que tinha "o dobro da força de um cavalo normal" (p. 36), que Orwell utiliza para representar o proletariado, obtuso mas sempre fiel, a julgar por essa imagem —, ela é admirada não pela dura faina, mas por seu solícito papel de protetora dos animais mais fracos.[15]

---

15 Robert A. Lee, em *Orwell's Fiction* (Notre Dame, EUA.: Universitys of Notre Dame Press, 1969), observa que a obtusidade de Guerreiro "sugere algumas ressalvas interessantes quanto ao pretenso amor de Orwell pelo homem comum, ressalvas que ficam ainda mais fortes diante da descrição dos proletas em *Mil novecentos e oitenta e quatro*". Lee comenta também que "Tulipa é mais inteligente e perspicaz do que Guerreiro, mas tem uma correspondente falta de força física. Seu 'caráter' é basicamente uma função de seu sexo. Seus instintos são maternais e pacifistas. Trabalha muito, junto com os outros animais, mas não há nenhuma imagem de qualquer força especial sua, ao contrário do que ocorre com Guerreiro. E mesmo com maior inteligência, suas percepções são parciais" (p. 123). "Surge um paradigma", conclui Lee: "Guerreiro é caracterizado por uma grande força e uma grande obtusidade; Tulipa tem menor capacidade física, mas tem um maior grau proporcional de consciência; a equação se completa com Benjamim [o burro] que vê e entende muito — talvez tudo — mas é fisicamente incapaz e socialmente irresponsável" (p. 124). Os comentários de Lee sobre *A Fazenda dos Animais* são muito mais interessantes e perspicazes do que a maioria.

200 — FORTUNA CRÍTICA

Orwell aqui atribui à fêmea maternal o domínio na esfera moral, mas sem qualquer poder para implantar seus valores. Como em *Mil novecentos e oitenta e quatro*, essa característica "feminina" embora admirável, aparece como totalmente impotente e inútil. Ademais, essa divisão convencional (humana) da realidade limita a fêmea animal à esfera afetiva e expressiva e o macho à esfera instrumental.

[...] Orwell às vezes emprega as mesmas imagens de maneiras opostas; as imagens referentes à passividade, por exemplo, são apresentadas como coisas atraentes no ensaio "Dentro da baleia" e repugnantes quando associadas a pacifistas homossexuais. Essa ambivalência também está presente no uso que Orwell faz das imagens maternais protetoras. O gesto protetor de Tulipa para com os patinhos, visto de forma positiva em *A Fazenda dos Animais*, é ridicularizado numa imagem semelhante na polêmica em versos de Orwell com Alex Comfort em 1943, cerca de seis meses antes que ele começasse a escrever *A Fazenda dos Animais*. Caindo em sua conhecida retórica de durão, Orwell fez uma defesa raivosa de Churchill contra os escárnios e insultos dos pacifistas.

> Mas Stálin, este não vaias — não é "apropriado" —,
> Só Churchill; longe de mim pretender louvá-lo,
> Bem lhe daria um tiro tendo a guerra terminado,
> Ou mesmo agora, se houvesse com quem trocá-lo.
> Mas pago-lhe o que devo, sem nenhum problema;
> Outrora, quando impérios desabavam como casas,
> Muitos esquerdinhas que agora riem a teu poema
> Corriam a Churchill e se agarravam a suas calças.
> Deus do céu! E então se aninhavam tão juntinhos,
> Como, saindo do ovo, à mãe se juntam os
> pintinhos! (*CEJL*, 2:301)

Para preservar a condição viril, é preciso (como no romance *Coming Up for Air* [*Um pouco de ar, por favor!*]) rejeitar o ambiente protetor. Mas o gesto protetor em si, em sua inevitável inutilidade, é objeto de admiração em *A Fazenda dos*

Animais,[16] e é por meio de Tulipa que Orwell expressa a tristeza da revolução malograda após os "expurgos", enquanto os bichos atônitos se aconchegam em volta dela:

> Tulipa olhava do alto do outeiro e seus olhos se enchiam de lágrimas. Se ela pudesse exprimir o que estava pensando, diria que não era aquilo que eles tinham como objetivo quando, anos atrás, se empenharam no esforço de destituir a espécie humana. As cenas de terror e matança não eram o que eles previam naquela noite em que velho Major pela primeira vez despertou neles o desejo de se rebelar. Se, naquele tempo, ela tinha alguma imagem do futuro, seria a de uma sociedade de animais libertados da fome e do chicote, todos iguais, todos trabalhando conforme suas capacidades, os fortes protegendo os fracos, tal como ela protegera a ninhada de patinhos órfãos com sua pata na noite do discurso do Major. (p. 91)

Tulipa é aqui contrastada a Guerreiro, que é incapaz de refletir sobre esses assuntos e que simplesmente resolve trabalhar ainda mais. Ela também "permaneceria fiel, trabalharia muito, obedeceria às ordens que lhe fossem dadas e aceitaria a liderança de Napoleão" (p. 91-2), mas Tulipa tem a consciência moral de saber que "não era por aquilo que ela e todos os outros animais haviam lutado, não era aquilo que haviam sonhado" (p. 92). Só que lhe faltam as palavras para expressar essa consciência e, em vez disso, canta "Bichos da Inglaterra".

---

16 J. R. Osgerby, "'Animal Farm' and 'Nineteen Eighty Four'", *The Use of English*, v. 17, n. 3 (primavera de 1966), pp. 237-43, aborda o tema da compaixão e do "gesto protetor" nesses dois livros, apontando as permutações desse gesto, culminando numa sombria paródia no final de *Mil novecentos e oitenta quatro*, quando Winston se agarra a O'Brien como um bebê.

202 — FORTUNA CRÍTICA

Tulipa ocupa um dos polos da representação convencional do caráter feminino, adotada por Orwell.[17] O outro polo é ocupado por Chica, "a eguinha branca, bonita e boba que puxava a charrete do sr. Jones" (p. 37), que aparece no começo do livro tendo um vínculo com fêmeas humanas. Quando os bichos estão andando pelo solar, Chica se detém no quarto principal: "Havia pegado um pedaço de fita azul na penteadeira da sra. Jones e a segurava à altura do ombro, admirando-se no espelho numa atitude ridícula" (p. 48). Um personagem feminino secundário é a gata que, durante o discurso do Major, encontrou o lugar mais quentinho para se acomodar e não ouve uma palavra do que ele diz (p. 37). Adiante ficamos sabendo que Chica e a gata fogem do trabalho, e Chica é a primeira desertora da fazenda após a revolução, seduzida pelas propostas de um fazendeiro vizinho, que lhe promete cubos de açúcar e fitas para sua crina branca.[18]

A caracterização orwelliana do velho Major, de Guerreiro, de Tulipa, de Chica e da gata aparece, claramente empacotada e etiquetada, nas três primeiras páginas do livro. Assim, a comunidade animal forma um mundo social conhecido, dividido por gênero. Esse mundo nos é apresentado com estereótipos do poder patriarcal, em forma da sabedoria masculina, da virilidade ou da pura força, e da subordinação feminina, em forma de uma dicotomia convencional entre as fêmeas maternais "boas" e as fêmeas

---

17 A descrição orwelliana de Tulipa como uma égua "maternal, já chegando à meia-idade" evoca a preferência de Orwell por tais figuras maternais. Numa coluna descrevendo um pub ideal (imaginário), "The Moon under Water", ele especifica que as atendentes "são todas mulheres de meia-idade", que chamam todos de "querido" ou "querida", em vez de "benzinho"; "benzinho", diz ele, é típico de botecos com "uma atmosfera de desleixo pouco agradável" (*CEJL*, v. 3, p. 45).

18 Pode-se ver como pouco mudaram esses termos depreciativos tomando como ilustração a sátira misógina de Semônides de Amorgos que, no século VII a.C., escreveu um poema sobre dez tipos de mulheres, na maioria formadas por Zeus a partir de diversos animais... (cont. na próxima página)

não maternais "más". É difícil avaliar as intenções de Orwell ao utilizar estereótipos de gênero em *A Fazenda dos Animais*. Em vista de seus outros textos, porém, parece improvável que a possibilidade de uma apresentação crítica ou mesmo satírica das divisões de gênero lhe tenha sequer passado pela cabeça. Talvez tenha simplesmente incorporado tais traços familiares em sua fábula animal, como parte das características "humanas naturais", necessárias para conferir plausibilidade a seu drama de uma revolução traída. Mas, com isso, ele revela inadvertidamente algo muito importante sobre essa revolução animal: como suas correlatas humanas, ela recria invariavelmente a instituição do patriarcado.

A POLÍTICA SEXUAL NA FAZENDA

A sátira orwelliana de uma revolução marxista ("animalista") não só deixa de questionar a dominação de gênero ao passo que investe contra a dominação de espécie; ela na verdade depende da estabilidade do patriarcado como instituição. É o que demonstra a continuidade entre o sr. Jones, proprietário original da fazenda, e Napoleão (Stálin), o jovem varrão que se empenha em remover

---

Todas elas, à exceção da abelha operária, são descritas em termos negativos. Semônides trata a "mulher égua" da seguinte maneira: "Outra foi cria de uma égua orgulhosa de longa crina. Empurra os problemas e o trabalho servil para os outros; nunca poria a mão num moinho, nem pegaria uma peneira ou retiraria as fezes de casa, nem se sentaria ao fogão, para evitar a fuligem; faz o marido conhecer a Necessidade. Lava-se duas, às vezes três vezes por dia; passa perfume e mantém sempre a basta cabeleira penteada e ornada de flores. Uma mulher assim é uma bela visão para os outros, mas, para o homem a quem pertence, mostra-se uma praga, a menos que ele seja algum tirano ou rei [que se orgulha de tais objetos]" (in Hugh Lloyd-Jones, "Females of the Species: On 118 Lines of Semonides", *Encounter* (maio de 1975), p. 53; os colchetes são de Lloyd-Jones). Agradeço a Barbara Halporn, da Universidade de Indiana, pela referência.

204 — FORTUNA CRÍTICA

Bola de Neve (Trótski), o único varrão rival na área, e ocupa não só a posição do Major, o velho patriarca, mas também a antiga posição de Jones.

Em seu estudo sobre o feminismo e o socialismo, Batya Weinbaum procura explicar por que as revoluções socialistas tendem a restaurar o patriarcado. Descrevendo esse padrão na Revolução Russa e na Revolução Chinesa, Weinbaum utiliza a terminologia das categorias de parentesco: pai, filha, irmão, esposa. Essas categorias lhe permitem apontar que as revoluções expressavam a revolta dos irmãos contra os pais. Sua análise se baseia num modelo freudiano de rivalidade sexual, mas não é preciso concordar quanto à motivação para ver o valor das categorias de parentesco que ela propõe. As filhas participam junto com os irmãos das fases iniciais da revolução, mas são cada vez mais excluídas dos centros de poder à medida que os irmãos percebem que podem ocupar as posições que antes pertenciam ao pai, assim obtendo acesso privilegiado ao trabalho e aos serviços das mulheres.[19]

É interessante notar como esse esquema se encaixa bem em *A Fazenda dos Animais*. Embora Orwell descreva uma revolta generalizada dos animais, inspirada por uma mensagem de liberdade do velho e sábio pai, essa revolta contra o explorador humano Jones degenera rapidamente numa luta entre dois dos irmãos, cada qual ansioso em ocupar a vaga do pai e eliminar o concorrente. Orwell deixa explícito que a luta se dá entre os dois únicos varrões existentes entre os porcos. Os porcos de engorda (castrados) não são pretendentes ao papel paterno. Há uma descrição especialmente desagradável de Guincho, o porco castrado que cuida das relações públicas que Orwell, em conformidade com suas ou-

---

19 Batya Weinbaum, *The Curious Courtship of Women's Liberation and Socialism*. Boston: South End Press, 1978, cap. 8. Uma crítica correlata é a de Heidi Harmann, "The Unhappy Marriage of Marxism and Feminism", reed. in Lydia Sargent (Org.), *Women and Revolution: A Discussion of the Unhappy Marriage of Marxism and Feminism*. Boston: South End Press, 1981.

tras críticas à imprensa, apresenta como privado de masculinidade (nos termos de Orwell): conserva-se a uma distância segura dos embates.

Depois que Napoleão vence Bola de Neve, vemos claramente o que o papel paterno significa em termos de acesso às fêmeas. Sendo o único porco potente na fazenda, Napoleão é, evidentemente, o pai da geração seguinte de porcos de elite: "No outono, as quatro porcas haviam parido quase ao mesmo tempo, produzindo um total de trinta e um leitões. Eles eram malhados, e como Napoleão era o único porco reprodutor da fazenda, era fácil adivinhar quem era o pai" (p. 108).

Além disso, as relações entre as leitoas, disputando os favores de Napoleão, aparecem perto do final da história, quando Napoleão está à beira de concluir a plena reconciliação com os pais humanos, os fazendeiros vizinhos. Orwell nos informa que os porcos machos começaram a usar as roupas do sr. Jones: "Napoleão foi visto com um casaco preto, calções de caça e perneiras de couro, enquanto sua porca favorita apareceu com um vestido de seda achamalotada que a sra. Jones usava às vezes aos domingos" (p. 122). Esses detalhes, talvez por parecerem um tanto gratuitos nos termos da alegoria, são ainda mais curiosos como exemplos da imaginação de Orwell em ação. Intencionalmente ou não, ele recria a estrutura da família patriarcal. Como nas famílias humanas, o poder entre os porcos é distribuído de acordo com dois eixos: o sexo e a idade.

Embora o texto diga que os porcos como um todo exploram os outros animais (reservando para si alimentos em maior quantidade e de melhor qualidade, reivindicando dispensa do trabalho físico por estarem fazendo o "trabalho intelectual" da fazenda e, por fim, mudando-se para o solar e adotando todos os hábitos humanos antes proscritos), são apenas os porcos machos que, na frase final do livro, não se distinguem mais dos machos humanos: "Os bichos lá fora olhavam de porco para homem, de homem para porco, e depois de porco para homem outra vez: mas já era impossível saber quem era homem e quem era porco" (p. 126). A adaptação suína ao mundo humano não se limita a incluir a discriminação geral de classes visível no Mandamento reformulado: "Todos os animais são iguais, mas alguns são mais iguais que os

206 — FORTUNA CRÍTICA

outros" (p. 122).[20] Ela também aparece mais especificamente na hierarquia de gênero que culmina nessa última cena, tão diferente da narrativa da revolução em si, da qual praticamente todos os bichos e ambos os sexos haviam participado. A alegoria animal, mesmo quando reproduz os pressupostos de gênero de Orwell, também o liberta, em certa medida, dos confins de seu próprio quadro androcêntrico. Isso fica visível no desenrolar do discurso do velho Major, no início do livro. Ele começa com comentários gerais sobre o quinhão dos animais: "Nenhum animal na Inglaterra sabe o que é felicidade ou lazer depois que completa um ano de idade. Nenhum animal na Inglaterra é livre. A vida de um animal é infelicidade e escravidão: é esta a verdade nua e crua" (p. 37). Mas, enquanto prossegue, há uma leve mudança de ênfase:

> Então, por que motivo continuamos a viver em
> condições tão miseráveis? Porque quase todo o

20 Richard Mayne assinalou recentemente, no *Times Literary Supplement*, 26 de novembro de 1982, que a famosíssima frase de Orwell foi, na verdade, tomada a outro escritor, Philip Guedalla. "A Russian Fairy Tale", *The Missing Muse* (Nova York: Harper and Brothers, 1930) é uma curta sátira anticomunista, em que aparece uma Fada Boa "que acreditava que todas as fadas eram iguais perante a lei, mas sustentava energicamente que algumas fadas eram mais iguais do que outras" (p. 206). Guedalla, porém, deixa a frase de lado, enquanto Orwell cria um contexto que a torna inesquecível. Mesmo assim, não deixa de ser instrutivo que a frase reiteradamente apontada pelos críticos como o ápice de clareza e concisão em toda a obra em prosa de Orwell não tenha sido escrita por ele. Raymond Williams, por exemplo, em *Orwell* (Glasgow: Fontana/ Collins, 1971), p. 74, cita essa frase como exemplo da "prosa excepcionalmente vigorosa e pura" que Orwell foi "capaz de criar" em *A Fazenda dos Animais*. Aliás, o próprio Orwell não hesitava em usar a palavra "plágio" para casos de empréstimos bem mais vagos, como quando comentou, numa carta a Fred Warburg, que Aldous Huxley, ao escrever *Admirável mundo novo*, tinha claramente "plagiado" em certa medida o livro *Nós*, de Zamiátin (*CEJL*, v. 4, p. 485).

fruto de nosso trabalho é roubado pelos seres humanos. Aí está, camaradas, a solução para todos os nossos problemas. Ela se resume numa única palavra: Homem. O Homem é o único inimigo de verdade que temos. Se ele for eliminado, a causa fundamental da fome e do excesso de trabalho será abolida para todo o sempre. O Homem é a única criatura que consome sem produzir. Ele não dá leite, não põe ovos, é fraco demais para puxar o arado, não consegue correr com velocidade suficiente para alcançar um coelho (p. 38).

Aqui, pela primeira e única vez em seus textos, Orwell reconhece o trabalho reprodutivo feminino como parte integrante das atividades produtivas de uma sociedade e como uma forma de trabalho que confere às fêmeas o direito de fazer reivindicações políticas e econômicas. No discurso do velho Major, é especificamente esse trabalho feminino que se torna o ponto central mais dramático. A passagem citada acima continua:

E no entanto ele é senhor de todos os animais. Ele nos faz trabalhar, e só nos dá de volta o mínimo que nos impeça de morrer de fome, guardando todo o resto para si próprio. Nosso trabalho lavra a terra, nosso estrume a fertiliza, e no entanto nenhum de nós é dono de outra coisa que não a própria pele. Vocês, vacas, que vejo diante de mim — quantos milhares de litros de leite vocês produziram neste último ano? E o que aconteceu com todo esse leite, que deveria ter sido usado para criar bezerros fortes? Todo ele, até a última gota, desceu pela goela do nosso inimigo. E vocês, galinhas, quantos ovos puseram neste último ano, e quantos deles geraram pintos? Todos os outros foram vendidos, e o dinheiro foi para Jones e seus empregados. E você, Tulipa, onde estão aqueles

208 — FORTUNA CRÍTICA

quatro potrinhos que você gerou, que deviam lhe
dar sustento e alegria na velhice? Todos vendidos
ao completar um ano — você nunca mais voltará
a ver nenhum deles. Em troca desses quatro partos
e de todo o trabalho que você realizou no campo,
o que foi que você ganhou, além de ração escassa
e uma baia? (p. 38)

Nessa passagem, Orwell finalmente pode estabelecer a ligação
entre "público" e "privado" — entre o trabalho de produção (típico) do macho e o trabalho de reprodução (típico) da fêmea. Ele vê
que ambas as formas de trabalho podem ser expropriadas e que
a esfera "privada", aquela na qual se dão as relações de nutrição e
criação, também faz parte do sistema geral de exploração critica-
do pelo velho Major. Pensando em animais, Orwell observa que as
fêmeas não têm o devido reconhecimento pelo trabalho que lhes
é roubado pelos homens.

Com o decaimento da revolução, ocorre um episódio em que
Napoleão obriga as galinhas a entregar uma maior quantidade
de seus ovos, a fim de serem exportados para uma fazenda vizi-
nha. De início, as galinhas sabotam esse plano passando a botar
os ovos nos caibros do telhado, de onde caíam e se espatifavam
no chão. Mas elas logo são obrigadas a entrar na linha, com a sus-
pensão de suas rações (não tendo ainda controle direto sobre a
aquisição de comida). Depois de resistirem por cinco dias, as galinhas se rendem. Orwell vê essa maior expropriação dos produtos
das galinhas exatamente nos mesmos termos da maior extração
de tempo de trabalho dos outros animais. Por outro lado, quando
Orwell escrevia sobre o proletariado humano, nunca se deteve
sobre a economia da reprodução nem fez objeção à exclusão das
mulheres no acesso direto aos meios de uma subsistência decente — exclusão justificada em termos de sua condição de fêmeas e
supostas dependentes dos machos. É como se Orwell, na medida
em que os animais da fazenda não estão divididos em grupos familiares individuais, conseguisse romper a ideologia da "família
típica" que antes o cegara para a realidade do trabalho e da posição das mulheres na sociedade capitalista.

Em *A Fazenda dos Animais*, além disso, Orwell aborda o problema da expropriação política da capacidade reprodutiva feminina.

Napoleão providencia para si uma força policial secreta, separando das mães uma ninhada de filhotes recém-nascidos e criando-os pessoalmente, e esses filhotes, depois de crescidos, expulsam o irmão rival, Bola de Neve, e inauguram o reinado de terror de Napoleão. Orwell, aqui, parece protestar contra a ruptura do padrão "natural" segundo o qual os filhotes são alimentados e criados por suas mães. Esse tema retorna quando Napoleão pega os trinta e um leitõezinhos — prole sua — e se nomeia instrutor deles, a fim de garantir a continuidade do domínio dos porcos sobre os outros animais no futuro. Essas expropriações "desnaturadas" formam agudo contraste com os padrões tradicionais da vida familiar tão vigorosamente defendidos por Orwell. O mesmo tipo de interferência do "Estado" na vida familiar ocorre, de maneira mais pormenorizada, em *Mil novecentos e oitenta e quatro*.

Embora sua obra ficcional sugira um forte desapreço por esses exemplos de expropriação estatal do trabalho reprodutivo feminino, Orwell, na verdade, clamava para que a Inglaterra adotasse políticas demográficas que, se tivessem sido postas em prática, teriam abertamente tratado as mulheres como meros veículos para atender a prioridades do Estado. Em "The English People", escrito em 1944 (ou seja, pouco depois de *A Fazenda dos Animais*), porém publicado apenas em 1947, Orwell, em pânico com a taxa declinante de natalidade, exorta os ingleses a terem mais filhos, como um dos passos necessários para "conservarem sua vitalidade" (*CEJL*, v. 3, p. 31). Interpretando a taxa declinante de natalidade como primordialmente um problema econômico, ele insiste que o governo tome as medidas adequadas:

> Qualquer governo, com uma simples canetada, poderia converter a falta de filhos num fardo econômico tão insuportável quanto o é, agora, uma família grande: mas nenhum governo decidiu fazer isso, por causa da ideia ignorante de que uma população maior significa maior número de desempregados. A tributação terá

210 — FORTUNA CRÍTICA

de ser escalonada, de forma muito mais drástica
do que se propôs até agora, para incentivar os
nascimentos e poupar as mulheres com filhos
pequenos da obrigação de trabalharem fora de casa
(v. 3, p. 32).

Além dos incentivos sociais e econômicos, diz Orwell, é necessária uma "mudança de perspectiva":

Na Inglaterra dos últimos trinta anos, parece a
coisa mais natural do mundo que blocos inteiros
de apartamentos recusem inquilinos com crianças,
que praças e parques sejam cercados de
grades para impedir que as crianças entrem,
que o aborto, teoricamente ilegal, seja visto como
mero pecadilho e que o principal objetivo da
propaganda comercial seja o de popularizar a
ideia de "se divertir" e se manter jovem pelo
máximo de tempo possível (v. 3, p. 32).

Em suma, o que os ingleses precisam fazer, entre outras coisas, é "reproduzir mais rápido, trabalhar mais e provavelmente viver com mais simplicidade" (v. 3, p. 37), programa que faz lembrar sinistramente a exortação de Napoleão aos outros animais: "A verdadeira felicidade, segundo ele, era trabalhar muito e levar uma vida frugal" (*A Fazenda dos Animais*, p. 118 deste volume). Nessa preocupação de Orwell com a reprodução humana socialmente adequada, não há mais nenhuma consideração pelas escolhas das mulheres do que a que Napoleão demonstrava pelos desejos das galinhas e cadelas, cujos ovos e filhotes ele recolhia. Orwell parece pressupor que os desejos "naturais" das mulheres coincidirão exatamente com as linhas que ele estabelece — isto é, ele sequer chegou a parar para ver a questão do ponto de vista delas. Vários anos depois, Orwell ainda via o "problema populacional" nesses mesmos termos. Numa coluna de jornal em 1947, ele expõe o receio, caso a Inglaterra não atinja rapidamente uma média de quatro filhos por família (em vez da média então vigente de dois filhos), de que "não haverá mulheres suficientes em idade fértil para remediar a situação". Preocupa-o de onde virão os futuros trabalhadores e, mais uma vez, ele recomenda incentivos monetários.[21] Embora Orwell com certeza não fosse o único a expressar tais preocupações naquela época, é instrutivo notar a perspectiva estreita que ele traz para o problema. E no entanto, em *Mil novecentos e oitenta e quatro*, ele satiriza o controle do Partido sobre o comportamento reprodutivo dos membros do Partido Externo, por meio da personagem de Katharine, esposa de Winston, que faz o sangue do marido gelar com seu compromisso de manter relações sexuais regulares como forma de expressar "nosso dever com o Partido". Parece evidente que a opinião de Orwell sobre tal interferência estatal no sexo e na procriação não tem nada a ver com qualquer simpatia pelas mulheres como indivíduos, e se baseia inteiramente em sua avaliação dos méritos do Estado a que se serve.

Não há nada nos escritos anteriores de Orwell que revele uma consciência das contribuições econômicas das mulheres como reprodutoras, nutrizes e cuidadoras da força de trabalho, para não falar de seu papel como integrantes comuns da força de trabalho. Assim, é ainda mais surpreendente que, ao deixar sua imaginação transpor conflitos humanos em termos animais, esse aspecto dos papéis femininos salte imediatamente aos seus olhos. Ao mesmo tempo, suas fêmeas animais ainda são rudimentares em comparação aos retratos dos machos da fazenda, traçados com mais sutileza. As galinhas e as vacas, por exemplo, aparecem basicamente como boas seguidoras, prefigurando as apoiadoras femininas do Partido Externo em *Mil novecentos e oitenta e quatro*. À exceção da maternal Tulipa e, em menor grau, de Chica, as fêmeas são desimportantes como atores individuais na fábula.

---

21 "As I Please", *Tribune*, 21 de março de 1947, p. 13; conservado no Arquivo Orwell na Universidade de Londres. Em *Crystal Spirit*, p. 284, George Woodcock observa que Orwell via a família "como uma instituição moralmente regeneradora; e o controle da natalidade e o aborto como manifestações de degeneração moral", mas Woodcock desconsidera a ideologia de gênero expressa nessas atitudes.

212 — FORTUNA CRÍTICA

Os animais são diferenciados não só pelo gênero, mas também pela inteligência, e os porcos são descritos como inteligentes e também egoístas, mesmo numa fase inicial da revolução, quando se apoderam do leite das vacas para uso próprio. Em contraste, os outros animais, salvo raras exceções, são generosos, trabalhadores e ignorantes. Não é o poder que corrompe os porcos; o poder simplesmente lhes fornece os meios para agir segundo sua "natureza". A traição da revolução em *A Fazenda dos Animais*, embora venha se dar ao longo do tempo, na verdade não é apresentada como um processo. É por isso que *A Fazenda dos Animais*, para além do que se propõe a dizer sobre Stálin e a União Soviética, guarda uma mensagem profundamente desalentadora. Orwell apresenta um quadro estático de um universo estático, em que a ideia da natureza animal dos porcos explica os acontecimentos. A cena final, em que porcos e homens não se distinguem mais, é a materialização do potencial interno dos porcos desde o começo. Mas, ao contrário do que faz em *Mil novecentos e oitenta e quatro*, Orwell atribui motivos materiais específicos aos porcos para a exploração dos outros animais: comida melhor, mais tempo livre, uma vida de privilégios, tudo isso adquirido em parte pelo terror, em parte pelo ludíbrio, fazendo os outros pensarem que somente eles, por serem mais inteligentes, podem gerir a fazenda. A inteligência é uma questão problemática no livro, pois Orwell a associa à exploração. Sugere-se que a generosidade, a cooperação e a dedicação são, de certa forma, incompatíveis com a inteligência. Evita-se a questão mais profunda: em que consiste realmente a sede de poder? — e as respostas aparentes de Orwell em sua fábula animal são incoerentes e insatisfatórias, pois, mesmo entre os porcos, nem todos aparecem corrompidos pela ganância e pelo desejo de poder.

Ao espelharem o modelo humano de organização social, os porcos não só reproduzem o padrão do patriarcado já habitual para os animais (a julgar pelo status do Major já no início do livro!), mas lhe acrescentam aquelas características humanas que, para Orwell, eram as mais repreensíveis — em especial a brandura. Aos poucos adotam o modo de vida do sr. Jones, com direito a bebidas e a uma cama bem macia. Isso contrasta com a faina heroica de Guerreiro com sua imensa força, que literalmente trabalha até morrer. As relações entre os porcos e os outros animais seguem o modelo patriarcal também no fato de serem hierárquicas e disciplinadas; a submissão e a obediência dos animais trabalhadores são a paga da supostamente indispensável liderança suína. Além da tocante solidariedade que é evidente entre os animais trabalhadores, surgem também algumas relações individuais. Uma delas é a amizade "masculina" não verbalizada entre Guerreiro e Benjamim, que anseiam por estarem juntos na aposentadoria. Não há, porém, nenhuma versão feminina dessa amizade. Pelo contrário, Tulipa desempenha não só o papel de égua maternal para com os outros animais, mas também o de "esposa"— para usar novamente as categorias de parentesco de Weinbaum — ao ter uma conversa sincera com Chica. Escalada para o papel da "filha" rebelde que se recusa a aderir aos valores da fazenda, Chica não acredita na causa coletiva e prefere se aliar aos machos humanos poderosos de fora da fazenda, garantindo para si uma vida mais fácil como égua bem-cuidada e enfeitada. Orwell dá indícios de sua desaprovação a Chica mostrando não só a vaidade e a indolência, mas também a covardia da égua. Porém, em vista do resultado final da revolução, a conduta de Chica, embora egocêntrica, não é tão equivocada quanto possa parecer. Orwell deixa explícito que, sob o governo de Napoleão, os animais (exceto os porcos e o corvo Moisés, que representa a Igreja) têm uma vida de labuta ainda mais árdua do que os animais nas fazendas vizinhas (isto é, capitalistas). Seria mais apropriado enxergar Chica como alguém que tinha um entendimento algo espontâneo das regras do patriarcado, caracterizadas por Weinbaum nestas palavras: "Os irmãos podem avançar e se tornar pais, mas as filhas enfrentam um futuro de esposa impotente".[22]

A FAZENDA DOS ANIMAIS COMO FÁBULA FEMINISTA

A Fazenda dos Animais pode ser lida com surpreendente pertinência e facilidade como crítica feminista das revoluções socialistas

22 Weinbaum, *Curious Courtship*, p. 96.

que, falhando em contestar o patriarcado, reproduzem valores patriarcais no período pós-revolucionário. Nessa interpretação da fábula, os porcos seriam os únicos animais machos, enquanto os outros seriam, em sua maioria, fêmeas estereotipadas: dóceis, diligentíssimas abelhas operárias pós-lavagem cerebral, na ilusão de que trabalham para si mesmas, entregando os frutos de seu labor produtivo e reprodutivo a seus senhores, que lhes dizem que jamais houve esperança de um futuro diferente.

Tal como nas relações de poder entre homens e mulheres, a "ciência" em *A Fazenda dos Animais* é utilizada para explicar que os porcos precisam de rações em maior quantidade e melhor qualidade porque trabalham "com o cérebro", argumento este que traz a mensagem adicional de que os animais dependentes não conseguiriam se virar por conta própria. Esses trabalhadores cerebrais assumem o "árduo" trabalho de supervisionar a vida política e econômica da fazenda, designando aos demais as tarefas "menos importantes" da labuta física e da manutenção da fazenda/ lar. Ao assumirem também o fardo das relações "internacionais" (com as fazendas vizinhas), os porcos mantêm os demais puros, sem qualquer contaminação por contato com o mundo exterior — mais uma vez, um estranho paralelo com a cisão entre público e privado na sociedade patriarcal usual. O indivíduo animal não suíno, quer seja grande e forte como Guerreiro, quer seja pequeno e fraco como as galinhas, é mantido sob controle por uma ideologia que apregoa sua ignorância e dependência, sujeito a violências e intimidações, pressionado a se sacrificar. Um animal desses dificilmente se rebela. Mas, como o próprio Orwell assinalou, o final do livro não é totalmente pessimista. Pois é no reconhecimento de que porcos e homens são iguais que reside a centelha do conhecimento que pode levar à ação libertadora.

Seria absurdo, claro, sugerir que Orwell destinasse seu texto a essa leitura feminista. Tudo o que escreveu durante a vida mostra que ele considerava a família patriarcal o modelo de sociedade adequado. Em "The Leion and the Unicorn", reclamou tão somente que a Inglaterra era como "uma família que tinha os membros errados no controle":

[...] uma família vitoriana bastante convencional, sem muitas ovelhas negras, mas cheia de segredos escusos. Há relações ricas a quem se devem prestar vênias, ha relações pobres que são horrivelmente rebaixadas, e há uma profunda conspiração do silêncio acerca da fonte de renda familiar. É uma família em que os jovens geralmente são tolhidos e a maior parte do poder está nas mãos de tios irresponsáveis e tias acamadas. Mesmo assim, é uma família. Tem sua linguagem própria e suas memórias em comum, e cerram fileiras à aproximação de um inimigo (*CEJL*, v. 2, p. 68).

Evidentemente, a versão de Orwell sobre os detentores do poder indica por si só sua usual leitura equivocada da posição das mulheres em sua própria sociedade. Parece-me que Orwell protestava apenas em favor dos irmãos, mostrando não perceber a efetiva desunião inerente à família patriarcal.[23]

É fascinante ver como ele descreve a traição da Fazenda dos Animais em termos que tanto lembram a experiência das mulheres sob o patriarcado. São as mulheres, mais do que qualquer outro grupo e independentemente da raça e da classe a que per-

---

23 Heidi I. Hartmann, "The Family as the Locus of Gender, Class, and Political Struggle: The Example of Housework", *Signs* 6, n. 3 (verão de 1981), p. 372. Nesse ensaio, Hartmann questiona a ideia de que a família seria um agente ativo com interesses unificados e se concentra no trabalho doméstico para ilustrar os diferentes interesses materiais dos membros da família, gerados por suas diferentes relações com o patriarcado e o capitalismo. Ela mostra que o trabalho dos homens em casa não aumenta na mesma proporção do trabalho das mulheres fora de casa, e conclui que "o patriarcado se afigura como traço mais saliente do que a classe" para se entender o trabalho das mulheres no lar (p. 386). Ela remete a estudos indicando que isso também se aplica a sociedades muito diversas, p. ex., Bangladesh, que confirmam que a vida dos homens é mais afetada por distinções de classe do que a vida das mulheres.

216 — FORTUNA CRÍTICA

tencem, que tiveram sua história obliterada, suas palavras eliminadas e esquecidas, sua posição na sociedade embaralhada em função da ideia contraditória de que "Todos os homens são criados iguais", seus direitos legais negados, seu trabalho dentro e fora de casa expropriado e controlado por homens, suas capacidades reprodutivas usadas contra elas, seu desejo de conhecer tolhido, seus esforços convertidos em dependência — tudo isso sob o único pretexto de não serem dotadas "por natureza" para realizar o valioso trabalho da sociedade, como é definido o trabalho dos homens. Mas, lida como fábula feminista, *A Fazenda dos Animais* traz outra mensagem importante. As origens dos Sete Mandamentos do Animalismo se encontram nos avisos do Major, alertando contra a adoção dos procedimentos do Homem: "E não esqueçam: ao combater o Homem, não devemos nos tornar semelhantes a ele. Mesmo depois que o conquistarem, não adotem seus vícios" (p. 40).

Orwell, no entanto, sabia que faltava algo em sua análise política, como fica claro numa de suas colunas "As I Please" de novembro de 1946, na qual examina a primeira página de um jornal e deplora as típicas desgraças que ele noticia. Tendo abandonado tempos antes o espírito quietista de "Dentro da baleia", mas agora profundamente pessimista, ele escreve:

> Penso que é preciso prosseguir na luta política, tal como um médico precisa tentar salvar a vida de um paciente que provavelmente vai morrer. Mas de fato considero que não chegaremos a lugar algum, a menos que comecemos a reconhecer que o comportamento político é, em larga medida, irracional, que o mundo está sofrendo de alguma doença mental que precisa ser diagnosticada antes de poder ser tratada (*CEJL*, v. 4, pp. 248-9).

Seu romance seguinte, *Mil novecentos e oitenta e quatro*, pode nos ajudar a entender a natureza dessa doença.

DAPHNE PATAI nasceu em 1943, em Jerusalém. É professora de Língua, Literatura e Cultura na Universidade de Massachusetts, Estados Unidos. Dedicou-se, durante a década de 1980 e meados de 1990, ao estudo de literatura brasileira e aos *women's studies*. Entre seus principais livros estão *História oral, feminismo e política, Heterophobia: Sexual Harassment and the Future of Feminism* e *Professing Feminism*.

TODOS OS ANIMAIS SÃO SAGRADOS, MAS ALGUNS SÃO MAIS SAGRADOS QUE OS OUTROS

HAROLD BLOOM

Publicado originalmente com
o título "Introdução" em *George
Orwell's* Animal Farm. Nova
York: Chelsea House Publishers,
1999. (Coleção Bloom's Modern
Critical Interpretations.)

Um crítico comentou que George Orwell só escrevia com simpatia sobre os seres humanos quando os apresentava como animais. Pode-se aferir a veracidade dessa afirmativa comparando *A Fazenda dos Animais* e *Mil novecentos e oitenta e quatro*; Napoleão (Stálin) é preferível ao torturador O'Brien, talvez porque Orwell tolera mais um porco reprodutor empunhando um chicote do que um ser humano sádico. O pobre Guerreiro, o supliciado cavalo de tração, certamente desperta mais afeto do que Winston Smith, e Chica, a égua faceira, tem mais encantos que a pobre Julia. O desapreço de Orwell pelas pessoas se assemelha ao de um satirista moral muito maior, Jonathan Swift. Ambos amavam pessoas individuais e desprezavam a massa da humanidade. Sejam quais forem as falhas estéticas de *A Fazenda dos Animais*, o livro me parece melhor que *Mil novecentos e oitenta e quatro*, principalmente porque nos apresenta alguns animais com os quais podemos nos identificar. Mesmo Benjamim, o burro velho rabugento, taciturno, desconfiado, incapaz de rir, ainda nos desperta ternura, em larga medida por causa de sua devoção ao heroico Guerreiro. Até me arrisco a dizer que prefiro Bola de Neve (Tróstki) a qualquer

220 — FORTUNA CRÍTICA

personagem de *Mil novecentos e oitenta e quatro*, por pelo menos ser vivaz e inventivo.

O grande crítico canadense Northrop Frye observou que *A Fazenda dos Animais* adapta, a partir de "Um conto de uma banheira" de Swift, a clássica fórmula de muitas sátiras literárias: "a corrupção do princípio por questões de conveniência", ou a queda da Utopia. Frye também observa que Orwell, à diferença de Swift, não se interessa pela motivação. O leitor não se sente incentivado a perguntar: o que o inescrutável Napoleão-Stálin quer? Talvez a questão de Orwell seja a de que os tiranos desejam o poder absoluto por si mesmo, mas *A Fazenda dos Animais* não deixa isso muito claro. A fábula animal é um gênero fascinante, mas requer certa clareza psicológica, como em Chaucer ou em James Thurber, e *A Fazenda dos Animais*, de modo geral, evita categorias psicológicas.

Orwell era, na essência, um moralista liberal, profundamente empenhado em preservar algumas velhas virtudes, ao mesmo tempo receando que o futuro tecnológico viesse apenas intensificar a degeneração humana. *A Fazenda dos Animais*, como *Mil novecentos e oitenta e quatro*, continua a ser pertinente porque estamos ingressando num mundo computadorizado, em que uma "realidade virtual" pós-orwelliana pode ser usada como mais uma traição da liberdade individual. A força remanescente de *A Fazenda dos Animais* consiste, em parte, no fato de podermos imaginar uma versão sua no começo do século XXI, nos Estados Unidos, em que todos os "bichos" serão obrigados a viver alguma variante de um "Contrato com a Família Americana" de tipo teocrático. Talvez o lema dessa teocracia venha a ser: "Todos os animais são sagrados, mas alguns animais são mais sagrados que os outros".

———

HAROLD BLOOM nasceu em Nova York, em 1930. Foi professor de humanidades na Universidade de Yale e um dos mais proeminentes críticos literários dos Estados Unidos. Ganhou o prêmio McArthur, da Academia Norte-Americana de Letras e Artes, e recebeu inúmeras distinções e diplomas honorários. Escreveu mais de quarenta livros, entre eles *Shakespeare: A invenção do humano*, *A anatomia da influência* e o célebre *O cânone ocidental*. Morreu em Connecticut, em 2019.

A FAZENDA DOS ANIMAIS: A HISTÓRIA COMO FÁBULA

MORRIS DICKSTEIN

Capítulo extraído de *Cambridge Companion to George Orwell*, John Rodden (Org.). Cambridge University Press, 2007.

George Orwell considerava *A Fazenda dos Animais* (1945) seu grande avanço, o livro que unia seus talentos como romancista e seu engajamento como escritor político. "*A Fazenda dos Animais* foi o primeiro livro em que tentei, com plena consciência do que fazia, amalgamar os propósitos político e artístico", escreveu ele no ensaio "Por que escrevo", de 1946.[1] A Guerra Civil Espanhola, que se iniciou em 1936, transformou o contista e jornalista em escritor político, e a experiência de combater nessa guerra, ao lado de jovens trotskistas e anarquistas idealistas, gerou nele uma hostilidade profunda pela União Soviética. Achava que Stálin prejudicara a causa republicana na Espanha ao tentar controlá-la, tal como traíra a revolução em seu país. Para Orwell, a União Soviética se convertera numa ditadura brutal, construída em torno de um cul-

---

1 George Orwell, *The Collected Essays, Journalism and Letters of George Orwell* (doravante *CEJL*), 4 v. Harmondsworth: Penguin, 1970, v. 1, p. 29. ["Por que escrevo", in: *Dentro da baleia e outros ensaios*. Org. de Daniel Piza. Trad. de José Antônio Arantes. São Paulo: Companhia das Letras, 2005.]

224 — FORTUNA CRÍTICA

to da personalidade e mantida por um reinado do terror. Ficava especialmente indignado com a apologética de seus simpatizantes ocidentais, que consideravam que a causa da construção socialista num país atrasado justificava muitos excessos. A seu ver, a ascensão do totalitarismo na Rússia e na Alemanha nos anos 1930 levou a seu inevitável engajamento político. "Cada linha de trabalho sério que escrevi desde 1936 foi escrita, direta ou indiretamente, *contra* o totalitarismo e *a favor* do socialismo democrata, da forma que eu o entendo." Acima de tudo, acrescenta ele, "o que mais desejei fazer nos últimos dez anos foi transformar escrita política em arte" (*The Collected Essays, Journalism and Letters of George Orwell*, v. 1, p. 28).

Se *A Fazenda dos Animais* foi um grande avanço como arte política, também apresentou Orwell a um público muito maior. Antes de *A Fazenda dos Animais*, seus trabalhos, lançados em pequenas publicações radicais, dirigiam-se à intelectualidade de esquerda em Londres e Nova York. Criticava os comunistas e seus aliados liberais por não reconhecerem as verdades mais básicas sobre a Rússia stalinista. Tanto nos ensaios, que hoje formam a parte mais respeitada de seu legado bibliográfico, como em livros de não ficção, como *Homenagem à Catalunha* e *O caminho para Wigan Pier*, Orwell criara para si um papel de crítico interno da esquerda. Usando sua experiência pessoal como campo de trabalho para um novo tipo de jornalismo participativo, defendia os ideais básicos do socialismo contra os descaminhos daqueles que diziam falar em seu nome. Era esse o contexto de *A Fazenda dos Animais*, em que abordou a Revolução Russa e seus desdobramentos sob a forma enganosamente simples da fábula animal e da alegoria satírica.

Em parte por ter sido escrito no auge da aliança de guerra com a União Soviética em 1943 e 1944, o livro foi recusado por diversos editores ingleses e americanos, entre eles o próprio editor de Orwell, Victor Gollancz. Alguns editores, como T.S. Eliot na Faber, o rejeitaram por razões políticas: Eliot não confiava na política socialista de Orwell, mas também considerou que não era um bom momento para atacar os russos. Outras casas editoriais simplesmente não entenderam. (A Dial Press de Nova York lamentou que "era impossível vender histórias de bichos" nos Estados Unidos

[*CEJL*, v. 4, p. 138].) A publicação sofreu grande atraso nos dois países, mas, quando por fim saiu, teve enorme sucesso de vendas, em parte porque a Guerra Fria se seguiu rapidamente à Segunda Guerra Mundial. Assim, um livro que a princípio defendia uma dissidência antistalinista da esquerda, uma minoria dentro de uma minoria, foi rapidamente lançado para as linhas de frente do novo conflito Leste × Oeste.

A Fazenda dos Animais passou a ser um dos livros mais lidos do século xx, vendendo mais de 20 milhões de exemplares. Como seguia os moldes de uma fábula — breve, fácil de ler e aparentemente fácil de entender —, tornou-se um texto muito indicado no segundo grau, a única obra literária que, com quase toda certeza, é estudada por adolescentes. Mas a grande clareza e a linguagem acessível do livro contribuíram para diminuir o respeito da crítica. Hoje, Orwell é devidamente admirado como magnífico ensaísta. Além disso, a bibliografia crítica de *Mil novecentos e oitenta e quatro* é muitíssimo maior que a de *A Fazenda dos Animais*, ainda que, por meios diversos, façam a mesma crítica ao totalitarismo stalinista. *Mil novecentos e oitenta e quatro*, com seu aterrorizante clima kafkiano de mistificação, vigilância e extrema pressão psicológica, além da comovente apresentação de pequenos redutos de resistência pessoal no amor, na língua e na memória, nos prazeres do cotidiano e nos resíduos da consciência intelectual, é vista como obra para adultos, um drama humano sério e profundo. *A Fazenda dos Animais*, por sua vez, é classificada como cartilha para iniciantes, um conto muito bem construído apenas alguns graus acima das obras de propaganda. Mesmo Lionel Trilling, cujo importante ensaio de 1952 ajudou a definir a imagem de Orwell como figura cultural do pós-guerra, declarou que *A Fazenda dos Animais* era superestimada.[2]

Não é difícil entender por que *A Fazenda dos Animais* tem sido vista como um Orwell light, uma espécie de *Totalitarismo para principiantes*. A mesma engenhosidade que permitiu a Orwell

---

2 Lionel Trilling, "George Orwell and the Politics of Truth" (1952), *The Opposing Self*. Nova York: Viking Press, 1955, p. 157.

converter a história russa de 1917 a 1943 num conto de bichos fez com que pudesse ser visto como versão simplificada de um tema meramente tópico. Entre as fontes literárias de inspiração para Orwell estavam também os desenhos animados em voga na década anterior, com Mickey, Gaguinho e Pato Donald. As fábulas de Esopo ou de La Fontaine eram parábolas curtas ligadas a determinados costumes, com lições de moral atemporais e conservadoras. E as partes 3 e 4 das *Viagens de Gulliver*, um grande favorito de Orwell, lhe forneceram o modelo para uma extensa narrativa sobre questões mais abrangentes da sociedade humana. A magnífica inversão swiftiana do papel dos cavalos e dos seres humanos na parte 4 autorizava a transformação orwelliana do rústico fazendeiro Jones no velho regime tsarista decadente, com os bichos da fazenda como uma população oprimida que por fim se revolta. Muitas vezes deixando de alimentar seus animais, que são reduzidos a bestas de carga, o bêbado Jones é grosseiro e mesquinho como um dos Yahoos de Swift. Orwell colocou no romance não só um prazer pela natureza e uma fina sensibilidade pelos animais e pela vida rural, mas também uma dose de misantropia swiftiana, augurando um tempo "quando a espécie humana fosse finalmente derrubada" (p. 53). Quando os porcos dirigentes passam a adotar modos humanos — andar sobre duas pernas, beber, morar em casas, dormir em camas —, realmente sentimos que eles estão se degradando, decaindo da comunidade mais simples do mundo animal. A alegoria política de Orwell é tão eficaz no nível literal que pode ser lida como historieta infantil ou como manifesto em defesa dos direitos dos animais.

Como ensaios contra o totalitarismo, *A Fazenda dos Animais* e *Mil novecentos e oitenta e quatro* se complementam. Enquanto o último romance de Orwell, escrito quando já estava gravemente doente, descreve um mundo fechado, que parece imutável, uma era do gelo em que a liberdade pessoal mal chega a ser uma lembrança, *A Fazenda dos Animais*, sua predecessora de tom mais leve, mostra como o idealismo inicial da revolução foi se degenerando gradualmente, resvalando na desigualdade, na hierarquia e, por fim, na ditadura. Mas, montada na engenhosa forma de fábula,

A Fazenda dos Animais consegue despertar a consciência dos leitores sem chegar a levá-los a um nível mais profundo. Tem complexidade suficiente para evocar a rivalidade entre Stálin e Trótski, bem como o conflito entre "o socialismo num só país" e a revolução mundial. De forma magistral, zomba de vários aspectos do sistema socialista, mas sem se deter muito em explicar como surgiram.

Os sistemas totalitários modernos usam uma enorme quantidade de expurgos, confissões e farsas judiciais, como fizeram os sequazes de Stálin na segunda metade dos anos 1930. Essa guinada, junto com o papel dúplice dos soviéticos na Espanha, foi uma das razões que convenceram Orwell e outros antistalinistas de que a Revolução Bolchevique fora deturpada e o sistema soviético apodrecera. Mas, quando os bichos correm histericamente para se apresentar e confessar seus crimes inexistentes e são mortos ali mesmo, Orwell, de início, faz pouca justiça àquele horrendo momento da história soviética — os processos de expurgo que Arthur Koestler explorara com tanta agudeza em 1940, em *O zero e o infinito*. Apenas no fim dessa orgia de violência é que o impacto afeta igualmente bichos e leitores:

> E assim prosseguiu a sucessão de confissões e execuções, até que se formou uma pilha de cadáveres diante de Napoleão e um cheiro pesado de sangue encheu o ar, coisa que não acontecia desde a expulsão de Jones. [...] As cenas de terror e matança não eram o que eles previam naquela noite em que velho Major pela primeira vez despertou neles o desejo de se rebelar. (p. 91)

O que move Orwell aqui não é tanto o horror em si — o qual, como tudo mais em *A Fazenda dos Animais*, é atenuado e destilado em fábula —, e sim o choque do reconhecimento no espírito de criaturas simples: o contraste entre suas esperanças promissoras e a dura realidade. Mas, quando Tulipa — a prestimosa égua que muitas vezes é a consciência do livro — fita a cena diante de si, sente despertarem em si de novo os velhos ideais:

228 — FORTUNA CRÍTICA

> Se, naquele tempo, ela tinha alguma imagem
> do futuro, seria a de uma sociedade de animais
> libertados da fome e do chicote, todos iguais, todos
> trabalhando conforme suas capacidades, os fortes
> protegendo os fracos [...] (p. 91)

Essa rememoração leva Orwell a sair da estrutura da fábula, passando a escrever de maneira quase discursiva.

> E em vez disso — ela não sabia por quê — haviam
> chegado a um momento em que ninguém ousava
> expor seus pensamentos, em que cachorros ferozes
> rondavam por toda parte a rosnar, e em que
> todos eram obrigados a ver os camaradas sendo
> despedaçados após confessarem crimes chocantes.
> (p. 91)

Tulipa se mantém fiel mesmo sem compreender:

> Não lhe passavam pela cabeça ideias de rebelião
> ou de desobediência. Tulipa sabia que, mesmo
> do jeito que estava, a situação era muito melhor
> do que no tempo de Jones [...]. Mesmo assim, não
> era por aquilo que ela e todos os outros animais
> haviam lutado, não era aquilo que haviam sonhado
> [...]. Tais eram os pensamentos dela, embora lhe
> faltassem palavras para exprimi-los. (p. 91-2)

Esse tom de orgulho perplexo e muda decepção ressoa por todo o livro, refletindo o ponto de vista plebeu do romance, bem como a degeneração dos elevados ideais nas sórdidas realidades do poder e da traição.

Mas, se nos indagamos *por que* essas coisas aconteceram na Rússia, se nos perguntamos se Orwell está dizendo que *todas* as revoluções, depois dos primórdios igualitaristas, sofrem uma deterioração inevitável, caindo sob o controle de elites sequiosas de poder, o romance não arrisca nenhuma resposta. T.S. Eliot, para quem a sociedade exigia uma classe dirigente competente, observou numa carta a Orwell:"[afinal,] seus porcos são muito mais inteligentes que os outros animais e, portanto, os mais qualificados para dirigir a fazenda [...] o necessário (pode-se argumentar) não era um maior comunismo, e sim mais porcos com espírito público".[3] Essa não é uma questão que o livro em si pudesse abordar. O livro apenas nos conta como os porcos acumularam poder e mostra que, se não conseguimos enxergar isso, permanecemos deliberadamente tapados ou desonestos. A própria simplicidade do conto, a exemplo da estimulante franqueza dos ensaios de Orwell, dá sustentação à sua defesa contra sutilezas intelectuais e racionalizações tortuosas. O caráter elementar da narrativa, por si só, já é uma defesa em favor da mera decência e da necessidade de encarar verdades simples.

Para Orwell, racionalizações e sutilezas indevidas constituíam os riscos profissionais dos intelectuais, sobretudo dos intelectuais políticos. Se fosse pressionado a nos apresentar uma única razão para o fracasso da Revolução Russa, com certeza frisaria que foi obra dos intelectuais, cujo espírito teórico, ardorosamente engajado em objetivos mais elevados, porém muitas vezes cegado pelo interesse próprio, aceitou condutas que provocariam uma repulsa instintiva na maioria das pessoas. Orwell, escrevendo em 1940 a Humphrey House, estudioso de Dickens, afirmava que Dickens, por ter um: "[...] senso *moral* [que] era sólido, conseguiria manter sua conduta em qualquer ambiente político ou econômico. O que me assusta na intelectualidade moderna é sua incapacidade de ver que a sociedade humana deve se basear na decência geral, sejam quais forem as formas políticas e econômicas". Passando para a situação na Rússia, acrescentou: "Dickens, sem um mínimo conhecimento do socialismo etc., teria visto de imediato que há algo de errado num regime que precisa de uma pirâmide de cadáveres a intervalos de poucos anos [...]. Todos os que têm solidez

---

3 Citado em John Rodden (Org.), *Understanding Animal Farm*. Westport, CT: Greenwood Press, 1999, p. 126. Ver também Bernard Crick, *Orwell: A Life* (1980). Harmondworth: Penguin, 1982, pp. 456-9.

230 — FORTUNA CRÍTICA

moral sabem desde mais ou menos 1931 que o regime russo fede" (*CEJL*, v. 1, pp. 582-3).

Nas cartas e nos ensaios de Orwell, encontramos constantemente esses escárnios contra a intelectualidade, acompanhados por apelos enérgicos à decência e à verdade, à evidência dos próprios sentidos. Não é preciso uma grande sofisticação para saber que, se algo parece mal e cheira mal, então de fato *está* mal. Seus comentários sobre a Rússia são, na maioria, muito mais ásperos do que qualquer coisa presente em *A Fazenda dos Animais*, que não é apenas *sobre* uma sociedade de animais, mas mantém um tom ingênuo e surpreso que reflete o ponto de vista deles. Embora Stálin dificilmente fosse um intelectual, os porcos são os "cérebros" dessa comunidade, o quadro de intelectuais e burocratas que se separam gradualmente dos outros e que, no fim, reivindicam seu pleno título à fazenda. Porém nunca vemos a fazenda do ponto de vista dos porcos, só da perspectiva da comunidade animal que os porcos passaram a dominar. Na passagem final, os bichos espiam dentro das janelas da casa, vendo uma cena em que porcos e homens se tornaram indiscerníveis, os líderes negociando (e bebendo) em pé de igualdade com potências capitalistas — o último estágio da Revolução em declínio.

Nos ensaios, Orwell não tem dificuldade alguma em explicar por que a influência dos intelectuais distorce os ideais com os quais se iniciara o movimento revolucionário. "Foi só *depois* que o regime soviético se tornou inequivocamente totalitário que um grande número de intelectuais ingleses começou a mostrar interesse por ele", afirma Orwell, pois expressava "o seu desejo secreto: o desejo de destruir a velha versão igualitarista do socialismo e desembocar numa sociedade hierárquica em que o intelectual pode, enfim, empunhar o chicote" (*CEJL*, v. 4, p. 212). É quase um resumo de *A Fazenda dos Animais*, que apresenta os estágios em que a igualdade é substituída pela hierarquia e conclui, num dos inspirados toques de Orwell, com os porcos andando sobre as patas traseiras, empunhando chicotes na fenda das patas dianteiras. Mas a narrativa em si, mantendo-se no campo da fábula, não expõe as razões da mudança com esse mesmo vigor enérgico. Comparada a *Mil novecentos e oitenta e quatro* ou aos ensaios de Orwell,

A Fazenda dos Animais é uma obra de eufemismo magnificamente contido — "Um conto de fadas", conforme o subtítulo —, em que a busca incessante do poder ou os motivos e o comportamento dos intelectuais são apenas insinuados, jamais ressaltados. Essa máscara de ingenuidade, moldada nos traços do homem comum da política orwelliana, constitui ao mesmo tempo a força e a limitação do livro. *A Fazenda dos Animais* apresenta a ideia orwelliana de que a maneira mais simples de olhar as coisas pode ser também a mais honesta e a mais precisa. Mas, à medida que se dão a sujeição gradual dos animais, a traição de suas esperanças e a tomada de sua comunidade, o livro mostra que a visão simples pode se revelar totalmente ineficaz.

Orwell consegue incluir em sua fábula um vasto campo da história política e uma quantidade extraordinária de pontos de vista. *A Fazenda dos Animais* começa com a perspectiva revolucionária de Karl Marx redefinida num discurso do velho e respeitável Major, um reprodutor premiado que está perto do fim da vida. Ele apresenta seu sonho de que todos os animais um dia se libertem da opressão humana e dirijam sua própria fazenda com base na igualdade e sem violência. (Depois que nos alertam, ficamos espantados com a semelhança entre o Marx patriarcal e um velho porco reprodutor com suas suíças.) Antes de morrer, o Major chega a lhes deixar um hino do movimento, uma canção inspiradora chamada "Bichos da Inglaterra", que alimenta o ardor revolucionário dos animais e os ajuda a se unir numa comunidade.

São poucas as cartilhas socialistas que conseguem ser melhores do que esse capítulo inicial. A seguir, Orwell passa a dramatizar as vicissitudes do andamento revolucionário, a guerra que se desenrola quando há a invasão dos vizinhos, o clima entusiástico de liberdade e camaradagem que vem na sequência. Foi esse o sentimento de libertação que empolgou William Wordsworth quando chegou à França revolucionária em 1790 e o próprio Orwell em dezembro de 1936, quando chegou a uma área da Espanha temporariamente controlada pelos anarquistas que defendiam a República espanhola. Em Barcelona, escreveu Orwell, "era a primeira vez na vida que eu me encontrava numa cidade onde o proletariado estava no comando".

232 — FORTUNA CRÍTICA

Os garçons e os atendentes das lojas nos olhavam no rosto e nos tratavam como iguais. As formas de linguagem servis e mesmo formais tinham desaparecido temporariamente [...]. Na aparência externa, era uma cidade em que as classes abastadas tinham praticamente deixado de existir. À exceção de um pequeno número de mulheres e estrangeiros, não havia gente "bem-vestida" [...]. Havia acima de tudo a crença na revolução e no futuro, o sentimento de se ter ingressado numa era de igualdade e liberdade. Os seres humanos estavam tentando se comportar como seres humanos, e não como peças de engrenagem na máquina capitalista.[4]

É essa atmosfera eufórica que encontramos no terceiro capítulo de *A Fazenda dos Animais*:

Os bichos sentiam uma felicidade que jamais haviam sequer imaginado. Cada bocado de alimento lhes proporcionava um prazer intenso, agora que era de fato deles, produzido por eles e para eles, e não distribuído em porções miseráveis por um dono sovina. [...] cada um trabalhava conforme sua capacidade. [...] Ninguém roubava, ninguém reclamava de seu quinhão de ração; as arengas, as mordidas, os ciúmes que faziam parte do cotidiano nos velhos tempos haviam quase desaparecido. (p. 52)

4 George Orwell, *Homage to Catalonia* (1938). Boston: Beacon Press, 1955, pp. 4-6. [Ed. bras.: *Lutando na Espanha: Homenagem à Catalunha, Recordando a Guerra Civil Espanhola e outros escritos*. Trad. de Ana Helena Souza. São Paulo: Globo, 2006.]

Mesmo no auge de sua campanha contra o totalitarismo, Orwell nunca deixou de acreditar no socialismo igualitário pregado pelo velho Major e brevemente alcançado na Fazenda dos Animais. Considerava seus ataques à Rússia como forma de salvar o socialismo de sua sinistra caricatura. No prefácio à edição ucraniana de *A Fazenda dos Animais*, ele deplorou a influência negativa do mito soviético sobre o movimento socialista ocidental. Concluía: "Em minha opinião, nada contribuiu tanto para a corrupção da ideia de socialismo quanto a crença de que a Rússia é um país socialista [...]. E assim, nos últimos dez anos, sou da convicção de que seria essencial a destruição do mito soviético caso quiséssemos um ressurgimento do movimento socialista" (*CEJL*, v. 3, pp. 457-8). O que *A Fazenda dos Animais* ataca não são os ideais originais da Revolução, mas sim sua apropriação e deturpação. Por isso sempre foi um texto problemático para a direita política, amplamente mal interpretado durante a Guerra Fria como crítica anticomunista radical. Na conclusão de sua carta de 1940 a Humphrey House, Orwell escrevia que "[...] minha grande esperança para o futuro é que as pessoas comuns nunca compartilharam seu código moral [...] Nunca tive nem um pouco de medo de uma ditadura do proletariado, *se ela pudesse existir*, e certas coisas que vi na Espanha me confirmaram nisso. Mas reconheço que tenho absoluto horror de uma ditadura de teóricos, como na Rússia e na Alemanha" (*CEJL*, v. 1, p. 583; itálico meu).

Como e por que a revolução em *A Fazenda dos Animais* foi traída? Mesmo antes de desenvolver o conflito entre Napoleão e Bola de Neve, que representam respectivamente Stálin e Trótski, Orwell nos mostra os inícios da desigualdade como a serpente, nesse paraíso animal. Quando os porcos surrupiam primeiro o leite e depois as maçãs para si, já estão surgindo como classe dirigente, por acumular prerrogativas especiais como se fossem direitos seus. Desde o começo, a arma favorita deles é a dissimulação. Ao enviarem seu propagandista Guincho para justificar o que pegaram, seguem pelo caminho em que as pequenas mentiras levam a grandes mentiras, em que os ideais iniciais podem ser revistos e até derrubados sem se reconhecer nenhuma mudança, e a história pode ser reescrita na presença de testemunhas vivas. Orwell,

234 — FORTUNA CRÍTICA

sabiamente, evitou qualquer tentativa de imitar a retórica do Partido ou do *Pravda* nos discursos de Guincho, mas, na qualidade de porta-voz, o personagem sintetiza tudo o que há de desonesto na nova ordem. Quando os bichos ficam invariavelmente confusos e aceitam cada mudança na linha oficial, questionando suas próprias lembranças, o leitor pode se indagar até que ponto Orwell atribui essa incipiente ditadura à ameaça de violência, à esperteza amoral dos manipuladores da opinião pública ou à inocente obtusidade das massas, que se intimidam com tanta facilidade.

O crítico marxista Raymond Williams, que tentava se libertar de sua dívida inicial para com Orwell, afirmou que o próprio uso literário dos bichos mostrava que a alegoria do livro tratava com superioridade as pessoas comuns em cujo nome o escritor falava. Mas, quando o planejamento econômico e administrativo de Bola de Neve cede lugar à violência, à brutalidade e à pura astúcia animal de Napoleão, os porcos se baseiam mais na força e na intimidação para garantir sua posição. A Fazenda dos Animais se afasta de seus princípios igualitários e se converte num Estado em que, na frase memorável de Orwell, "Todos os animais são iguais, mas alguns são mais iguais que os outros" (p. 122). Aos poucos, o orgulhoso espírito comunitário cede lugar a uma deferência ritual aos símbolos ossificados da Revolução, como o crânio do velho Major, e à obediência cega à vontade do Líder, cujos subordinados continuam a falar em nome dos velhos ideais revolucionários.

Não há um auge nessa mudança inexorável da igualdade genuína que marcava os primeiros dias após a Revolução. Ela é gradual, e os privilégios e excessos do velho regime são restaurados sob uma forma tirânica e sistemática — é o que Orwell designa por totalitarismo. Cada passo, começando com o leite e as maçãs e prosseguindo com a expulsão de Bola de Neve, apresentado em sua demonização como fonte de todos os problemas, e com a dura reação ao protesto das galinhas (vagamente baseada na reação de Tróstski ao esmagar a revolta dos jovens marinheiros soviéticos de Kronstadt em 1921), viola algum princípio revolucionário inscrito nos Sete Mandamentos. Prosseguindo com a mudança, todos os mandamentos são secretamente reescritos, confundindo os animais que não sabem ler ou não lembram exatamente o que estava escrito antes. "Nenhum animal beberá álcool" se torna "Nenhum animal beberá álcool *em excesso*". "Nenhum animal matará outro animal" se torna "Nenhum animal matará outro animal *sem motivo*" (pp. 95 e 106). O último mandamento, "Todos os animais são iguais", se transforma na frase memorável que citamos antes, e que prenuncia a Novafala e outras inovações linguísticas de *Mil novecentos e oitenta e quatro*.

A cada fase, a máquina de propaganda segue a par da ameaça de força. A primeira é personificada pelo porta-voz do sistema, Guincho, que "era capaz de transformar o preto em branco" (p. 144); a segunda, pelos cães sanguinários — a polícia secreta — que Napoleão treinou em segredo como instrumentos de um novo reinado de terror. Essa opressão se apoia no hábito de obediência representado pelas ovelhas, cujo balido em uníssono afoga a voz dos dissidentes ao repetirem o slogan oficial do momento, seja ele qual for. Aqui Orwell realmente mostra como os néscios e crédulos ajudam os ditadores a comandar a cena do sistema político. É uma falha que, para Orwell, pode estar no próprio DNA dos movimentos de massa, visto ser possível rastreá-la até a pregação do velho Major e a mensagem já simplificada dos mandamentos originais. O balido das ovelhas, "Quatro pernas, bom; duas pernas, mau" (p. 56), fora concebido por Bola de Neve como uma versão mecânica dos ideais da Revolução, simplificada ao extremo para a doutrinação de massa. Separado do pensamento efetivo, convertido numa máxima irrefletida, o estilo simples já mostra seu lado sombrio.

Embora Orwell possa mostrar ambivalência em relação às pessoas comuns, um dos grandes méritos de *A Fazenda dos Animais* é a variedade de pontos de vista que lhes atribui, numa bela correspondência com cada família do reino animal. Se as ovelhas representam a conformidade cega e as suscetíveis galinhas se agitam facilmente, o cavalo Guerreiro representa o trabalho árduo, a resistência e a lealdade patriótica do proletariado, assim como o burro Benjamim, embora com a mesma perseverança, mantém-se estoicamente afastado de todas as ideias utopistas. Há talvez uma ponta do próprio Orwell no ceticismo atemporal dessa criatura. O que disse no começo mantém até o final: "as coisas nunca foram, nem jamais viriam a ser, muito melhores nem muito pio-

236 — FORTUNA CRÍTICA

res — a fome, as privações e as decepções constituíam, segundo ele, a imutável lei da vida" (p. 119). É um imenso mérito do livro que Orwell inclua um teimoso com espírito do contra, como Benjamim, ou uma criatura vaidosa, como a égua Chica, que foge da fazenda e aceita sujeitar-se a senhores humanos em troca de cuidados e atenção. Mas *A Fazenda dos Animais* é escrita de uma forma que também pode ser redutora, como mostrou Angus Fletcher em seu fundamental *Allegory: The Theory of a Symbolic Mode* [Alegoria: A teoria de uma modalidade simbólica] (1964). Os animais de Orwell, diz ele, "são 'tipos' de comportamento humano, mas com suas restrições de caráter tornam-se tão *limitadamente* humanos que não têm o que costumamos chamar de 'caráter'".[5]

Orwell se mantém convencionalmente socialista ao retratar a religião como o corvo negro do sacerdócio, encarnada em figuras que não fazem nenhum trabalho útil, prometendo o Monte do Açúcar-Cande no céu após a morte e servindo fielmente a qualquer um que se encontre no poder. O corvo, que recebe o nome de Moisés, da Tábua da Lei, "por quem o sr. Jones tinha um apego todo especial, era espião e linguarudo, mas era também bom de conversa" (p. 45). Quando a Revolução se torna conservadora e nacionalista, Napoleão traz o corvo de volta, tal como Stálin trouxera a Igreja ortodoxa russa. O que condena o corvo e o que condena os porcos, para Orwell, é também o que condenava antes os capatazes humanos da fazenda: não produzirem nada. O trabalho produtivo continua a ser a prova suprema do valor social. Refletindo a teoria de Marx sobre a mais-valia, o velho Major diz: "O Homem é a única criatura que consome sem produzir" (p. 38). Orwell admirava o impassível e obtuso Guerreiro, o trabalhador mais prodigioso da fazenda, apesar de sua inflexível lealdade a Napoleão, pois considera o "trabalho intelectual" quase uma contradição. Em vez de ser um trabalho útil, o trabalho intelectual se torna um meio para que os espertos acumulem poder, explorem os outros e manipulem facilmente a verdade e a linguagem. Há um veio

5 Angus Fletcher, *Allegory: The Theory of a Symbolic Mode*. Ithaca: Cornell University Press, 1964, pp. 339-40.

de anti-intelectualismo classicamente inglês no tratamento que Orwell dá aos que trabalham com o cérebro.

Na época em que escreveu *Mil novecentos e oitenta e quatro*, Orwell desenvolveu sua crítica aos abusos da verdade e da linguagem como seu ataque mais original ao totalitarismo. Mas ele já havia explorado amplamente o tema em seus melhores ensaios e em *A Fazenda dos Animais*. Considerava a propaganda uma característica presente em todos os governos modernos, mas especialmente descarada nos sistemas totalitários, que dependiam dela por completo. Em "A prevenção contra a literatura" (1946), Orwell apresenta a "mentira organizada" como elemento essencial dos Estados totalitários, e "não é, como se alega às vezes, um expediente temporário da mesma natureza que o ardil militar".

> Do ponto de vista totalitário, a história é algo a ser criado, em vez de aprendido. Um Estado totalitário é, na realidade, uma teocracia, e sua casta dominante, para manter sua posição, deve ser considerada infalível. [...] O totalitarismo requer, na realidade, a alteração constante do passado, e a longo prazo requer provavelmente a descrença na própria existência da verdade objetiva.

Orwell trata o totalitarismo como o precursor daquilo que hoje consideramos ser o relativismo pós-moderno. "Os simpatizantes do totalitarismo em nosso país tendem a argumentar que, uma vez que a verdade absoluta é inatingível, uma grande mentira não é pior do que uma pequena." Ele antecipa a distinção entre ciências físicas e história ou ciências sociais, que se desenvolveu na União Soviética. "Já existem muitas pessoas que considerariam escandaloso falsificar um manual científico, mas não veriam nada de errado na falsificação de um fato histórico" (*CEJL*, v. 4, pp. 85-6).[6]

---

6   Ed. bras.: *Como morrem os pobres e outros ensaios*. Seleção de textos de João Moreira Salles e Matinas Suzuki Jr. Org. de Matinas Suzuki Jr. Trad. de Pedro Maia Soares. São Paulo: Companhia das Letras, 2011, pp. 203-20. (N. E.)

238 — FORTUNA CRÍTICA

Em *A Fazenda dos Animais*, esse recurso à dissimulação vem acompanhado por lembretes de que, embora a vida sob o novo sistema possa ser dura, embora algumas promessas da Revolução ainda não tenham se cumprido, as coisas são melhores do que eram com Jones. Os animais pelo menos têm uma comunidade que podem considerar sua, realizações das quais podem se orgulhar como coletivo, e uma dignidade que lhes foi negada por muito tempo. Nas frequentes comemorações da Revolução: "Sentiam-se confortados ao lembrar que, no fim das contas, eles agora eram seus próprios patrões, e o trabalho que faziam era em benefício próprio". Assim "conseguiam esquecer que, ao menos uma parte do tempo, a barriga estava vazia" (p. 110). Às vezes, Orwell parece concordar com esse tom positivo. Usa a construção e reconstrução do moinho de vento para aludir à rápida industrialização da União Soviética, embora zombe de Napoleão por tomar para si todos os méritos, pois a ideia tinha partido de Bola de Neve. Com Guerreiro como o incansável motor do crescimento industrial, Orwell rende homenagem às realizações do proletariado russo, mesmo em condições de dominação totalitária e pavorosos erros de comando.

Mas, aos poucos, a posição de Orwell evolui. Guerreiro tem duas máximas. A primeira, "Vou trabalhar mais", repetida sempre que as coisas vão mal, é tomada do romance socialista *The Jungle* [A selva] (1906), de Upton Sinclair. Nesse livro, trabalhar mais não faz nenhum bem ao protagonista, visto que o sistema está montado contra ele; sua determinação quase sobre-humana o mantém ativo, mas também garante que logo fraquejará e será descartado. E a segunda máxima de Guerreiro, "O camarada Napoleão tem sempre razão", pertence à mentalidade de obediência à autoridade que sustenta o culto ao líder supremo e seu poder ditatorial. Todos os bichos receberam a promessa de que teriam uma aposentadoria benévola; disseram-lhes que, depois de toda uma vida de labuta e privação, seriam assistidos em seus anos finais. Mas, quando Guerreiro fraqueja e não consegue mais trabalhar, os porcos, por trás da usual cortina de fumaça de desinformação, despacham-no a um abatedouro, para que o velho cavalo seja cozido e transformado em cola, tal como o velho Major avisara que Jones faria. Não se trata só da passagem mais pungente do livro; é também a traição suprema, que revela que o regime dos porcos não é melhor que o sistema antigo. O elemento de compaixão da cena abrange não só Guerreiro, cuja fé singela na nova ordem permite que ela o explore e o descarte depois, mas também o operariado do mundo todo, cujas esperanças de um mundo melhor, apresentadas nos capítulos iniciais, tantas vezes resultaram em nada. Na última parte da narrativa, o círculo se fecha. Cada mandamento original é sistematicamente violado e então, na calada da noite, reformulado para adequar-se à violação. Os porcos se mudam para o solar, dormem em camas, passam a beber e usar roupas, começam a negociar acordos comerciais com seus adversários humanos e andam sobre as patas traseiras — tudo acompanhado por cerimoniosas profissões de fé na Revolução. Num dos muitos toques brilhantes de Orwell, e mesmo assim discretos, os porcos brindam aos lucros obtidos com o fim de Guerreiro, depois de derramarem lágrimas de crocodilo por seu triste destino e o incluírem no panteão dos santos revolucionários. Guincho se supera no lacrimoso relato dos últimos dias de Guerreiro e o próprio Napoleão lhe rende homenagem. Todas as expressões genuinamente populares da revolução agora foram eliminadas. Os porcos vetaram que se entoasse "Bichos da Inglaterra", visto que os objetivos da Rebelião tinham sido alcançados, e finalmente restauram o nome feudal da fazenda, Fazenda do Solar, ratificando o retorno ao velho sistema. Asseguram aos vizinhos que a república animal não é mais ameaça para ninguém. Às vezes, Orwell parece estar olhando não só para 1943, quando a Rússia e o Ocidente se reuniam em Teerã enquanto ele estava escrevendo, mas também para 1991, quando a União Soviética foi dissolvida, adotou o capitalismo predatório e cidades como Leningrado retomaram o nome pré-revolucionário.

Outra cena regada a bebidas marca bem a questão. Enquanto Napoleão e seus acólitos brindam aos vizinhos capitalistas, negando que alguma vez tivessem tido qualquer objetivo revolucionário, "ninguém reparou no rosto perplexo dos animais do lado de fora da janela" (p. 123). O correlato britânico de Napoleão, cumprimentando os porcos por manterem as castas inferiores sob controle, faz o seguinte brinde: "'Se vocês têm que lidar com os seus animais inferiores, nós temos que lidar com as nossas classes inferiores!'" (p. 124). Não só a desigualdade e a hierarquia são restauradas na Fazenda dos Animais, mas é exatamente a mesma hierarquia que os socialistas haviam contestado nos Estados capitalistas. "O problema dos trabalhadores não era o mesmo em toda parte?" (p. 124). A revolução se demonstrou uma mera troca de guarda; os animais ganharam o direito de ser oprimidos pelos seus. Como disse um precoce radical, William Blake, em seu poema "O monge cinza": "A mão da Vingança encontrou o leito/ Em que o Tirano Púrpura fora se refugiar;/ A mão férrea golpeou o Tirano no peito/ e se tornou Tirana em seu lugar".[7]

Embora Orwell tenha escrito *A Fazenda dos Animais* numa época em que se desencorajava vivamente no Ocidente qualquer crítica a nosso aliado soviético, quando até Hollywood produzia uma série de filmes pró-soviéticos, como *Estrela do Norte* e *Missão em Moscou*, ele admitia que, na época em que o livro saísse, os aliados talvez já tivessem se afastado. Viu que isso já estava acontecendo em Teerã. As ilusões do Ocidente em relação a Stálin logo poderiam se desfazer. Mas o difícil de imaginar era que seu livro seria explorado a serviço da Guerra Fria. No começo dos anos 1950, a CIA até ajudou a financiar o filme *A Fazenda dos Animais* em desenho animado, que eliminava vários personagens e dava um final feliz à fábula de Orwell — nele, os animais se rebelam contra seus novos senhores.[8]

O ponto fraco da história de Orwell não era a facilidade com que podia ser distorcida, e sim o fato de ser escrita como alegoria. Como William Empson relembrou a Orwell, era uma forma que, quando bem-feita, estava aberta às mais variadas interpretações e podia assumir significados próprios. Em vista da ênfase de Orwell

---

7 *"The hand of Vengeance found the bed/ To which the Purple Tyrant fled;/ The iron hand crush'd the Tyrant's head/ And became a Tyrant in his stead."* (N. T.)

8 Direção de John Halas e Joy Batchelor. Reino Unido/ Estados Unidos, 1954, 72 min. (N. E.)

no uso de uma linguagem simples e direta, é uma ironia que suas duas obras de maior influência fossem construídas sobre metáforas elaboradas — o exagero futurista num caso, a alegoria de tipo infantil no outro. Empson comentou com Orwell que seu filho Julian, "o garoto *tory*", adorou o livro; lera-o com entusiasmo como "veemente propaganda *tory*", o que não era propriamente a intenção do autor. "É uma forma que intrinsecamente significa mais do que o autor pretende, quando é manejada com habilidade suficiente."[9] Como *Mil novecentos e oitenta e quatro*, *A Fazenda dos Animais* é um romance de tese cuja tese tem sido reivindicada por várias escolas de pensamento, ainda que sua mensagem básica seja clara. Se uma parte da crítica de Orwell ao totalitarismo investe contra o uso totalitário da propaganda, *A Fazenda dos Animais* pode ser vista como contrapropaganda, feita em nome não do poder, mas da decência e da verdade. Ela mostra que um idealismo inicial pode se converter em exploração e que as pessoas comuns podem perder a liberdade aos poucos, passo a passo. A União Soviética agora pertence à história, mas suas técnicas para concentrar o poder e canalizar a vontade popular só terão se refinado ainda mais. *A Fazenda dos Animais* faz parte de uma literatura de debate, uma literatura engajada que pretende dar uma contribuição ao mundo e que, mesmo depois de desaparecido o sistema que lhe deu origem, continua a ressoar por muito tempo.

———

MORRIS DICKSTEIN nasceu em Nova York, em 1940. Professor, crítico e historiador da cultura, escreveu para *New York Times Book Review, Times Literary Supplement, Bookforum, The Nation*, entre outras publicações. É autor de *Dancing in the Dark*, uma história cultural da Grande Depressão, *Gates of Eden*, sobre os anos 1960, *Leopards in the Temple*, uma história social da ficção norte-americana do pós-Guerra, além do volume de memórias *Why Not Say What Happened*.

<u>9</u> Citado em Bernard Crick, *Orwell: A Life*, pp. 491-2.

"POSIÇÃO POLÍTICA"

ALEX WOLOCH

Publicado originalmente em
*Or Orwell: Writing and Democratic
Socialism*. Cambridge, Massachusetts/
Londres: Harvard University Press, 2016

I

Esta leitura de Orwell insiste que suas ambiguidades e complexidades (que não são poucas) podem ser resultantes da decisão de abraçar, e não de evitar, a ação. Sua escrita se desenrola na trilha de uma crise ideológica — a crise da capacidade de ação da esquerda —, precisamente porque tem um profundo compromisso, que se manifesta tanto por vias óbvias como por vias sutis, com a ação. Antes de concluir esta introdução, quero apresentar outro exemplo dessa dimensão mais constante e direta da prosa de Orwell. Penso em dois momentos de sua escrita, em que ele invoca a "posição política" específica que ocupa: os homens só podem ser felizes quando não supõem que o objetivo da vida é a felicidade...

> Há uma inclinação hedonista muito marcante
> em seus escritos, e seu fracasso em adotar uma

posição política após romper com o stalinismo é resultado disso. ("Arthur Koestler")[1]

Neste prefácio, o mais provável é que esperem que eu conte alguma coisa sobre a origem de *A Fazenda dos Animais*, mas primeiro queria falar um pouco sobre mim e sobre as experiências através das quais cheguei à minha posição política. (Prefácio do autor à edição ucraniana de *A Fazenda dos Animais* [1947])[2]

Essas duas passagens me interessam devido ao duplo uso da expressão "posição política" — a qual Orwell diz que Koestler é "incapaz de encontrar" e que ele próprio precisa alcançar para escrever *A Fazenda dos Animais*. Ambas as passagens ressaltam a relação ativa e, portanto, contingente do escritor com a política. No prefácio ucraniano, Orwell se apresenta como "pró-socialista", como integrante do "movimento socialista ocidental" e como escritor que busca um "ressurgimento do movimento socialista". Analogamente, situa a si mesmo e seu projeto de escrever contra a União Soviética porque ela não se assemelha a "algo que se pudesse chamar de socialismo", mas, pelo contrário, "tanto contribuiu para a corrupção da ideia original de socialismo". Da mesma forma, no ensaio "Arthur Koestler", Orwell traça uma associação muito precisa entre o "fracasso [de Koestler] em adotar uma posição política após romper com o stalinismo" e seu abandono do socialismo (e não meramente um abandono da política em termos mais gerais).[3] Nos dois casos, portanto, a natureza da posição po-

---

1 Ed. bras.: "Arthur Koestler", in: *O que é fascismo?: E outros ensaios*. Org. e pref. de Sérgio Augusto. Trad. de Paulo Geiger. São Paulo: Companhia das Letras, 2017, p. 115. (N. E.)

2 Ver p. 24 deste volume e *A revolução dos bichos*. Trad. de Heitor Aquino Ferreira. São Paulo: Companhia das Letras, 2007. (N. E.)

3 Ao mesmo tempo — o que, de novo, não surpreende —, os dois textos constituem um posicionamento. (cont. na próxima página)

lítica de Orwell (agora intimamente ligada à atividade de escritor) guarda um vínculo explícito com o socialismo. O interesse dessas duas passagens vai além de servirem como demonstração adicional da política socialista de Orwell. Por um lado, o trecho de "Arthur Koestler" mostra como é fácil *abandonar* o socialismo — ou abandonar a posição que o próprio Orwell ocupa. Por outro lado, o excerto do prefácio ucraniano eleva essa perspectiva socialista a uma fonte privilegiada da escrita. Essa prioridade da política é surpreendente por ser tão explícita: em termos simples, é preciso "chegar" a um conjunto de engajamen-

---

A insistência de Orwell em seu socialismo, no prefácio ucraniano, contrasta com sua ênfase, no prefácio não publicado à edição britânica de *A Fazenda dos Animais* (com o título de "A liberdade de imprensa" [ed. bras.: in *A revolução dos bichos*, op. cit.], sobre as formas de censura e autocensura na Inglaterra. Dirigindo-se a um público britânico de esquerda, Orwell sente-se menos propenso a frisar seu próprio socialismo; dirigindo-se a refugiados políticos da União Soviética, Orwell faz questão de diferenciar sua crítica a Stálin e o socialismo democrático ao qual se filia explicitamente. E o gesto de posicionar-se, como abordarei mais à frente, tem um papel ainda mais central em "Arthur Koestler". O prefácio britânico não publicado se concentra nas várias maneiras de restringir ou tolher a liberdade de expressão: por intervenção direta do governo (como a "censura oficial" durante a guerra); por "grupos de pressão" (seus exemplos são o *Catholic Herald* e o *Daily Worker*); por elites econômicas (a imprensa britânica, "quase toda controlada por homens ricos que têm todos os motivos para se mostrar desonestos em relação a certas questões fundamentais"); e, que é o que realmente o interessa, por ortodoxias não oficiais que são aceitas e interiorizadas voluntariamente, mas não de forma consciente, e as heterodoxias resultantes que "não [são] propriamente proibid[as]" mas que na prática são excluídas. "O pior da censura literária na Inglaterra é que em grande parte ela é voluntária." Orwell não emprega a palavra "socialismo" nesse prefácio (ao contrário do prefácio ucraniano, em que afirma explicitamente que é "pró-socialista"), mas realmente indica sua "posição política" de várias maneiras. (cont. na próxima página)

246 — FORTUNA CRÍTICA

tos políticos extratextuais antes que essa obra literária possa "se originar". A posição política, aqui, é uma fonte ou causa fundamental da escrita. No entanto, na mesma frase — como o leitor talvez já tenha notado —, Orwell também apresenta essa causa textual (isto é, a causa do texto, a causa de *A Fazenda dos Animais*) como um efeito. *A Fazenda dos Animais* podia originar-se e, assim, fundar-se na "posição política" de Orwell, mas essa política, por sua vez, está fundada numa sequência anterior de "experiências" de Orwell. Essa é a dupla faceta que se oculta no comentário aparentemente simples e direto de Orwell. Lendo o trecho, poderíamos reordenar esses três fenômenos numa sequência coerente: escrever (*A Fazenda dos Animais*); antes de escrever, a política (as concepções socialistas de Orwell); antes da política, a experiência (a série de experiências que então o prefácio passa a resumir). Mas a obra de Orwell, diria eu, não aceita esse procedimento tão linear. Pelo contrário, o que surpreende nesse excerto é a desorientação criada por essa dupla faceta, a sensação de uma causa que se transforma em efeito (e vice-versa). Desse ponto de vista, o trecho opera dando e, ao mesmo tempo, tirando. Ele nos dá a sólida ideia da "posição política" de Orwell, que está por trás do texto que gostaria de apresentar, mas, ao mesmo tempo, torna-a dependente de uma extensa sequência de experiências.

Assim, numa passagem fundamental, Orwell deixa claro que aquilo que considera ortodoxia universal — "qualquer crítica séria ao regime dos sovietes [...] são coisas praticamente impublicáveis" — apresenta uma exceção importante: "Já naquela época, a crítica do regime soviético *a partir da esquerda* só conseguia se fazer ouvir com muita dificuldade" (grifo de Orwell). (É evidente o desdém de Orwell pela crítica de direita à União Soviética. Ele faz uma distinção semelhante em sua "Carta de Londres", de agosto de 1945, afirmando que o Partido Trabalhista está "envolvido, ao passo que os *tories* não, na luta ideológica entre a concepção oriental e a concepção ocidental do socialismo, e se eles resolverem defender a Rússia, a opinião pública lhes dará apoio, ao passo que os motivos dos *tories* para se opor à Rússia sempre foram objeto de justa suspeita").

Espero que esteja claro que, em minha leitura, essa dupla faceta não diminui a integridade nem a importância da "posição política" como categoria, mas, pelo contrário, faz parte do esforço de Orwell em definir e empregar essa categoria como algo que não se reduz a mero conceito ideacional. Avançando na leitura do prefácio de Orwell à edição ucraniana, logo surgem mais emaranhamentos entre causa e efeito. Acima de tudo, as "experiências" privilegiadas que Orwell então passa a narrar estão ligadas a seus próprios textos anteriores, complicando ainda mais qualquer prioridade temporal da experiência em relação à escrita. Seguem-se alguns excertos:

Nasci na Índia em 1903. [...] Pouco depois de me formar (ainda não completara vinte anos) fui para a Birmânia e me alistei na Polícia Imperial da Índia. [...] Lá servi cinco anos. Não gostei daquilo, que me fez detestar o imperialismo [...].

Entre 1928 e 1929, vivi em Paris, escrevendo contos e romances que ninguém publicaria (destruí todos de lá para cá). Nos anos seguintes, vivi praticamente da mão para a boca, e passei fome em várias ocasiões. Foi só a partir de 1934 que consegui começar a viver do que ganho com meus escritos. Entrementes, cheguei a passar meses a fio em meio aos elementos pobres e semicriminosos que vivem nas piores partes dos bairros mais pobres, ou moram nas ruas, mendigando e roubando. Naquela época me associei a eles devido à falta de dinheiro; mais tarde, porém, seu modo de vida me interessou muito pelo que representava.

Passei muitos meses (mais sistematicamente, dessa vez) estudando as condições de vida dos mineiros do norte da Inglaterra. Até 1930 eu não me considerava totalmente socialista. [...]

248 — FORTUNA CRÍTICA

Tornei-me pró-socialista mais por desgosto com a maneira como os setores mais pobres dos trabalhadores industriais eram oprimidos e negligenciados do que devido a qualquer admiração teórica por uma sociedade planificada. Casei-me em 1936. Praticamente na mesma semana irrompeu a Guerra Civil Espanhola. [...] Devido a uma série de acidentes, entrei não para as Brigadas Internacionais, como a maioria dos estrangeiros, mas para a milícia do POUM [...].

Aqui se reúnem muitos elementos. Quando Orwell escreve: "Entrementes, cheguei a passar meses a fio em meio aos elementos pobres e semicriminosos", o leitor informado há de associar imediatamente essa declaração tanto ao tema como ao texto ou composição de *Na pior em Paris e Londres*. E quando escreve: " Passei muitos meses (mais sistematicamente, dessa vez) estudando as condições de vida dos mineiros do norte da Inglaterra", é fácil relacionar com *O caminho para Wigan Pier*.[4] Desse modo, as "experiências" que precedem a redação de *A Fazenda dos Animais* — ou, mais precisamente, que precedem a "posição política" que precede e motiva *A Fazenda dos Animais* — se mostram largamente constituídas pela atividade de escrever. (Essa recorrência da escrita é importante devido ao peso que o presente comentário atribui à experiência como base *para* a convicção política, a qual, por sua vez, é apresentada como base para a escrita. A escrita está no

4 Essa associação com *Wigan Pier* já é complicada. A Parte 2 de *Wigan Pier* inclui uma extensa digressão autobiográfica que se demora algum tempo comentando a composição de *Na pior*. A associação com *Homenagem à Catalunha* é igualmente evidente, mas as referências a Burma, recuando até a "Nasci na Índia em 1903", também estão presentes nos textos de 1930: "Um enforcamento", "O abate de um elefante" e a Parte 2 de *Wigan Pier*. [Os dois primeiros textos estão no volume *Dentro da baleia e outros ensaios*. Org. de Daniel Piza. Trad. de José Antônio Arantes. São Paulo: Companhia das Letras, 2005.]

término de uma cadeia causal, mas também se inclui dentro dessa mesma cadeia.) Como ocorre com grande frequência em Orwell, a experiência e a reflexão, portanto, estão intimamente entrelaçadas — assim como o posicionamento político que move *A Fazenda dos Animais* se equilibra ao mesmo tempo entre condição de causa e condição de efeito e, desse modo, entre força conceitual interior e exterioridade. Ter uma posição política é uma questão complicada — e não só em termos de destilar os valores que a orientam.

Até aqui, destaquei três coisas no prefácio ucraniano: Orwell associa explicitamente sua "posição política" ao socialismo; aponta a prioridade da política sobre o texto; e complexifica esse senso de prioridade ao insistir em sua posição como causa (da escrita) *e* efeito (da experiência). Tal como em minha leitura anterior de outras passagens de Orwell — o "programa de seis pontos" e o comentário sobre "cada linha de trabalho sério" —, quero avaliar como essas complexificações, aqui, mais destilam do que meramente diluem a veemente declaração de engajamento político. Em outras palavras, Orwell entende o fato de fazer tal declaração como um gesto ou uma ação — com uma significação reverberante e, portanto, incompleta. Apresentar uma posição política tem um significado que vai além do conteúdo ideológico da posição. (Por quê? Porque a ação de "apresentar" a posição é, em si mesma, um processo atravessado por esse conteúdo ideológico.)

Em vez de desconsiderar ou tomar a declaração de Orwell como algo evidente (em sua própria explicitude), ou de nos deter apenas nos contornos ideológicos exatos da posição declarada por Orwell, podemos enfocar a expressão como um ponto central do texto. O que, então, Orwell entende por "posição política"? Só podemos ter, por definição, uma (isto é, uma única) "posição política" — que é constituída pela totalidade intencional de nossa política. Há pouca relação entre a adoção de um posicionamento específico num assunto político isolado e esse sentido mais abrangente de "posição".

Para Orwell, pelo contrário, a posição política é um término, um ponto de chegada que une todas as convicções e filiações políticas da pessoa — todos aqueles posicionamentos — numa unidade coerente e suficiente. É assim que Orwell entende o socialismo democrático. Se tal totalidade coerente é ilusória, também é ilusório o próprio termo "posição"; esse é o primeiro ponto fundamental que quero frisar. Entretanto, e de modo igualmente inevitável, nossa "posição política" se forma em relação a outras posições distintas que atuam no mundo político. Uma posição política é, por definição, contestada. Estruturalmente, ela só pode surgir, *apesar* de sua pretendida coerência, em oposição e, portanto, junto com outras posições contrastantes. Isso confere à expressão um sentido especificamente ativo: cultivar uma posição política — à diferença de um conjunto de valores políticos tout court — é enfrentar sua relativa ineficácia. Qualquer "posição" que fosse *plenamente* eficaz — aceita por todos, concretizada ou vitoriosa — deixaria, nessa sua eficácia, de ser uma posição. Esse é o segundo ponto central. Se uma "posição política" não é total, deixa de ser uma posição. Se ela se concretiza completamente, deixa de ser uma posição. Essas duas pressões limitantes são essenciais para a acepção de política socialista de Orwell. Aqui, nessa dupla condição, a política está sob uma forma de tensão máxima — mas não negada nem refutada. Se entendemos "posição política" dessa maneira — como sendo, ao mesmo tempo, (deliberadamente) coerente e autodestrutiva —, podemos ver como a expressão ressoa com os engajamentos e entrelaçamentos próprios de Orwell como escritor.

A escrita de Orwell gira em torno da misteriosa mescla de imediatismo e mediação, premência e adiamento, reflexão e imersão. Essas tensões, penso eu, também são imanentes ao envolvimento engajado de Orwell com essa categoria política de "posição". A "posição política", como essa acepção da escrita como "parábola", que venho ressaltando, é fundamentalmente dividida. Por sua própria natureza, ela não é segura, autônoma nem autossuficiente, mas tampouco, perante essa contingência, podemos entendê-la como, ao fim e ao cabo, fragmentada pelas pressões externas. (Mais uma vez, uma "posição política", tal como a entende Orwell, se coloca *necessariamente* como uma posição unificada: o "socialismo" está sempre no singular.)

II

O prefácio de Orwell a *A Fazenda dos Animais* sugere a importância estética de ter uma "posição política" (naquela afirmação da prioridade radical da política sobre o texto). A discussão com Koestler ressalta a dificuldade em mantê-la. O ensaio que Orwell escreveu em 1944 tem como foco um aliado literário-político e, por isso, a crítica a Koestler adquire maior significação. Uma maneira de ressaltar essa significação é a recorrência desse termo ao longo de "Arthur Koestler" e do prefácio ucraniano. Com efeito, "Arthur Koestler" se aproxima de muitos outros textos orwellianos, ultrapassando os limites próprios e usuais do gênero de resenha crítica. Está imbricado em sua prolífica escrita propulsora. Essa faceta do texto que excede a si mesmo — como exercício de uma escrita impulsiva e, portanto, de gênero indefinido — está registrada rapidamente dentro do próprio texto, na discussão inicial de Orwell sobre "a escrita política, ou panfletária" como modalidade que transcende ou transgride o gênero. Orwell situa a escrita de Koestler nesse arcabouço mais geral, como parte de uma "classe especial de literatura" definida, ironicamente, pela maneira como rompe as classificações típicas que costumamos aplicar à literatura:

> Refiro-me com isso à classe especial de literatura
> que surgiu da luta política europeia a partir
> do advento do fascismo. Sob essa rubrica,
> podem-se agrupar romances, autobiografias,
> livros de "reportagem", tratados sociológicos e
> simples panfletos, todos eles com uma origem
> comum e em grande medida com a mesma
> atmosfera emocional.

É difícil ignorar as implicações autorreflexivas desse amplo comentário, visto que as categorias formais que Orwell invoca e reúne nessa passagem estão muito claramente relacionadas, mesmo que não sejam exatamente coincidentes, com sua própria escrita transitando entre os gêneros. Esse efeito de ressonância é importante. A discussão orwelliana da escrita koestleriana também é um ato de escrita — com seu ambicioso status de gênero incerto —, mesmo que o exame da posição política (ao fim fracassada) de Koestler também faça parte de sua contínua formulação de um posicionamento político ativo. Essas duas características seguem juntas, visto que a instabilidade formal da resenha crítica de Orwell se amplifica, pois ele questiona de modo enérgico uma posição política que coincide em larga medida com a sua própria. É o grau de proximidade entre Orwell e Koestler que confere maior significação e premência à sua crítica polêmica de Koestler. Como há mais elementos em jogo no texto — devido a essa combinação instável entre proximidade e distância política —, isso ajuda a gerar, por sua vez, sua volatilidade em termos de gênero, como tantas vezes ocorre na obra de Orwell, e assim o texto escapa a uma delimitação como crítica ou ensaio. Eis outro fragmento intertextual que emerge do ensaio sobre Koestler: se Orwell alega, como vimos, que "todo livro é um fracasso" em "Por que escrevo" (logo antes de defender a "boa prosa [...] como uma vidraça"), em "Arthur Koestler" ele afirma: "Todas as revoluções são fracassos, mas não são todas o mesmo fracasso". Pondo lado a lado esses dois comentários resumidos, temos uma estranha equivalência entre toda escrita (ou, pelo menos, todos os "livros") e todas as revoluções. A equivalência assim revelada intensifica de maneira evidente uma sensação de pessimismo de Orwell, ao inscrever o fracasso nesses dois registros diferentes — exceto pela sugestão implícita de que revolução e escrita são uma única e mesma coisa (e que Orwell, indivíduo de incontestável compromisso com a escrita, tem também, por uma espécie de lógica transitiva, compromisso com a revolução ou com o desejo revolucionário). Essa combinação entre pessimismo e esperança é importante e na verdade ressalta como a própria intertextualidade opera nos escritos de Orwell (inclusive esse mesmo papel duplo do "fracasso" entre "Arthur Koestler" e "Por que escrevo"). Como vimos, a prolífica rede de textos orwellianos, com seu trânsito incessante entre os gêneros, põe em cena um jogo vívido e instável entre processo e sentido, entre forma e ideia, entre o que é um texto e "sobre" o que é um texto. Nesse jogo, esperança e pessimismo estão inseridos no procedimento formal básico da obra de Orwell. (Em outras palavras: o estilo simples e despojado sempre expressa a esperança de que uma ideia se mostre de forma direta, plenamente materializada num evento particular e específico da escrita. Mas a obra prodigiosa de Orwell, com sua constante variação formal, reúne num movimento abrangente todos esses momentos materializados num campo textual muito maior e, portanto, menos finalizado.) Isso se aplica em especial ao ensaio sobre Arthur Koestler, devido à sua posição ambivalente sobre o objeto. Koestler é, ao mesmo tempo, o foco da divergência polêmica de Orwell e uma figura com proximidade e filiação política semelhante. Apesar da proximidade entre ambos, Orwell critica Koestler pela incapacidade de encontrar (contra sua própria ambição de "chegar a") uma "posição política" (isto é, o socialismo). Mas essa incapacidade de Koestler afeta de perto o próprio Orwell. Com efeito, para ele, ter uma posição política não é apenas estar engajado, mas sim, precisamente, estar em risco — estar sujeito a abandoná-la. A grande inovação de Orwell é esse senso ativo, vulnerável, de manter uma posição política, não como mero processo ideacional, mas como processo vivencial dinâmico, quase como uma forma de intimidade em que o apego está paradoxalmente ligado à fragilidade, um engajamento com a volatilidade.[5]

---

5 Essa introdução trata a política de Orwell em relação não só à ideologia, mas também ao desejo. A ideologia política pode ser alimentada pelo desejo político, mas nunca pode explicá-lo por completo. Quanto a esse sentido de excesso do desejo político, ver também *O caminho para Wigan Pier* [ed. bras.: Trad. de Isa Mara Lando. São Paulo: Companhia das Letras, 2010], quando Orwell comenta como se formou seu ódio pelo imperialismo em Burma: "Por toda a Índia há ingleses que odeiam secretamente o sistema de que fazem parte; e apenas uma vez ou outra, quando têm plena certeza de estar na companhia da pessoa certa, deixam transparecer sua amargura oculta". Essa passagem reúne eventualidade ("uma vez ou outra") e excesso (a amargura que se deixa transparecer, que transborda), e logo passa para uma descrição mais explícita da intimidade política: da política como intimidade, e da intimidade por meio da política... (cont. na próxima página)

254 — FORTUNA CRÍTICA

Essa vulnerabilidade, como venho sustentando, também tem uma causa específica: a ineficácia política. Esse ponto é fundamental. Embora a atitude de Orwell em relação à "posição política" tenha uma dimensão incessantemente interior (daí a forte corrente autobiográfica que percorre todos os seus escritos), ela não é quietista. Pelo contrário, Orwell considera a "posição política" apenas em sentido ativo. Diz, por exemplo, em "Arthur Koestler": "as ações levam a resultados, independentemente de suas motivações". (Refere-se, mais uma vez, especificamente ao socialismo; aqui, Orwell está se contrapondo ao que entende ser o diagnósti-

---

Orwell prossegue: "Lembro-me de uma noite que passei em um trem com um funcionário do Serviço de Educação, um estranho cujo nome nunca descobri. Fazia calor demais para dormir, e passamos a noite conversando. Meia hora de perguntas cautelosas fez cada um concluir que o outro não oferecia perigo; e então durante horas, enquanto o trem sacudia, avançando devagar pela noite negra como breu [...] nós dois amaldiçoamos o Império Britânico — e o amaldiçoamos a partir de dentro, com inteligência e intimidade. [...] quando o trem foi se arrastando devagar até entrar em Mandalay, nos despedimos com tanta culpa como se fôssemos um casal adúltero". Como em toda a obra de Orwell, essa passagem mostra explicitamente a natureza afetiva do engajamento político. E também antecipa a relação furtiva e ilícita de Winston e Julia em *Mil novecentos e oitenta e quatro*. A ênfase de Orwell nessa intimidade com um outro que se mantém como estranho ("cujo nome nunca descobri") também é similar a seu foco sobre a breve mas "total intimidade" com o miliciano italiano no começo de *Homenagem à Catalunha* [ed. bras.: *Lutando na Espanha: Homenagem à Catalunha, Recordando a Guerra Civil Espanhola e outros escritos*. Trad. de Ana Helena Souza. São Paulo: Editora Globo, 2006]. Aqui também essa intimidade se funda na contingência (poderíamos até pensar no oximoro "sacudia [...] devagar" do trem em *Wigan Pier*): "[...] mas também sabia que para conservar minha primeira impressão a seu respeito seria preciso não vê-lo pela segunda vez, sendo desnecessário dizer que foi exatamente isso o que aconteceu. Sempre se estava fazendo tais tipos de contato e conhecimentos na Espanha".

ALEX WOLOCH — 255

co explicitamente psicológico de Koestler sobre o engajamento de esquerda.) A política é vivenciada interiormente, mas a categoria que lhe serve de premissa é a ação. E a relação do ativista com a escrita parte da premência e da impaciência. Como escreve Orwell em 1937: "Não é possível para nenhum ser pensante viver numa sociedade como a nossa sem desejar mudá-la". Esse comentário, em "Why I Join the ILP" [Por que faço parte do Partido Trabalhista Independente], vincula pensamento e desejo (isto é, "pensante" e "desejar"). Refletir, em sentido político, é assumir um papel desejante. Esse desejo de mudança, embora natural e até equivalente ao pensamento como tal, não consegue se saciar facilmente. "Faz talvez uns dez anos", continua Orwell logo a seguir no texto de 1937, "que passei a ter alguma noção da natureza real da sociedade capitalista." Esse longo período aqui indicado por Orwell marca não só a natureza mais ampla e, assim, mais concreta de sua oposição ao capitalismo, mas *também* a natureza mais ampla e, assim, mais insatisfeita de seu desejo. Esse desejo político insatisfeito — agora estendendo-se por mais oito anos, ao entrar em 1946 — constitui também uma chave para o ensaio sobre Koestler.

A Revolução Russa, evento central na vida de Koestler, começou com grandes esperanças. Hoje nos esquecemos disso, mas um quarto de século atrás esperava-se confiantemente que a Revolução Russa levaria à utopia. É óbvio que não aconteceu.[6]

O "fracasso" da Revolução Russa, na perspectiva de Orwell, está inserido no fracasso mais abrangente do desejo político em se concretizar.

6 Ou, mais uma vez, em "Escritores e Leviatã": "Na memória de pessoas ainda vivas, as forças da esquerda em todos os países lutavam contra uma tirania que aparentava ser invencível, e era fácil supor que, se ao menos esta tirania específica — o capitalismo — pudesse ser derrubada, o socialismo seria a consequência". In: *Dentro da baleia e outros ensaios*, op. cit.

256 — FORTUNA CRÍTICA

Orwell é um crítico impiedoso quanto ao potencial do pensamento (nascido do desejo de mudança política) em superar ou solucionar internamente esse fracasso. O desejo dá asas ao pensamento, mas, embora todo "ser pensante" deseje a mudança, corre-se risco constante de o pensamento conferir a si mesmo excessiva realidade, confundindo sua atividade mental com o objeto sobre o qual reflete, e não simplesmente substituindo a realidade por ideais, mas detonando a delongada temporalidade concreta em que se dá a ação política.[7] "Só existe uma maneira de evitar pensamentos" — assim Orwell inicia uma crítica de 1937 aos ensaios reacionários de Ortega y Gasset sobre a Espanha, e prossegue —: "é pensar profundamente demais". Pode-se tomar isso como um paradoxo fácil, um malabarismo retórico, um *non sequitur* lógico ou um exemplo do anti-intelectualismo reflexivo de Orwell.[8] Quanto a mim, tomo como uma ideia dotada de sentido, uma ideia sobre o próprio pensar. Orwell quer colocar um princípio de autoperturbação na atividade central do pensamento. A resenha sobre Ortega y Gasset se chama "The Lure of Pro-

7 Podemos comparar esse senso de temporalidade adiada — o tempo da política democrática enquanto tal — com a polêmica de Orwell em "Lear, Tolstói e o bobo". Nesse ensaio, Orwell critica em Tolstói um desejo de escapar à distensão da história, motivado (ou justificado) pela religião: "Se ao menos, diz Tolstoi na verdade, parássemos de procriar, lutar, porfiar e desfrutar, se pudéssemos nos livrar não só dos pecados mas também de tudo o mais que nos prende à superfície da Terra — inclusive o amor, no sentido comum de zelar mais por um ser humano do que por outro —, então todo o processo doloroso estaria terminado, e o reino dos céus chegaria" (in: *Dentro da baleia*). Orwell associa explicitamente essa resistência ao tempo com uma vontade de poder ironicamente não democrática, que está implícita em qualquer "doutrina [como o pacifismo ou o anarquismo] que aparenta ser livre da sordidez corrente da política".

8 Para uma crítica polêmica ao anti-intelectualismo de Orwell, ver Stefan Collini, "Other People: George Orwell", em *Absent Minds: Intellectuals in Britain* (Oxford: Oxford University Press, 2006, pp. 350-74).

fundity" [A atração da profundidade], e é essa "atração" — gerada pelo ímpeto e pela textura sedutora *do* pensamento — que Orwell quer estigmatizar. (Nesse ensaio, Orwell cria um paralelo significativo entre esse ímpeto e a insistência de Ortega em fugir do "problema central na Espanha [...] o contraste assustador entre riqueza e pobreza".)

Já vimos alguns exemplos que mostram como o processo de pensamento surge e ganha primeiro plano na obra de Orwell. O pensamento é necessário para a escrita *e* é continuamente ameaçado por ela: esse seu duplo sentido é uma chave para o entendimento da obra de Orwell. O contraste entre o "ser pensante", em "Why I Join the ILP", e "*evitar* pensamentos" "pensa[ndo] profundamente demais", em "The Lure of Profundity", ecoa a ênfase de Orwell em *O caminho para Wigan Pier* sobre as coisas (enganosamente evidentes) que "a gente pensa" — e, portanto, as coisas que a gente pode "deixar passar despercebidas" ou "não pensa" — quando "se pensa em uma mina de carvão". O calado verbo "*pensar*" está próximo do cerne da atividade escrita de Orwell, e também próximo do cerne de sua concepção *sobre* a escrita. A palavra "*pensamento*" aparece em vários títulos — "Alguns pensamentos sobre o sapo comum",[9] "Second Thoughts on James Burnham" [Pensamentos adicionais sobre James Burnham] — e o impulso central dessas expressões, que é dividir o foco entre processo e objeto, entre meios e fins, também se repete em outros títulos: "Reflexões sobre Gandhi",[10] "Notes on Nationalism" [Notas sobre o nacionalismo]", "Recordando a Guerra Civil Espanhola".[11] De fato, o duplo gesto desses cinco títulos mostra bem como Orwell emprega e ao mesmo tempo rompe o estilo claro e direto. Esses títulos sem dúvida mostram o ideal de um foco ou tema *inequívoco*: muito simplesmente "James Burnham", "Gandhi", "nacionalismo", "a Guerra Civil Espanhola" ou "o sapo comum". Ao mesmo tempo, como talvez seja mais fácil de ver no último exemplo

---

9 In: *Como morrem os pobres e outros ensaios*, op. cit. (N. E.)

10 In: *Dentro da baleia e outros ensaios*, op. cit. (N. E.)

11 In: *Lutando na Espanha*, op. cit. (N. E.)

("Alguns pensamentos sobre o sapo comum"), cada um desses temas está parcialmente deslocado no título. Os "pensamentos" em primeiro plano flutuam soltos de seu objeto, levemente avulsos, cômicos, extravagantes. Essa dissonância excêntrica e discreta se transfere a textos menos otimistas, como "Notas sobre o nacionalismo", em que o caráter provisório do pensamento de Orwell é parte fundamental do que é pensado. Em cada caso — seja pelo "pensamento", pela "reflexão", pelas "notas" ou "recordando" —, esses títulos, embora explícitos, são fundamentalmente divididos: metade visão, metade janela; metade tema, metade processo. Neste texto, quero reconectar essa incompletude do pensamento ao contexto político da ação, à premência e à (relativa) ineficácia que venho ressaltando. Há um senso de ineficácia no cerne do engajamento de Orwell com o que ele considera ser um socialismo especificamente *democrático*. Em termos simples, podemos entender essa ineficácia residual como parte integrante da resistência orwelliana a qualquer forma complacente de projeção ideológica. Tal projeção sempre corre o risco de apagar a dificuldade e a imprevisibilidade da materialização política em bases democráticas. A escrita de Orwell traz essa tensão para o núcleo do próprio pensamento. Como vimos, o pensamento, que pode inadvertidamente dissolver o pensar (em "The Lure of Profundity"), por se estender com demasiada confiança, não se dissocia facilmente de um pensamento que é intrínseco ao desejo político (em "Why I Join the ILP"). [...] fazer com que a vida seja vivível é um problema muito maior do que parecia ser até algum tempo atrás", escreve Orwell em "Arthur Koestler". Como o contexto mais amplo evidencia, esse "problema" aumentou, segundo Orwell, não só porque as condições sociais pioraram, mas porque a *modalidade de mudança* está mais ameaçada e é menos segura em termos teleológicos.

> Pouco tempo atrás ele descreveu a si mesmo como um "pessimista no curto prazo". Todo tipo de horror está soprando no horizonte, mas de algum modo tudo dará certo no fim. Essa perspectiva está provavelmente ganhando terreno entre

aqueles capazes de reflexões: ela resulta da grande dificuldade, após se ter abandonado uma crença religiosa ortodoxa, de aceitar a vida na terra como inerentemente miserável, e, por outro lado, da percepção de que fazer com que a vida seja vivível é um problema muito maior do que parecia ser até algum tempo atrás. Desde cerca de 1930 o mundo não deu motivo a nenhum tipo de otimismo.

Não se tem nada à vista a não ser uma profusão de mentiras, ódio, crueldade e ignorância, e além de nossas agruras atuais avultam outras ainda maiores que só agora estão entrando na consciência europeia. É bem possível que os principais problemas do homem *nunca* sejam resolvidos. Mas isso também é impensável! Quem ousaria olhar o mundo de hoje e dizer a si mesmo: "Será sempre assim: mesmo em um milhão de anos não poderá ser visivelmente melhor?". E desse modo chega-se à crença quase mística de que por enquanto não há remédio, toda ação política será inútil, mas em algum lugar do espaço e no tempo a vida humana dexará de ser essa miserável coisa bestial que é agora.

"Desde cerca de 1930", escreve Orwell. Vimos que, no prefácio ucraniano, ele sugere essa mesma data como a origem de sua posição socialista pessoal. ("Até 1930 eu não me considerava totalmente socialista".) Aqui, pelo contrário, 1930 marca o declínio da Revolução Russa como fonte de "esperança" ou como acontecimento que pode resultar na concretização daquele desejo político premente. É significativo que Orwell, nesses dois textos, date sua *origem* como socialista no mesmo ano em que o fracasso da Revolução Russa transforma a natureza da esperança política. Esse fracasso não é o dobre de finados da aspiração socialista democrática, e sim, curiosamente, sua própria fonte.

Logo após comentar que, "um quarto de século atrás esperava-se confiantemente que a Revolução Russa levaria à utopia. É

260 — FORTUNA CRÍTICA

óbvio que não aconteceu", Orwell prossegue: "Koestler tem uma visão aguçada demais para não enxergar isso, e sensível demais para não lembrar o objetivo original". É uma combinação surpreendente. A agudeza é sinal de que se reconhecem as realidades presentes; a "sensibilidade" é a capacidade não só de "lembrar", mas lembrar um "objetivo original" — ou, em outras palavras, de sentir e manter um desejo. Koestler é capaz de manter tal desejo — ao contrário da cultura em geral, que hoje se esquece disso — e, com essa capacidade, intensifica a agudeza em reconhecer. Mais uma vez, o fundamental aqui é aquela tensão máxima. Para Orwell, o desejo socialista (também conhecido simplesmente como "pensamento") gera acima de tudo premência e impaciência — tal premência, de fato, é a razão pela qual Orwell, Koestler ou "aqueles capazes de reflexão" ingressam na esfera da política ou aspiram a ocupar uma efetiva "posição política".

Qual seria um exemplo de pensamento socialista que renuncia a esse tipo de pressão (e com isso, mesmo em sua própria reflexividade, reduz seu potencial conceitual, ou, em outras palavras, não reconhece a premência de seu próprio desejo)? Cerca de seis meses antes do ensaio sobre Koestler, Orwell escreve um texto curto, que não foi publicado e que vale a pena ser visto nesse contexto: uma resenha do livro *Fé, razão e civilização*, de Harold Laski. (A resenha foi solicitada pelo jornal *Manchester Evening News* e depois rejeitada, segundo Orwell deu a entender a Dwight Macdonald, por suas "implicações anti-stalinistas".) Laski também aparece na conclusão de "Arthur Koestler", logo após mencionar a invulgar capacidade de Koestler em ser "perspicaz" e "sensível". Orwell prossegue, agora retomando a premissa inicial do ensaio:

> Koestler tem uma visão aguçada demais para não enxergar isso, e sensível demais para não lembrar o objetivo original. Além do mais, de seu ângulo europeu ele é capaz de ver coisas como expurgos e deportações em massa tais como elas são; ele não está, como Shaw ou Laski, olhando para elas do lado errado do telescópio.

Nessa imagem do "lado errado do telescópio", podemos ver mais uma vez que um instrumento de observação e um processo de distorção estão não tanto em oposição, mas sim num entrelaçamento. Orwell retoma essa metáfora em vários outros textos — mais uma imagem óptica concorrente da transparência do vidro da janela.[12] (Orwell, aqui, está interessado na distorção e também na inversão óptica. Ao usar o outro lado do telescópio, o observador constata dois registros de distorção: as figuras estranhamente distanciadas, recuadas e contraídas pelo telescópio invertido também remetem à ampliação inversa que ocorre quando o telescópio está na posição certa.) A resenha não publicada de Orwell critica Laski por usar "'a ideia russa' e o 'socialismo' de modo intercambiável". Trata-se, portanto, de outro exemplo do empenho de Orwell em diferenciar

12 Sobre os modernistas dos anos 1920 em "Dentro da baleia": "E mesmo os melhores escritores da época podem ser acusados de uma atitude olímpica, uma presteza demasiado grande para lavar as mãos em relação ao problema prático imediato. Veem a vida de forma bastante ampla, muito mais do que os que vieram imediatamente antes ou depois deles, mas a veem através da extremidade errada do telescópio". Sobre a classe média, alvo de sua polêmica na Parte 2 de *O caminho para Wigan Pier*: "são totalmente a favor de uma sociedade sem classes, contanto que enxerguem o proletariado pela outra ponta do telescópio; basta forçá-los a ter algum contato *real* com um proletário — entrar em uma briga com um estivador bêbado em um sábado à noite, por exemplo — e eles são capazes de voltar bem rápido a um esnobismo de classe média do tipo mais vulgar" (grifo de Orwell). Em "English Writing in Total War" [A escrita inglesa na guerra total]: "Se alguém estiver olhando pelo lado errado do telescópio, é fácil ver essa guerra como simples repetição ou continuação da última". E de *A flor da Inglaterra*: "Via aquilo tudo como coisas muito, muito distantes, coisas vistas através do outro lado do telescópio, seus trinta anos, sua vida desperdiçada, o futuro inexistente, as cinco libras de Julia, Rosemary" [ed. bras.: *A flor da Inglaterra*. Trad. de Sergio Flaksman. São Paulo: Companhia das Letras, 2007].

262 — FORTUNA CRÍTICA

o "socialismo" da "ideia russa", em vez de derrubar esta última.[13] E Orwell, na conclusão, deixa claro que a fusão desses termos em Laski se fundamenta na impaciência que necessariamente acompanha o desejo socialista (partilhado tanto por Orwell como por Koestler):

E com certeza o dilema é doloroso. Trabalhar a vida toda pelo socialismo, ver por fim surgir um Estado que poderia ser claramente definido como socialista, a firmar-se triunfante em meio a um mundo hostil, e então ter de admitir que ele também tem suas falhas — isso requer coragem. Mas esperamos coragem do professor Laski, e ele escreveria um livro melhor se de vez

13 Muito enfaticamente: "Mesmo que tivesse o poder para tanto, nunca desejaria interferir nos negócios internos soviéticos [...]. E é possível que, mesmo com a melhor das intenções, eles realmente não pudessem agir de outra maneira nas condições lá reinantes. Por outro lado, porém, era da maior importância para mim que as pessoas na Europa Ocidental pudessem ver o regime soviético como de fato era. [...] De fato, a meu ver, nada contribuiu tanto para a corrupção da ideia original de socialismo quanto a crença de que a Rússia é um país socialista [...]" (prefácio à edição ucraniana de *A Fazenda dos Animais*). E, vários anos depois, em carta a Dwight Macdonald: "Creio que o fato de que os alemães não terem conseguido vencer a Rússia trouxe prestigio à ideia de socialismo. Por isso não gostaria de ver a URSS destruída e penso que ela deveria ser defendida, caso necessário. Mas quero que as pessoas percam as ilusões sobre ela e entendam que é preciso construir seu próprio movimento socialista sem interferência russa, e quero que a existência do socialismo democrático no Ocidente exerça uma influência regeneradora na Rússia". Em "Carta de Londres", de junho de 1945, Orwell escreve: "Sempre sustentei que o sentimento pró-russo na Inglaterra nos últimos dez anos decorreu muito mais da necessidade de um paraíso externo do que de qualquer interesse real pelo regime soviético".

em quando corresse o risco
de dar munição aos reacionários.

Podemos ver a relação crucial com o ensaio sobre Koestler. Orwell, uma vez mais, não quer meramente insistir que os problemas sociais pioraram, mas que também a modalidade de mudança, na esteira do fracasso revolucionário, é mais precária. "[...] fazer com que a vida seja vivível é um problema muito maior do que parecia ser até algum tempo atrás". O que é "doloroso" para Laski é igualmente intolerável para Koestler (e Orwell). O pessimismo de Koestler é gerado por sua infeliz posição entre a agudeza do reconhecimento e a sensibilidade da memória — e, portanto, do desejo. A perspectiva intelectual menos angustiada de Laski, segundo Orwell, se dá às custas do abrandamento dessa tensão. "[E]m vez de alertar seus leitores contra [o despotismo da URSS], o professor Laski preferiu supor que ele não existe." A imagem que Orwell usa na resenha sobre Laski sugere que o pensamento é quase uma espécie de lubrificante:

> Naquela época [no livro anterior de Laski], havia sinais inequívocos de desconforto na mente do professor Laski. Havia inclusive passagens do livro que invocavam irresistivelmente a imagem de uma criança tomando óleo de rícino. Agora, porém, o professor Laski descobriu o método certo de lidar com o óleo de rícino. Acrescente um pouco de limão e conhaque por cima, tampe o nariz, feche os olhos, engula tudo de uma vez só e coma logo a seguir um pedaço de chocolate, e a experiência realmente se torna quase suportável. Que óleo de rícino é esse que antes o professor Laski tinha dificuldade em engolir? É o elemento autoritário no socialismo russo: em termos mais amplos, é o perigo extremo de usar a ditadura como caminho para a democracia.

Aqui também a nova facilidade que Orwell aponta em Laski, a meu ver, é o conforto ou a "atração" do pensamento em si. (E, uma vez mais, essa "atração" — do pensamento que alegremente se estende à vontade — está relacionada a uma aspiração política que se lança depressa demais à impressão de ter se realizado.) Se Laski descarta o despotismo na URSS, não é por não querer pensar, mas, pelo contrário, por *querer* pensar. (O "limão", o "conhaque" e o "chocolate", aqui, corresponderiam à pura expansividade intelectual de Laski.) Como aponta Orwell, o eixo do livro é uma extensa analogia entre a URSS e a Igreja cristã primitiva, que Orwell diz ser "uma falsa analogia, na verdade, mas evidentemente uma analogia por ora *reconfortante*" (itálico meu). Orwell não aceita o teor da analogia, mas tampouco confia nesse procedimento "reconfortante" de analogização ou "intercambiabilidade". Assim, sua resenha se concentra a princípio em identificar e, a seguir, em colocar uma pressão interna no expediente usado por Laski (aquele paliativo que, por analogia, tornaria o stalinismo "quase suportável"):

> Examinem essa analogia um pouco mais de perto, e verão que é falsa em todos os detalhes. Para começar, a doutrina cristã se formou numa época em que a Igreja não tinha nenhum poder. Os cristãos primitivos eram uma seita perseguida, constituída em larga medida por escravos: o governo russo comanda um sexto da Terra. Em segundo lugar, apesar das heresias e controvérsias, a doutrina cristã era relativamente estável. A doutrina comunista muda com tanta frequência e de modo tão drástico que continuar a acreditar nela é quase incompatível com a integridade mental. O professor Laski ignora essas duas diferenças.

Essas duas "diferenças" presentes na analogia e apontadas por Orwell são preocupações fundamentais de seus textos nesse período. Além disso, ambas se referem à diferença como tal. Como veremos, Orwell retorna com frequência à influência formal do status quo — a tendência de o pensamento adequar-se a ou valorizar o que já tem poder ou o que já existe como dado. Sua insistência em distinguir entre a formação ideológica que foi "perseguida" e a que "comanda" é, portanto, uma crítica (igualitarista) ao cômodo método de analogização de Laski. Essa sua crítica insere uma diferença social acentuada, a diferença entre poder e impotência, na trilha do paralelismo revolucionário. Orwell também fica fascinado e frustrado pela "instabilidade" da doutrina stalinista.[14] Tal instabilidade, uma vez mais, se dá negando as diferenças ou ignorando súbitas guinadas e inversões na política de um governo, a fim de manter uma identidade ideológica constante. Desse modo, a crítica a Laski une "reconforto", pensamento, analogia e apagamento das diferenças. Ao mesmo tempo, para Orwell, o pessimismo no curto prazo de Koestler renuncia ao pensamento com excessiva facilidade. Numa linha importante, Orwell escreve contra Koestler: "Para tomar uma decisão racional, é preciso ter um quadro do futuro". Aqui, a projeção vem ligada, e não contraposta, à razão ou ao "racional". Mas se, desse modo, há um "quadro do futuro" sob o pensamento político, existe o risco perpétuo de que esse quadro decaia em qualquer imagem do presente. Essa decaída (do presente no futuro —e, assim, do desejo político na materialização) marca o próprio apagamento da democracia dentro do socialismo. O pensamento democrático, em contraste, é um pensamento *desconfortável*, sempre ciente de sua incapacidade de se projetar sem percalços no futuro. Esse desconforto precisa ser nutrido, e só é intensificado pela premência intrínseca à crítica e à aspiração socialistas. O quadro do futuro — permitindo uma "decisão política racional" — não é um reconforto para o pensamento, mas sim um aguilhão num desejo insa-

14 Orwell discute esse tipo de instabilidade em, por exemplo, "Notas sobre o nacionalismo" (pondo-a ao lado da "obsessão" e do "ignorar a realidade" como as três grandes doenças do nacionalismo). Ele sintetiza notoriamente esse processo em *1984,* na passagem que descreve a súbita oscilação entre a Lestásia e a Eurásia como inimiga da Oceânia.

tisfeito, já exacerbado. O "quadro", embora necessário, não pode se desemaranhar *do* futuro; nunca se esquece que está no tempo futuro. "Todo livro é um fracasso."

ALEX WOLOCH nasceu nos Estados Unidos, em 1970. É professor da Universidade de Stanford, com foco em crítica literária, história do romance e literatura dos séculos XIX e XX. Escreveu *The One vs. the Many: Minor Characters and the Space of the Protagonist in the Novel* e *Or Orwell: Writing and Democratic Socialism*.

SOBRE O AUTOR
E OS COLABORADORES

GEORGE ORWELL, pseudônimo de Eric Arthur Blair, nasceu em 25 de junho de 1903, em Motihari, Bengala, Índia. Já em seu primeiro livro, *Na pior em Paris e Londres*, de 1933, passou a assinar como George Orwell (o sobrenome é derivado do rio Orwell, na região da Ânglia Oriental).

Orwell nasceu na classe dos administradores coloniais de Bengala. O pai era um funcionário subalterno no serviço público indiano; a mãe, de ascendência francesa, era filha de um malsucedido negociante de teca na Birmânia (atual Mianmar). As atitudes dos pais eram as da "aristocracia sem terra", como Orwell mais tarde chamaria a classe média baixa cujas pretensões a privilégios sociais tinham pouca relação com seu nível de renda. Desse modo, Orwell foi criado numa atmosfera de esnobismo empobrecido.

Após retornar com os pais para a Inglaterra, foi enviado em 1911 a um internato no litoral de Sussex. Posteriormente, recebeu bolsas para dois dos mais conceituados colégios do país, Wellington e Eton. Depois de frequentar o primeiro por um breve período, continuou os estudos no segundo, onde permaneceu de 1917 a 1921. Aldous Huxley foi um de seus mestres em Eton,

272 — SOBRE O AUTOR E OS COLABORADORES

onde Orwell teve um texto publicado pela primeira vez, numa revista acadêmica.

Em vez de se matricular numa universidade, Orwell preferiu seguir a tradição familiar e, em 1922, seguiu para a Birmânia a fim de ocupar o cargo de vice-superintendente distrital da Polícia Imperial Indiana. Serviu ali em diversos postos e, a princípio, parecia ser um funcionário imperial exemplar. No entanto, desde pequeno queria ser escritor e, ao se dar conta do quanto o domínio britânico era contrário à vontade dos birmaneses, passou a se envergonhar cada vez mais de seu papel como oficial da polícia colonial. Em 1927, gozando de licença na Inglaterra, Orwell decidiu não retornar à Birmânia. Em 1º de janeiro de 1928, tomou a decisão de se demitir da polícia imperial. Já no outono do ano anterior havia se lançado no tipo de vida que lhe iria determinar o caráter como escritor. Mergulhou no mundo dos miseráveis e dos párias da Europa. Vestindo roupas surradas, passou a viver, no East End londrino, em albergues baratos frequentados por trabalhadores e mendigos; morou um tempo nos cortiços de Paris, trabalhando como lavador de pratos em hotéis e restaurantes da capital francesa; percorreu os caminhos do interior da Inglaterra ao lado de vagabundos profissionais, e juntou-se aos moradores das áreas pobres de Londres em seu êxodo anual para trabalhar na colheita de lúpulo na região de Kent.

Tais experiências proporcionaram a Orwell o material de *Na pior em Paris e Londres*, no qual incidentes verídicos são rearranjados em algo similar à ficção. O primeiro romance de Orwell, *Dias na Birmânia*, de 1934, estabeleceu o padrão das obras de ficção posteriores, ao retratar um indivíduo sensível, consciencioso e emocionalmente isolado que não se adapta a um ambiente social opressivo ou desonesto. O protagonista dessa obra é um administrador subalterno que procura escapar da influência tacanha de seus companheiros colonialistas britânicos na Birmânia. A simpatia que sente pelos birmaneses, porém, termina numa imprevista tragédia pessoal. No romance seguinte, *A filha do reverendo*, de 1935, a personagem central é uma solteirona infeliz e oprimida pelo pai que alcança uma breve e acidental liberação

SOBRE O AUTOR E OS COLABORADORES — 273

após sofrer um ataque de amnésia. *A flor da Inglaterra*, de 1936, tem como tema um vendedor de livraria, de inclinações literárias, que despreza o materialismo vazio da existência de classe média, mas no fim acaba reconciliado com a prosperidade burguesa ao se ver forçado a casar com a jovem que ama.

A repulsa de Orwell ao imperalismo levou-o não só a rejeitar para si o modo de vida burguês, como também a uma reorientação política. Logo após voltar da Birmânia, passou a se considerar anarquista, e assim continuou por vários anos. Durante a década de 1930, contudo, começou a se definir como socialista. A primeira obra socialista de Orwell, publicada em 1937, foi um original e pouco ortodoxo tratado político, intitulado *O caminho para Wigan Pier*. O livro começa pela descrição de suas experiências da época em que viveu entre os mineiros despossuídos e desempregados no norte da Inglaterra, partilhando e observando a vida que levavam, e termina com uma série de críticas incisivas aos movimentos socialistas existentes. A obra mescla uma reportagem mordaz e um tom de ira generosa que viriam a marcar as produções subsequentes de Orwell.

Quando *O caminho para Wigan Pier* foi lançado, Orwell estava na Espanha, aonde fora com a intenção de cobrir a Guerra Civil. Contudo, lá ficou e alistou-se na milícia republicana, servindo nas frentes de Aragão e Teruel, onde acabou ferido na garganta, o que afetou para sempre sua fala. Mais tarde, em maio de 1937, depois de lutar em Barcelona contra os comunistas que tentavam eliminar seus opositores políticos, viu-se obrigado a fugir do país para não ser morto. Dessa experiência saiu com horror ao comunismo, que expressou no vívido relato de suas tribulações espanholas, *Lutando na Espanha*, de 1938.

De volta à Inglaterra, em 1939 publica *Um pouco de ar, por favor!*, no qual usa as lembranças de um homem de meia-idade para exprimir os temores diante de um futuro ameaçado pela guerra e pelo fascismo. Quando de fato eclodiu a Segunda Guerra Mundial, Orwell, incapacitado para o serviço militar, tornou-se um dos responsáveis pelos programas radiofônicos do Serviço Indiano da BBC. Em 1943, deixou a emissora e tornou-se editor de literatura no jornal socialista *Tribune*. Nesse período, produziu muitos

274 — SOBRE O AUTOR E OS COLABORADORES

artigos e resenhas para várias publicações, e também críticas de maior fôlego, além de obras sobre a Inglaterra (em especial *O leão e o unicórnio*, de 1941) que combinavam o sentimento patriótico com a defesa de um socialismo libertário.

Em 1944, concluiu *A Fazenda dos Animais*, no qual um grupo de animais se revolta e expulsa da granja os senhores humanos e exploradores, estabelecendo eles mesmos uma sociedade igualitária. No final, os líderes dos animais, porcos inteligentes e sequiosos de poder, subvertem a revolução e impõem uma ditadura ainda mais opressiva e impiedosa que a anterior ("Todos os animais são iguais, mas alguns são mais iguais que os outros"). Orwell encontrou dificuldade para achar uma editora para essa pequena obra-prima, mas quando foi lançado, em 1945, o livro trouxe-lhe muita fama e, pela primeira vez na vida, dinheiro. *A Fazenda dos Animais*, no entanto, acabou sendo ofuscada por seu livro derradeiro, *1984*. Publicado em 1949, *1984* é um romance monumental que Orwell escreveu após anos de meditação sobre as ameaças do nazismo e do stalinismo. A ação se passa num futuro imaginário no qual o mundo encontra-se sob o domínio de três Estados policiais totalitários sempre em guerra. O herói do romance, o inglês Winston Smith, é um pequeno funcionário do partido num desses Estados. A sua nostalgia pela verdade e pela decência o leva a se rebelar secretamente contra o governo, cujo domínio se perpetua por meio da sistemática deturpação da verdade e da incessante reescrita da história de modo que atenda a seus propósitos.

O alerta de Orwell em *1984* sobre os perigos do totalitarismo causou forte impressão em seus contemporâneos e em seus leitores subsequentes. Tanto o título do livro como as palavras e expressões cunhadas pelo autor ("O Grande Irmão está de olho em você", "Novafala", "Duplipensamento") tornaram-se termos correntes para os modernos abusos políticos. Orwell escreveu as páginas finais de *1984* numa casa remota, na ilha de Jura, nas Hébridas. Lá ele trabalhou febrilmente entre períodos internado por causa de uma tuberculose pulmonar, que o levou à morte em 21 de janeiro de 1950, em um hospital de Londres, aos 46 anos.

SOBRE O AUTOR E OS COLABORADORES — 275

VÂNIA MIGNONE nasceu em Campinas, São Paulo, em 1967. Pintora e gravadora, é formada em publicidade e propaganda pela PUC-Campinas e em educação artística pela Universidade Estadual de Campinas (Unicamp). Seus primeiros trabalhos foram xilogravuras, que expôs em coletivas como a Mail Art Exhibition, na Espanha, em 1990. Em 1996, realizou sua primeira exposição individual, na galeria da Fundação Nacional de Arte (Funarte), no Rio de Janeiro, e no Centro Cultural São Paulo. Ganhou diversos prêmios, entre eles o da Bienal Nacional de Santos, em 1997, e o do Concurso de Arte Itamaraty, em 2012.

———

PAULO HENRIQUES BRITTO nasceu no Rio de Janeiro em 1951. Poeta, contista, ensaísta, professor e um dos principais tradutores brasileiros da língua inglesa, é professor de tradução, criação literária e literatura brasileira na PUC-Rio. Em 2002, recebeu o título de Notório Saber na mesma instituição. Já traduziu cerca de 150 livros, entre eles volumes de poesia de Byron, Elizabeth Bishop e Wallace Stevens, e romances de William Faulkner (*O som e a fúria*), Ian McEwan (*Reparação*), Philip Roth (*O animal agonizante*), V. S. Naipaul (*Uma casa para o sr. Biswas*), Henry James (*A outra volta do parafuso*), Thomas Pynchon (*O arco-íris da gravidade*), Jonathan Swift (*Viagens de Gulliver*) e Don DeLillo (*Submundo*). Recebeu o Prêmio Paulo Rónai da Fundação Biblioteca Nacional (1995) pela tradução de *A mecânica das águas*, de E. L. Doctorow. Também verteu para o inglês obras de autores brasileiros como Luiz Costa Lima e Flora Süssekind. É autor dos livros de poemas *Nenhum mistério* e *Formas do nada,* entre outros.

———

MARCELO PEN nasceu em São Paulo, em 1966. É tradutor, crítico literário e professor de teoria literária e literatura comparada na

276 — SOBRE O AUTOR E OS COLABORADORES

Universidade de São Paulo. Fez pesquisa de pós-doutoramento na Universidade da Califórnia, em Berkeley, e na Universidade de Harvard, Cambridge, Massachusetts. Autor de *Realidade possível: Dilemas da ficção em Henry James e Machado de Assis* (Ateliê Editorial), organizou e traduziu *A arte do romance* (Globo), volume com os prefácios críticos de Henry James. Do mesmo autor, traduziu *Os embaixadores* (Cosac Naify).

———

1ª EDIÇÃO [2020] 2 reimpressões

ESTA OBRA FOI COMPOSTA EM NOE TEXT E IMPRESSA PELA
GEOGRÁFICA EM OFSETE SOBRE PAPEL PÓLEN SOFT DA SUZANO S.A.
PARA A EDITORA SCHWARCZ EM MAIO DE 2021

A marca FSC® é a garantia de que a madeira utilizada na fabricação do papel deste livro provém de florestas que foram gerenciadas de maneira ambientalmente correta, socialmente justa e economicamente viável, além de outras fontes de origem controlada.